Crônicas da província do Brasil

MANUEL BANDEIRA Crônicas da província do Brasil

ORGANIZAÇÃO, POSFÁCIO E NOTAS
Júlio Castañon Guimarães

COSACNAIFY

Advertência, 11
De Vila Rica de Albuquerque a Ouro Preto dos estudantes, 13
Bahia, 33
Fala brasileira, 45
O Aleijadinho, 49
Um purista do estilo colonial, 61
As Câmaras Municipais no Brasil, 65
Velhas igrejas, 69
O que era o Pernambuco de 1821, 73
A festa de N. S. da Glória do Oiteiro, 79
Arquitetura brasileira, 83
Crônica de 1880, 87
Na câmara-ardente de José do Patrocínio Filho, 93
O enterro de Sinhô, 97
Pequenino, 101
Um grande artista pernambucano, 105
Recife, 109
O sonho de França Júnior, 111
Presente!, 115
Graça Aranha, 119
Carlos Drummond de Andrade, 123
Augusto Frederico Schmidt, 127
Guilherme de Almeida, 131
Mário de Andrade, 135
Raul de Leoni, 139
Poesia do sertão, 143
O místico, 145
A trinca do Curvelo, 149

Sambistas, 153
A Nova Gnomonia, 157
Reis vagabundos, 163
Golpe do chapéu, 167
Romance do beco, 171
Candomblé, 175
Lenine, 179
Os que marcam *rendez-vous* com a morte, 183
Leituras de mocinhas, 185
Impressões de um cristão-novo do regionalismo, 189
Portinari, 193
Tarsila antropófaga, 195
O "nosso" Saint-Hilaire, 199
Velórios, 203
Fragmentos, 207

OUTRAS CRÔNICAS
Casanova, 215
O heroísmo de Carlito, 219
Elizabeth Barrett Browning, 223
O coração inumerável, 229
No mundo de Proust, 233

POSFÁCIO, 239
Notas, 265
ÍNDICE REMISSIVO, 305
Sobre o autor, 315
Crédito das imagens, 316

a Rodrigo M. F. de Andrade

Advertência

A maioria destes artigos de jornal foram escritos às pressas para *A Província* do Recife, *Diário Nacional* de São Paulo, e *O Estado de Minas* de Belo Horizonte. Eram crônicas de um provinciano para a província. Aliás este mesmo Rio de Janeiro de nós todos não guarda, até hoje, uma alma de província? O Brasil todo é ainda província. Deus o conserve assim por muitos anos!

De Vila Rica de Albuquerque a Ouro Preto dos estudantes

Não se pode dizer de Ouro Preto que seja uma cidade morta. Morta é São José d'El-Rei. Ouro Preto é a cidade que não mudou, e nisso reside o seu incomparável encanto. Passada a época ardente da mineração (em que foi de resto um arraial de aventureiros, a sua idade mais bela como fenômeno de vida), e a salvo do progresso demudador pelas condições ingratas da situação topográfica, Ouro Preto conservou-se tal qual, em virtude mesmo da sua pobreza, aquela pobreza que já por volta de 1809, segundo depoimento de Mawe, fazia, por escárnio, trocarem-lhe em Vila Pobre o nome de sua fundação em 1711, que era o de Vila Rica de Albuquerque.

Na sua decadência econômica, que remonta à segunda metade do século XVIII, não houve dinheiro para abrir ruas, alargar becos, restaurar monumentos. Nas reparações dos prédios envelhecidos a economia levou sempre a alterar o menos possível. Em casas novas ninguém pensava. Elas são raríssimas na cidade, que enfeiam pelo contraste chocante com o resto da edificação.

Aqui é que caberia melhor que em qualquer outro sítio o sentimento do poeta:

Je n'aime pas les maisons neuves :
Leur visage est indifférent.
Les anciennes ont l'air de veuves
Qui se souviennent en pleurant.[1]

---

1 Em francês, "Não gosto das casas novas: / Seu rosto é indiferente. / As antigas têm ar de viúvas / Que recordam chorando". [N.E.]

Há em algumas dessas casas novas a intenção de retomarem o estilo das velhas. Mas falta a essa arquitetura de arremedo o principal em tudo, que é o caráter. Essa maneira arrebitada e enfeitadinha que batizaram de estilo neocolonial, tomou à velha construção portuguesa uma meia dúzia de detalhes de ornato, desprezando por completo a lição de força, de tranqüila dignidade que é a característica do colonial legítimo. Vão ver o vestíbulo do solar do Saldanha na Bahia: é, como de resto o exterior, de uma severidade quase dura. São assim os edifícios públicos e as velhas casas solarengas de Ouro Preto. Saint-Hilaire quando viu o Palácio dos Governadores achou até que não era palácio nem nada. "Esse pretenso palácio", disse ele, "apresenta uma massa de edificações pesadíssimas demais e de mau gosto." Pode ser que eu esteja errado, mas o mau gosto me parece que é do francês. O caráter do palácio convinha muito bem a uma construção destinada a servir de residência fortificada e daí o seu aspecto de castelo-forte.

Os viajantes estrangeiros são quase sempre insensíveis aos elementos mais profundos ou mais sutis dos costumes e do sentimento artístico dos países que visitam. Um exemplozinho curioso se encontra na estranheza que lhes produz a tradicional disposição da mobília em nossas salas de visitas: o sofá com as duas linhas perpendiculares de cadeiras. A observação superficial atribui logo esse hábito ao gosto primário da simetria, quando em verdade é uma sobrevivência tenaz de costumes árabes herdados por intermédio dos portugueses.

Saint-Hilaire, falando das capelas de Vila Rica, limita-se a mencionar São Francisco e Nossa Senhora do Carmo, dando a impressão que não penetrou nelas. Entretanto estende-se um pouco sobre Nossa Senhora do Pilar e Conceição de Antônio Dias, certamente por serem as duas igrejas matrizes.

Burton, esse então diz bobagens, completamente inconsciente da grandeza criadora do Aleijadinho. Diante da frontaria de São Francisco, da qual se pode bem repetir o que Anatole France disse do Pavilhão Central do Louvre – "*ciselé comme un joyau d'art*"[2] – o seu convencionalismo de humanista ficou muito ofendido porque viu duas colunas jônicas "desgraciosamente convertidas em pilastras". A propósito das colunas e pilastras que sustentam o coro de Nossa Senhora do Carmo, faz pilhéria, chamando-lhes "*a kind of* barrigudo *style*".[3] Nem uma palavra para o delicioso lavatório de São Francisco.

O que todos admiraram, porque lhes lembrava o belo bem aprovadinho dos palácios do Renascimento italiano, foi o edifício da Cadeia.

Para nós brasileiros, o que tem força de nos comover são jus-

---

2 Em francês, "cinzelado como uma jóia de arte". [N.E.]

3 Em inglês, "uma espécie de estilo 'barrigudo'". [N.E.]

tamente esses sobradões pesados, essas frontarias barrocas, onde alguma coisa de nosso começou a se fixar. A desgraça foi que esse fio de tradição se tivesse partido. Agora andam a retomá-lo, porém infelizmente com que desastrado entendimento! Nada mais ilustrativo dessa incompreensão do que o novo edifício do Fórum de Sabará. Enquadrado entre duas velhas casas autenticamente coloniais, severas e melancólicas, os seus arrebiques de neocolonial bonitinho fazem a gente perguntar estarrecido:

– Será possível que isto tenha saído daquilo?

Mas os prédios novos são exceção. Ouro Preto preservou, mercê de sua pobreza, uma admirável unidade. De todas as nossas velhas cidades com alguma riqueza de patrimônio artístico é ela talvez a única destinada a ficar como relíquia inapreciável do nosso passado. As duas outras cidades que se lhe irmanam nessa feição tradicionalista estão fadadas a uma renovação sem cura: Bahia e Olinda. Em ambas ainda é bem forte a emoção especial ligada aos vestígios dos séculos defuntos. Mas Olinda é cada vez mais arrabalde do Recife. A capital acabará fatalmente por absorvê-la. Quanto à cidade do Salvador, o progresso, que tudo renova, fará com ela o que fez com o velho Rio e o velho Recife. Nem poderia ser de outro modo.

Intitulei estas impressões "De Vila Rica de Albuquerque a Ouro Preto dos estudantes". No entanto, tenho vontade de remontar aos tempos da descoberta, quando tudo ali eram grotões de mata braba de iguapevas e jacarandás.

Há na história de Ouro Preto três gestos muito simples que retêm a minha imaginação mais que os tumultos da sedição de 1720, mais que o esplendor fabuloso da procissão do Triunfo Eucarístico em 1735.

O primeiro foi o daquele mulato de que nos fala Antonil. Tendo ido ao sertão dos Cataguás, numa entrada de paulistas de Taubaté que batiam aquelas regiões à caça de índios, e chegados às alturas do serro do Tripuí, desceu ele às margens do ribeiro hoje de Ouro Preto para buscar água. Meteu a gamela até o fundo, raspando as areias do córrego, e quando a levantou, viu que vinham com a água uns granitos negros, cuja natureza não reconheceu, embora já houvesse trabalhado nas minas de Paranaguá e Curitiba. Levou-os de volta a Taubaté onde os vendeu a um certo Miguel de Sousa por meia pataca a oitava. Mais tarde, mandados alguns desses granitos ao governador do Rio de Janeiro, Artur de Sá e Menezes, este, trincando-os nos dentes, pôs a descoberto o brilho próprio do metal, que era ouro do mais fino quilate. Aquilo atrás do que as bandeiras ansiosas e sempre desenganadas cortavam o sertão havia século, descobriu-o o mulato naquele gesto humilde de quem apanha um pouco d'água para matar a sede, gesto sem outra intenção e que no entanto criava um mundo.

O segundo foi o simples gesto de espanto dos bandeirantes de Antônio Dias na alvorada do dia 24 de junho de 1698.

Depois que tornaram a Taubaté os paulistas em cuja expedição tomara parte o mulato anônimo descobridor dos granitos negros, o Itacolomi ficou sendo a baliza que orientava os batedores de ouro para o recinto do Tripuí. As primeiras expedições transviaram-se, sem conseguir pôr os olhos no alvissareiro pico.

Antônio Dias foi mais feliz. Em vez de penetrar pela Itaverava, como fizeram os predecessores, teve a inspiração de entrar por onde os primitivos caçadores de índios haviam saído. Ora, era da saída e não da entrada do vale do Tripuí que se podia divisar a famosa pedra na feição assinalada pelos descobridores. Antônio Dias, deixando a serra da Borda do Campo, veio direito ao Rodeio, transpôs a serra do Pires, e galgou, do ribeirão da Cachoeira, as alturas que hoje chamam do Campo Grande. Chegados ali quase noite, acamparam, mas nada viram do Itacolomi, bem perto, porém velado pela carapuça de nuvens que tão freqüentemente o esconde. Assim, dormiram ao clarão protetor dos fogos. Era a véspera de São João. No dia seguinte, ao alvorecer, o céu estava muito limpo e do outro lado do vale o perfil inconfundível da pedra se recortava nítido na primeira luz da manhã, como um milagre do santo...

No ano seguinte, avisados por Antônio Dias os parentes e amigos de Taubaté, chegou a Campo Grande nova leva de bandeirantes, entre os quais se alistara com seu altar portátil o padre João de Faria Fialho, capelão da bandeira.

Na capela de São João, simples rancho coberto de palha, disse o padre a primeira missa. E como a palhoça estivesse situada bem no espigão da montanha, o padre abrindo os braços em frente do altar abençoava as duas grandes vertentes históricas, a do rio Doce e a do rio das Velhas. Este o terceiro gesto. Três gestos bem simples – um movimento descuidado de mão, uma expressão de surpresa, uma bênção.

A vida tumultuária das Minas contrastou logo a grande paz que havia neles. Em dois anos o afluxo de aventureiros foi tamanho que, à falta de culturas, do que ninguém cuidava, e difíceis como eram os transportes de mantimentos, sobreveio, aniquiladora e dispersiva, a fome de 1700-1701. Muitos dos primeiros bandeirantes abandonaram as suas catas, atirando-se a novas descobertas. Alguns não voltaram nunca mais, entre estes o primeiro descobridor Antônio Dias e o padre João de Faria Fialho, cujos nomes perduram até hoje ligados aos bairros que se desenvolveram nas datas por eles lavradas. A capelinha chamada do padre Faria não foi levantada por ele, que falecera em Guaratinguetá em 1703. Data de 1710. O seu estado atual é bem precário e necessita urgentemente um trabalho de reparação inteligente que resguarde todo o amorável aspecto da sua decoração interna. Com o seu cruzeiro pontifício, o seu sino grande, que data de 1750, quase escondida no fundo do vale, a capelinha do padre Faria é comovente como o ex-voto do milagre de São Brás em 1717, conservado sobre um dos seus altares.

Os paulistas não faziam caso nenhum do ouro da serra de Itatiaia. Era o *ouro branco*, de pouco rendimento, e assim chamado pela sua cor pálida, quase argentina. O ouro bom, o ouro cobiçado era o *ouro preto*, o ouro fino; chegava a quase 23 quilates e quando se lhe punha o cunho na fundição, escreveu Antonil, fazia greta na barreta, como se arrebentasse por todas as partes; e por dentro dava tais reflexos que pareciam raios do sol...

Quando em 1704 Pascoal da Silva, mascate português enriquecido no rio das Velhas, meteu-se de posse das catas abandonadas pelos Camargos, iniciou a mineração pelo processo de desbancar o terreno por levadas de água. Sucedeu que no flanco da serra onde por hoje passa o caminho das Lajes, deu com um veeiro riquíssimo. Ali o metal era como terra... Ouro podre! Esse ouro excelente e tão fácil de colher foi que verdadeiramente fundou a futura Vila Rica, povoando-a de forasteiros ávidos.

O movimento foi tão rápido e tão intenso, que sete anos depois, em 1711, os primitivos arraiais de catadores eram erigidos em vila — a Vila Rica de Albuquerque, do nome de Antônio de Albuquerque, capitão-general da nova capitania de São Paulo e Minas do Ouro.

Pela narrativa de Antonil, que andou nas Minas por volta de 1708, se pode figurar o que era a Vila Rica daqueles tempos: alguns arraiais dispersos, separados por montes de mataria cerrada. A meia légua um do outro, que em menor distância não outorgava o Regimento título de descobridor, ficavam os arraiais do Padre Faria, Antônio Dias, Paulistas, Bom Sucesso, São João, Ouro Podre, Taquaral, Sant'Ana, Piedade, Ouro Preto, Caquende... Com o correr dos tempos, o arraial de Ouro Preto, que com o de Antônio Dias formava o núcleo da vila, impôs o nome cuja tradição remontava à era do descobrimento, nome que apesar do outro, de batismo oficial, nunca foi esquecido pelo povo.

Diogo de Vasconcelos descreveu na sua memória sobre as obras de arte de Ouro Preto o que era a casaria da fabulosa Vila Rica: "Cochicholos tristes, fechados por quatro paredes de dois a três metros de altura, com uma só porta de frente e, nem sempre, uma estreita janela pregada à trave do teto, sem ar, sem luz...".

Foi assim até 1720, quando começaram a aparecer os primeiros melhores edifícios como a primitiva Matriz de Ouro Preto, ainda assim de tão precária construção (era toda de taipa e adobos), que dez anos depois ameaçava ruína e foi mister reconstruí-la.

Esse ano de 1720 foi o mais atormentado na crônica das minas. Todo o mundo conhece a história da sedição de Vila Rica ou pelo menos ouviu falar na figura do conde de Assumar, a cujo respeito se formou uma lenda de maquiavélica crueldade.

Diogo de Vasconcelos, que tudo sabia de Minas, no exame que fez dos documentos e sucessos da época mostra o exagero desse julgamento oriundo dos adversários do conde — o clero e os negocistas reinóis desviadores de ouro — e repetido pelos primeiros historiadores. Não havia a menor parcela de idealismo liberatório nos manejos daquele movimento, a que quiseram mais tarde emprestar um cunho nacionalista. A verdade é que o conde de Assumar venceu contra aquela gente sobretudo com o apoio dos paulistas.

Para se imaginar o que era então a Vila Rica basta recordar que os conspiradores da sedição contra o conde se reuniam no morro de Santa Quitéria, que é onde hoje está a igreja do Carmo. Antônio Dias e Ouro Preto ainda eram arraiais separados por meia légua de mato de morro acima.

A época em que a abundância do metal extraído atingiu o máximo ocorreu entre 1725 e 1750. A festa que marca o fastígio da riqueza teve lugar em 1733 e foi a procissão de trasladação do Santíssimo da capela do Rosário para a Matriz de Nossa Senhora do Pilar. Essa festa ficou conhecida pelo nome de Triunfo Eucarístico, título do folhetinho em que Simão Ferreira Machado descreveu a solenidade com um requinte verbal que é de meter inveja aos atuais artífices da prosa.

O cortejo dá bem idéia do luxo incrível que contrastava com o quadro da edificação. Danças de turcos, danças de romeiros, os Quatro Ventos vestidos à trágica, os Sete Planetas precedidos da Fama, a igreja Matriz, os dois morros que limitam a Vila — Ouro Preto e Ouro Fino —, tudo isso personificado, desfilou em cavalos de preço, no meio de uma multidão de figuras secundárias — ninfas, anjos, pajens, trombeteiros... Seria como um de nossos préstitos do carnaval em que o pechisbeque fosse substituído pelos metais nobres e os vidrilhos por diamantes legítimos.

Tome-se ao acaso uma das personagens da procissão, a Fama por exemplo. Assim a descreve Simão Ferreira:

> Cingia-lhe a cabeça um precioso toucado de flores de diamantes, dando por um lado ao vento uma haste de finíssimas plumas brancas: o peito bordado de ouro e vária pedraria, de que sobressaía elevado um broche de diamantes: o capilar de seda branca de flores de ouro: os fraldões da mesma seda, cingidos de franjas de ouro: saíam-lhe das costas duas asas de penas brancas matizadas de folhas de ouro.

Ouro, ouro, ouro... As menores figuras, como romeiros e gaiteiros, iam ricamente vestidas. A mesma pompa era de observar no desfile das ricas irmandades: guiões de damasco franjados de ouro, cruzes, varas e tocheiros de prataria do Porto, andores de talha dourada com imagens recamadas de peças de ouro e diamantes, cobertas de mantos de brocado com bordadura de pedraria... Depois o clero das duas paróquias da vila no esplendor litúrgico das dalmáticas, das sobrepelizes, das casulas, manípulos e estolas, paramentos cuja riqueza e bom gosto são ainda hoje atestados pelas esplêndidas peças que se conservam nos gavetões da sacristia da Matriz de Ouro Preto. Fechando o préstito, o conde das Galveias, governador das Minas, cercado do Nobre Senado da Câmara e de toda a nobreza militar e acompanhado do terço de Dragões. Tudo isso era, como escreveu o conceituoso Simão Ferreira "vagaroso empenho da vista, continuada novidade dos olhos, agitada esfera de riqueza, móvel aparato da magnificência"...

Esta cerimônia de singular grandeza, mesmo descontadas as prováveis mentiras do autor do *Triunfo Eucarístico*, erraria muito quem a imaginasse hoje no quadro de uma Vila Rica que fosse a Ouro Preto de agora restituída à vida opulenta e à feição brilhante do tempo da mineração.

Na realidade o quadro era outro e bem pobre. A taipa e o adobo ainda não haviam cedido o lugar ao belo granito do Itacolomi, pela primeira vez aproveitado em 1738, quando começou a construção do Palácio dos Governadores. Nenhum dos grandes templos existia. A própria Matriz, como se vê hoje, é reconstrução de 1825 e 1848. Da igreja de 1723 o que resta é a parede do lado da Epístola e o maravilhoso interior, maravilhoso apesar das borraduras a óleo sob que esconderam o ouro magnífico das suas talhas.

Quem aceitaria uma Ouro Preto sem o Carmo, sem São Francisco, sem a Casa dos Contos, sem a Cadeia e o Palácio, sem os fortes sobrados de cunhais de pedra da rua Direita? Pois nada disso existia em 1733. Onde hoje está a praça havia apenas um caminho que subia de Antônio Dias, descia até o córrego do Xavier, galgava o adro da capela de São José, donde para chegar à Matriz carecia fazer a volta pela rua da Ponte Seca.

Só na segunda metade do século XVIII é que Vila Rica principiou a tomar o aspecto atual. A construção do palácio novo, começada em 1738, marca o início da boa arquitetura de pedra argamassada. As pontes datam a de São José ou dos Contos de 1744, a do Rosário de 1753, a de Antônio Dias de 1755. O chafariz do largo dos Contos é de 1760. O Carmo foi levantado de 1766 a 1772. São Francisco de Assis em 1772 tinha prontas as paredes e o arco da capela-mor e só em 1794 se lavrou termo de entrega das obras. A planta de Calheiros para a igreja do Rosário data de 1785. Deste mesmo ano data também o início das obras da Cadeia. São Francisco de Paula é do século seguinte.

Como se vê, a cidade cujo ar de prestigiosa velhice tanto nos enternece, pode-se dizer que é de ontem. O que lhe deu aquela feição de tão nobre antigüidade foi a decadência rápida e súbita da nossa arquitetura tradicional por toda a parte.

No fim do século XVIII, tomando a cidade o cunho arquitetônico no qual se imobilizou, veio sagrá-la espiritualmente o idealismo da Inconfidência.

Os poetas fazem esforços desesperados para manter em alguma consistência a lenda dos amores do dr. Gonzaga. Mas parece que não bastam para isso os versinhos e bordados do desembargador. A lenda cada vez mais se esboroa, tal como as paredes da casa de Marília. Os amores de Dirceu e Marília foram afinal um namorico meio sem graça que não dá para ambientar passionalmente a cidade de Albuquerque. Lá pensei muito mais na sombria história do coronel Antônio de Oliveira Leitão, que apunhalou a filha na véspera do Natal de 1720. As duas grandes sombras de Ouro Preto, aquelas em que pensamos invencivelmente a cada volta de rua, são o Tiradentes e o Aleijadinho, justamente os que em vida se nomearam por alcunha ou dolorosa ou ridícula.

Ao Aleijadinho só agora se começa a fazer justiça. A sua obra foi a flor extrema do luxo de um século de mineração. São Francisco de Assis de Ouro Preto é a obra de arte mais comovente de todo o Brasil. Ali, tanto no interior como na frontaria e nas arcadas dos lados, está marcado o mais generoso esforço de criação do gênio mestiço da nossa gente: arte de uma saúde, de uma robustez, de uma dignidade a que nenhum outro artista atingiu entre nós. Antônio Francisco Lisboa tratou o barroco, renovando-o com um espírito de criação verdadeiramente genial: adaptou-o ao ambiente rude da capitania mineira. Em São Francisco não se encontra aquela atmosfera de exasperado misticismo dos outros interiores barrocos. Nisso é bem diferente de São Francisco de Assis na Bahia, de São Francisco da Penitência e São Bento no Rio, da Misericórdia em Olinda. Nas claras naves do Aleijadinho dir-se-ia que a crença não se socorre senão da razão; não há nelas nenhum apelo ao êxtase, ao misticismo, ao alumbramento.

São Francisco é quase toda, não é toda de Antônio Francisco. Nela colaborou um artista, cujo nome, também obscuro em relação ao seu extraordinário mérito, andou freqüentemente associado ao do Aleijadinho nas obras do tempo: o pintor Manuel da Costa Ataíde. Se não tem a genialidade criadora do arquiteto-escultor, com mais razão se admirará nele a espontaneidade dos seus dons, que o teto da nave de São Francisco atesta na grandiosa composição do Triunfo da Virgem. Aliás toda a pintura e douramento da igreja é obra dele.

As portas, tanto as principais como as laterais, são trabalho de Lucas de Jesus, e o tapa-vento da entrada é de Manuel Gonçalves Bragança, escultor exímio, tanto que ao Aleijadinho tem sido atribuída a bela tarja do frontispício de Nossa Senhora das Mercês de Ouro Preto. (A autoria de Gonçalves foi verificada nos arquivos da irmandade pelo sr. Furtado de Meneses – vide monografia sobre "A religião em Ouro Preto".)

Muitas obras de arquitetura e escultura em Ouro Preto estão pedindo um exame crítico e busca em arquivos para decidir da sua verdadeira autoria. A Cadeia, por exemplo, foi atribuída sucessivamente ao sargento-mor Alpoim e ao dr. Antônio Calheiros, autor do plano do Rosário de Ouro Preto e Carmo de Mariana. Entretanto o sr. Feu de Carvalho, num paciente trabalho de pesquisa (*Revista do Arquivo Público Mineiro* — 1921) veio a descobrir que ela foi toda concepção e desenho do próprio punho do governador Luís da Cunha Meneses, arquiteto de grande talento. O edifício, porém, só ficou acabado nos meados do século seguinte. De quem serão as curiosas estátuas simbólicas (Justiça, Lei, Temperança e Força) que coroam os cantos da balaustrada? Contaram-me em Ouro Preto que essas figuras entusiasmaram mais que tudo a Blaise Cendrars quando o francês esteve por lá.

Depois de conhecer Ouro Preto, tive curiosidade de ler as impressões dos viajantes estrangeiros que escreveram a respeito dela. Anteriormente ao século XIX só se conhece o livro de Antonil, contemporâneo da fundação, quando aquilo era um imenso arraial de 30 mil almas sobre as quais não havia coação ou governo algum bem ordenado, "nem ministros nem justiças que tratassem ou pudessem tratar do castigo dos crimes que não eram poucos, principalmente de homicídios e furtos". Era um agrupamento tumultuário de aventureiros que desperdiçavam o ouro em jogo e superfluidades. Foi o tempo em que os homens de cabedal pagavam mil cruzados por um negro trombeteiro e 2 mil "por uma mulata de mau trato". No meio dessa população áspera e sôfrega dos catadores circulava uma turba de vadios que iam às minas para tirar ouro "não dos ribeiros mas dos canudos em que o ajuntam e guardam os que trabalham nas catas". Eram tantos os crimes, tão lamentáveis as traições, tão desregrado o viver, que Antonil remata o quadro dos danos causados ao Brasil pela cobiça das minas com estas palavras sinistras como uma praga: "Nem há pessoa prudente que não confesse haver Deus permitido que se descubra nas minas tanto ouro para castigar com ele ao Brasil".

Durante o século XVIII nenhum outro estrangeiro escreveu sobre as minas. O próprio *Tratado da opulência e cultura do Brasil*, apesar de ter passado por todas as censuras civis e eclesiásticas, foi depois perseguido pelo governo português, só tendo divulgação na segunda edição de 1838.

Mawe, geólogo inglês, foi o primeiro estrangeiro que, já no século XIX, obteve licença para visitar a zona mineira e o distrito dos diamantes. O primeiro aspecto da cidade decepcionou-o. Ele vinha com a cabeça cheia das tradições do século anterior, que davam a pobre vilazinha de terrenos regurgitantes de ouro como a cidade mais rica do mundo. "Apesar de situada em eminência bastante elevada, o seu aspecto não é nem imponente nem notável. Nada na vizinhança corresponde à magnificência do seu nome."

O clima lhe pareceu agradável, "semelhante talvez ao de Nápoles". Encantaram-no os jardins e pomares da cidade:

> Jardins plantados com muito gosto e cuja singularidade de arranjo apresenta espetáculo deveras curioso. [Falava da disposição em socalcos sucessivos.] Essas *terrasses* me pareceram o verdadeiro império de Flora. Nunca vira eu tão grande quantidade de belas flores, excelentes hortaliças, alcachofras, aspargos, espinafre, couves...

Cita com entusiasmo um pé de couve de quatorze polegadas de diâmetro. Nada disso vê o viajante de agora. É verdade que sete anos depois Saint-Hilaire, descrevendo os mesmos jardins, caçoa de Mawe.

> São esses jardins (jardinzinhos malcuidados... Laranjeiras, cafeeiros, bananeiras plantadas quase sempre sem ordem... A couve, o principal legume... Entre as flores as preferidas, cravos e rosas de Bengala), são esses jardins que um viajante acreditou poder chamar pomposamente o *reino de Flora.*

As casas das pessoas da alta classe pareceram a Mawe muito mais cômodas e mais bem mobiliadas que as do Rio e São Paulo. Os leitos sobretudo mereceram-lhe descrição:

> Nunca vi camas tão magníficas como as das pessoas ricas desta capitania, sem excetuar mesmo as da Europa. Os pés de bela madeira, ornados de caneluras ou esculturas, fundo de madeira ou guarnecido de couro, lençóis de linho fino bordado de rendas com nove polegadas de largura. Travesseiros envolvidos em tafetá róseo coberto de bela musselina guarnecida de larga renda. Colcha de damasco amarelo bordado como os lençóis e travesseiros.

Como até hoje, a rua Direita (Bobadela atual) era a mais bonita. Mas não se vê mais como no tempo de Mawe "nos cantos das ruas grupos de pessoas da baixa classe diante das imagens da Virgem colocadas em nichos". Ainda existem alguns desses oratórios, porém estão sempre fechados.

Havia teatro com "cenários bonitos e atores passáveis".

Saint-Hilaire passou por Ouro Preto em 1816. Melhor que ninguém fixou o aspecto sombrio, devastado, melancólico da paisagem ouro-pretense. Tanto Saint-Hilaire como Mawe falam com interesse da manufatura local de faiança. O francês elogia a forma dos vasos e aponta como defeito o verniz demasiado espesso.

Para ele a fábrica de Vila Rica acabaria rivalizando com as da

Europa, se os habitantes do país, "escutando a honra e o interesse, quisessem fazer esforços para sustentar aquela manufatura".

Parece que os habitantes do país não escutaram nem honra nem interesse... A manufatura desapareceu. No entanto os mineiros dispõem de uma terra de porcelana que a Mawe se afigurou superior à empregada em Sèvres. Ela provinha do morro de Santo Antônio, perto de Congonhas do Campo. Saint-Hilaire notou com espanto que os mineiros, apesar de orgulhosos de sua pátria, não falavam senão com desprezo da única manufatura que possuíam e cujos defeitos exageravam.

Como todos os estrangeiros, queixou-se o naturalista de não ter avistado as mulheres. Apenas uma vez teve ocasião de observá-las no Palácio do Governador em noite de baile. "Ficamos surpresos de não encontrar a tão grande distância da costa diferença mais sensível entre as maneiras das senhoras e as das européias." Dançou-se. Fez-se música. "Algumas damas cantaram muito agradavelmente." No meio da festa apareceu uma mulata que dançou o fandango, e aquelas senhoras, às quais apenas lhe fora lícito dirigir a palavra, "permaneceram tranqüilas espectadoras de dança tão livre", sem escândalo de ninguém.

Em dias subseqüentes Saint-Hilaire visitou os maridos, que eram as principais personagens da cidade. Mas ficou desapontado de não pôr os olhos em nenhuma mulher...

As impressões de outros estrangeiros ilustres coincidem. Há sempre um ar de decepção ante a decadência da cidade. Nenhum sentiu a emoção que ela desperta nos nacionais. O pitoresco a que os estrangeiros de agora são tão sensíveis, não podia impressionar muito os viajantes do século passado, pois a arquitetura colonial dava o mesmo caráter às cidades do litoral – Recife, Bahia, Rio.

Luccock, que residiu no Brasil de 1808 a 1818, também viajou por Minas e parou em Ouro Preto. A má situação da cidade impressionou-o. Só mesmo o amor do ouro podia ter levantado uma cidade em tal lugar, diz ele. Materialmente a cidade agradou-lhe. Um quinto das suas 2 mil casas de então lhe pareceram boas, alguns dos edifícios públicos apresentando certo ar de grandeza "desconhecido nas outras cidades do Brasil". E notou as fontes "de nobre estrutura". O que lhe desagradou foi a aparência e maneiras dos vila-ricanos em geral. Falava naturalmente da gente que via de ordinário nas ruas, onde a predominância era de negros e mulatos, a maioria viciados e miseráveis. Observou que as práticas religiosas da Ave-Maria junto aos oratórios e as grandes cerimônias da igreja deixavam *unaffected*[4] o coração dessa canalha e cita o caso de um sujeito que tirava a reza aos pés da Virgem e conversava de insignificâncias quando acabava a sua parte.

Outro inglês, o reverendo Walsh, que passa por ter injuriado o prestígio britânico no Brasil, tais coisas espalhou de nós, todavia falou de Ouro Preto com muita inteligência e simpatia. As suas impressões são de 1828-1829. Ouro Preto já era a Imperial cidade. Não teve o reverendo ânimo de se instalar na hospedaria para onde o levaram — "um grande casarão com frontaria ornamentada, molduras e cornijas nas janelas e tetos, com balcões e varandas de estilo respeitável", mas inteiramente em pedaços. Devia ser a mesma estalagem de que falou mais tarde Castelnau como a pior do mundo, "como talvez nem mesmo na Espanha se pudesse encontrar".

Walsh admirou-se de encontrar nas lojas toda a sorte de manufaturas inglesas — algodão de Manchester, lãs finas de Yorkshire, meias de Nottingham, chapéus de Londres, cutelaria de Sheffield (Mawe observara a mesma coisa), "tudo tão abundante e barato como nas cidades em que se manufaturavam".

---

4 Em inglês, "insensível". [N.E.]

O seu sentimento patriótico inchou tanto que extravasou num hexâmetro da *Eneida*.

A vista do alto da praça lhe pareceu realmente bonita. "Nove igrejas dão à cidade um ar de importância considerável. Com efeito, essas igrejas são uma feição característica do Brasil em toda a parte." De resto, acrescenta, tudo o que feria a vista do estrangeiro lembrava-lhe que a cidade fora outrora um lugar de grande opulência e importância, e ainda próspera, embora decadente.

Depois de Walsh, veio Gardner, que aqui se demorou entre 1836 e 1841, colhendo material para o Jardim Botânico de Ceilão, de que era superintendente. Gardner diz pouco de Ouro Preto, cujo aspecto achou menos majestoso que o de Mariana, não por falta de grandes edifícios, mas pela irregularidade do sítio. Das igrejas salientou a do Carmo, que lhe pareceu a mais bela. Fala da existência de quatro jornais, dois governistas e dois oposicionistas, e cuja matéria era toda de natureza política. Pudera! Era o tempo em que a província estava toda dividida pelas lutas da Regência e da Maioridade, e naturalmente daqueles quatro jornais dois eram "caramurus" e dois "ximangos"...

O francês Castelnau esteve em Ouro Preto no governo do general Andréia. Foi o que levou vida mais gozada. Logrou penetrar no salão da senhora Ferraz, onde passou noites bem agradáveis no seio de uma sociedade numerosa e "digna de nota pela elegância e pelas maneiras". Os habitantes de Ouro Preto lhe pareceram mais adiantados que os da maior parte das cidades do Brasil. Castelnau, talvez pelas boas apresentações que trazia, pôde desfrutar livremente da sociedade feminina, onde conheceu várias senhoras "notáveis pela boa educação que haviam recebido". Ou então os hábitos mouriscos de retraimento e reclusão já tinham cedido lugar à sociabilidade que se manteve até à mudança da capital.

Duas coisas aborreceram Castelnau nos ouro-pretanos: o costume de queimar bombas de estouro e de "*beugler devant les madones*".[5] Os turistas de hoje podem ficar descansados: nada perturba agora o sono dos viajantes senão, uma vez ou outra, alguma rapaziada de estudantes.

O estrangeiro que mais escreveu sobre Ouro Preto foi o inglês Burton, que a visitou em 1867. Burton hospedou-se na rua de São José. Fez uma volta pelo lado leste, outra por oeste. Os seus comentários de humanista citador de latim têm bastante sabor.

O latinista não perdoa o mau latim dos chafarizes. Citando os hexâmetros da fonte dos Contos, graceja: "A água é melhor que a latinidade". Aliás, seria difícil encontrar fora do século de Augusto latinidade com a pureza da água de Ouro Preto.

A respeito de Marília consigna que se casou e foi mãe de três filhos, um dos quais era o dr. Anacleto Teixeira de Queiroga. "Talvez agora seja ela mais conhecida como *a mãe do dr. Queiroga*."

Fisicamente Ouro Preto pareceu-lhe indigna da vasta província que governava. "Mesmo em São Paulo seria apenas uma cidade de segunda ordem." As igrejas, cujo encanto caracteristicamente brasileiro impressionou o seu compatriota Walsh, afiguravam-se a Burton como enormes paióis (*huge barns*), destituídos de gosto e apenas vistosos internamente. Mal deu um *handsome* ao exterior de São Francisco, passando sem uma palavra de louvor pelas talhas do *ubiquitous little Cripple*.[6]

Dos nossos homens de letras que se ocuparam de Ouro Preto há dois que importa ler: Diogo de Vasconcelos e Afonso Arinos.

O primeiro foi o seu grande historiador. Tendo vivido sempre lá e sempre entregue às pesquisas e estudos sobre o passado da sua província, os seus dois volumes da *História antiga e média das*

---

5 Em francês, "gritar diante das madonas". [N.E.]

6 Em inglês, respectivamente, "bonito" e "Aleijadinho ubíquo". [N.E.]

Minas Gerais evocam com admirável inteligência e honestidade a tumultuosa formação da capitania. No seu sítio de Água Limpa o velho Diogo encarnava todas as tradições gloriosas da cidade, cuja crônica reconstituiu, senão com brilho e outras excelências de estilo, todavia com o senso penetrante do passado. Na Ouro Preto de agora falta um monumento — a herma do seu incansável cronista.

Afonso Arinos residiu alguns anos em Ouro Preto, no tempo em que ela ainda vivia da sua "profissão de capital", como disse Burton. A sua *Atalaia bandeirante* representa uma vista panorâmica da cidade olhada do alto do caminho das Lajes, mas um panorama com a quarta dimensão do passado, que a cada detalhe urbano ele rememora em traços agudos e sóbrios. Em Ouro Preto ainda se recorda a sua elegância impecável, o requinte das suas roupas e das suas maneiras. No seu tempo a cidade vivia ainda com um certo brilho mundano que a mudança da capital arrebatou.

Hoje ela é a cidade dos estudantes. São eles que lhe dão vida e animação. Depois do jantar descem os rapazes das Lajes, onde as repúblicas alternam com os casebres das mulatinhas besuntadas de *rouge* e pó-de-arroz, e vêm cruzar as calçadas e encher os cafés tão simpáticos da rua de São José. Está claro que as mocinhas da cidade estão por ali também, passeando de braço dado. Naturalmente que se namora... Não há mais ouro, mas ainda lhe resta à Imperial cidade essa outra coisa mais preciosa que o ouro — a mocidade, sorriso da velhice da Vila Rica de Nossa Senhora do Pilar.

Bahia

Nunca vi cidade tão caracteristicamente brasileira como a "boa terra". Boa terra! É isso mesmo. A gente mal pisou na cidade baixa e já se sente tão em casa como se ali fosse a grande sala de jantar do Brasil, recesso de intimidade familiar de solar antigo com jacarandás pesados e nobres.

Ali a gente se sente mais brasileiro. Em mim confesso que, mais forte do que nunca, estremeceram aquelas fundas raízes raciais que nos prendem ao passado extinto, ao presente mais remoto. Raízes em profundidade e em superfície. E fiquei comovidíssimo, querendo mais bem não somente aos baianos, com que ali me irmanava, senão também aos patrícios mais afastados ou mais esquivos – paulistas, acreanos, gaúchos, mato-grossenses. Comoção brasileira, como experimentei também vendo o coro de anjinhos mulatos de Tarsila do Amaral.

Um espírito amargo me foi logo advertindo à minha chegada:

– Vai ter uma péssima impressão disto aqui. Cidade sem higiene, sem água, sem esgotos, sem iluminação.

Que bem me importava tudo isso! Estou farto de tanta luz crua voltaica. Um dia virá em que um governador bem-nascido dará aos baianos todos esses bens preciosos. Não lhes dê, porém, luz demais, como fizeram a este Rio de Janeiro, que parece automóvel noturno de novo-rico. O que ninguém lhes poderia dar é aquele aspecto tradicional, tão diferente do das velhas cidades mineiras, porque na Bahia a tradição está viva, integrada no presente mais atual, dominando estupendamente o progressismo apressado, sovina e tapeador que tem desfigurado as nossas cidades litorâneas, que estragou completamente o meu Recife.

Há muita gente ingênua para quem progresso urbano é avenida e arranha-céu. Modernidade – asfalto e cimento armado. Pois eu estou pronto a sustentar para essas sensibilidades modernas, que os tais arranha-céus cariocas não passam de casarões passadistas de muitos andares, ao passo que os velhos sobradões de duas águas da Bahia, com três, quatro andares e sotéias, obedecem à estética despojada, linear, sintética dos legítimos arranha-céus.

O que surpreende nos arquitetos e construtores do período colonial, do Primeiro Reinado e primeira metade do Segundo, é essa adaptação ao ambiente, às necessidades arquitetônicas, à natureza do material.

Eles bem que enfeitavam com amor e capricho um solar térreo ou de dois pavimentos. Mas nos tais sobradões, que nada! Serviam-se de linhas simples e poucas, dispondo dos claros com uma ciência ou intuição admirável da assimetria. O que há de variedade nas fachadas dos oitões! Um velho quarteirão baiano lembra muito as sínteses plásticas dos pintores modernistas quando representam uma cidade.

Não se pense que não tenham feito tolices na Bahia. Tanto a administração pública como os particulares. A casa da Câmara Municipal, por exemplo, que deve ter sido um bonito edifício, está inteiramente desfigurada. O palácio do governo é monstruoso, e faz rir o espetáculo das lápides que assinalam em inscrições bem legíveis os nomes do governador que ordenou a obra, do arquiteto que a planeou, dos mestres-de-obra que a executaram, dos engenheiros civis que serviram na fiscalização. Mas repito: o velho ambiente, pela abundância e força de suas formas, abafa o mau gosto das construções recentes.

Foram dias de tocante contemplação esses em que andei pelas praças, ruas e becos da Bahia na companhia do guia mais inteligente e mais solícito que se me podia deparar: Godofredo Filho.

Foi graças a Godofredo Filho que pude conhecer muita curiosidade escondida da boa terra.

Não comi, como os viajantes de escala, os vatapás e carurus da Petisqueira, pratarrazes comerciais afinal de contas. Godofredo levou-me com mistério à cozinha modesta onde a gorda preta Eva preparava, com a simplicidade do trivial mais fácil, as mais estupendas misturas de dendês e pimentas queimadas que já provei na minha vida. Era passar lá às nove da manhã e encomendar: peixada de moqueca, ou vatapá, ou caruru, ou efó, ou galinha de ó-xin-xin. Quando se voltava ao meio-dia encontrava-se um prato cheiroso e complicadíssimo que parecia exigir um mês ao menos de manipulação. E aparecendo de improviso era quase a mesma coisa.

Mas é tempo que eu comece a falar do que há de mais belo na Bahia — as suas igrejas. E em primeiro lugar da mais rica maravilha de todo o Brasil: a igreja de São Francisco.

Os críticos de arte europeus não poupam o estilo barroco, considerado por eles como uma degenerescência do Renascimento.

É a época da decoração pela decoração, diz Reinach, intervindo em toda a parte e a contra-senso, comprazendo-se numa visão quase febril de linhas atormentadas e de relevos imprevistos. Entretanto, depois de dizer "que o gênio da Renascença acabou por afundar naquela orgia decorativa", acrescenta: "não sem ter produzido, todavia, até ao fim do século XVIII, edifícios notáveis pela ousadia e elegância".

O interior da igreja de São Francisco da Bahia é um desses exemplos de barroco depurado e harmonioso. Por prodigioso que seja o trabalho de talha dourada, não deixando pedaço nu de parede, nunca a abundância e a riqueza da ornamentação obscurecem o relevo das grandes linhas, sempre bem acusadas em toda a sua força e majestade.

Em nossa terra exuberante, onde a natureza dá o modelo do mais fantástico capricho de curvas, o barroco é o grande estilo religioso. Os nossos maiores sentiram isso. Agora é que deram para um gótico mofino, um gótico pobre, quase protestante, que destoa insipidamente no céu brasileiro. Pois essa gente não compreende *que o ogival foi uma coisa que aconteceu na França e acabou-se*? Todos esses nossos góticos de meia-tigela não valem a igrejinha pobre de Mangaratiba ou outra qualquer capelinha caiada de arraial.

A história da igreja e convento de São Francisco está minuciosamente contada no *Orbe seráfico,* de frei Antônio de Santa Maria Jaboatão.

Convidados por d. Antônio Barreiros, bispo de São Salvador, vieram os franciscanos à Bahia, onde levantaram no ano de 1587 um pequeno convento e igreja no mesmo local do templo de hoje.

Um século mais tarde, convento e igreja já eram acanhados para o desenvolvimento da ordem e da cidade, razão pela qual se pensou em erguer casa mais vasta e mais rica.

As obras do novo convento começaram em 1686. Em 1708 lançava-se a pedra fundamental da igreja, segundo consta do *Livro dos guardiães:*

> Ao 1º de novembro de 1708 benzeu a primeira pedra o Ilmo. Sr. D. Sebastião Monteiro da Vide, arcebispo metropolitano deste Estado do Brasil, e a lançou no fundo a uma parte do Cruzeiro, quer dizer, onde se cruzam os arcos da capela-mor e da nave transversal, junto com o Sr. Luís César de Meneses, governador-geral. Esta memória se lançou neste livro para que se saiba a todo o tempo, e nos mostremos agradecidos a este povo da Bahia, e seu Recôncavo; pois nos deram esmolas com que fizemos este Convento, e imos fazendo este templo tão grandioso.

Era então guardião frei Vicente das Chagas.

Já em 1713, ainda longe de completado o templo, rezava-se nele a primeira missa para celebrar a festa do Seráfico Patriarca.

Assim reza o cronista do *Livro dos guardiães:*

> A 8 de outubro de 1713, véspera de N. P. S. Francisco, de tarde, benzeu a igreja deste Convento o Ilmo. Sr. arcebispo desta metrópole D. Sebastião Monteiro da Vide, e se fez uma procissão pelas ruas da cidade com aplauso e contentamento universal de todo o povo. Levou o Santíssimo Sacramento o Sr. arcebispo, o qual, recolhida a procissão, o colocou na igreja, e ao outro dia, que foi de N. P. S. Francisco, celebrou a primeira missa, dizendo-a de Pontifical, o dito senhor.

Os trabalhos de construção propriamente estavam concluídos em 1723, mas a decoração interna se prolongou ainda por muitos anos, só ficando pronta em 1750.

Levou, pois, 42 anos o acabamento daquela grandiosa fábrica.

Há mais de duzentos anos lá está ela, piedosamente conservada pelo zelo religioso e artístico dos irmãos de São Francisco.

Tempo houve em que a mão do tempo exerceu o seu estrago. O decreto da Regência que restringia às ordens a faculdade de admitir noviços (1834) e o do governo imperial que de todo a retirava (1855), causaram o despovoamento dos conventos, cujos patrimônios artísticos entravam a arruinar-se por falta de zeladores.

Felizmente a República restaurou a liberdade de profissão religiosa. Da Europa, sobretudo da Alemanha, nos vieram numerosos religiosos de São Francisco, e estes puseram logo mãos à obra de reparação da majestosa casa.

Compõe-se o interior de uma vasta nave central, ladeada de duas outras mais baixas, abrindo-se para ela em quatro arcos e com três capelas cada uma.

A nave principal é cortada em cruz por uma nave transversal, em cujos extremos estão colocados os altares de Nossa Senhora da Glória e do Sagrado Coração de Jesus, primitivamente de São Luís e mais tarde do Senhor Santo Cristo da Boa Sentença, ambos talvez mais ricos do que o santuário.

As balaustradas que separam as naves laterais da central foram talhadas em jacarandá por um irmão da ordem, frei Luís de Jesus, mais conhecido por frei Luís Torneiro.

Era um artista habilíssimo, que, além daquela talha notável, deixou as mesas e os ricos armários da sacristia, as cadeiras e estantes do coro e a escadaria que leva ao primeiro andar do convento, tudo de jacarandá.

Os tetos são admiráveis. O da nave principal faz meia volta junto às paredes, sendo o mais corpo de esteira aquartelado com painéis de molduras douradas. Os das capelas laterais são abobadados, com arcos de barretes de talha. A abóbada da capela-mor retém longamente a vista do observador pela engenhosidade com que o artista obteve o forte e rico efeito de girândola pela simples combinação de hexágonos e octógonos.

Escreveu o autor do *Orbe seráfico:*

> Depois do material das suas paredes, se cuidou logo no seu interior ornato, mandando-se fazer retábulos, forros, douramentos, grades, sepulturas de mármore, e o mais na perfeição e grandeza que se vê... e tudo a benefício e esmolas do povo em comum, e de muitos benfeitores em particular para que assim seja melhor servido, e mais glorificado Deus em si, e nos seus santos, que é o princípio e fim para que se ordenam os templos...

Entre esses benfeitores a que se refere frei Antônio de Santa Maria Jaboatão, está em primeiro lugar el-rei d. João v, que fez vultosas doações ao convento. Foi ele que mandou revestir de painéis de azulejos o claustro do convento; que custeou o douramento do altar de Santo Antônio e a este santo conferiu o posto de capitão intertenido do forte de Santo Antônio da Barra. Também foram oferta real as duas belas pias de mármore português.

Doação magnífica foi a do capitão Antônio de Andrade Torres: a maravilhosa lâmpada da capela-mor, toda de prata maciça do Porto, medindo mais de dois metros de altura e pesando oitenta quilos.

Os irmãos franciscanos têm especial ufania em mostrar aos visitantes, como a mais bela imagem do Brasil, a figura em madeira de São Pedro de Alcântara, obra do escultor baiano Manuel Inácio da Costa. É realmente uma escultura notável pela expressão de sofrimento estampada no rosto e nas mãos. Quando d. Pedro II visitou o convento, em 1859, ficou tão impressionado pela imagem do seu padroeiro que se propôs adquiri-la pela quantia de trinta contos. Não o conseguiu.

Também de Manuel Inácio da Costa são as belas imagens da Virgem da Conceição, da Senhora de Sant'Ana e de Santo Antônio. No nicho em que se abriga este último venerava-se antigamente a milagrosa imagem de Santo Antônio de Argüim, festejado anualmente pela Câmara e povo, por ter sido ele o protetor da cidade contra os invasores holandeses.

A imagem de Nossa Senhora da Piedade, também notável, é obra de outro escultor baiano — Antônio de Sousa Paranhos.

Frei Matias Teves, de cuja monografia colhemos os dados para estes informes, faz esta admirada interrogação: considerando as condições do tempo e das circunstâncias em que foi planejada e executada obra tão grandiosa, como foi isso possível? Que homens eram estes que, só duzentos anos depois do descobrimento, num meio apenas iniciado na civilização, longe dos elementos que na velha Europa favoreciam o desenvolvimento das belas-artes, provocaram no Brasil uma primavera de arte, exuberante e encantadora, de que o nosso templo é testemunho magnífico e glória imorredoura?

Anexado ao templo está o formidável edifício do convento, cujos fundos dominam com quase centena e meia de janelas o casario da cidade baixa.

As celas são pobres, segundo os votos da ordem. Além do claustro de azulejos, a que já nos referimos, delicioso retiro de contemplação, é digna de nota a sala da biblioteca, sem riqueza mas de harmoniosíssimo efeito nos seus azuis e rosados de tijolo.

Modesto é o convento dos frades carmelitas. Modesto em comparação com o de São Francisco, pois se trata também de uma imponente mole, onde outrora vivia uma multidão de frades. Hoje são apenas cinco monges, insuficientes para zelar pela grandeza do edifício. O tempo, os maus abades, os ladrões despojaram a casa de muitos primores. Contudo, ainda resta o que ver, e o guardião atual defende com solicitude o patrimônio restante.

Não se imagina o que é por esse Brasil afora a pilhagem das igrejas pelos antiquários! Quando visitamos o convento do Carmo, andava o abade às voltas com dois sujeitos que havia uma semana o sitiavam para comprar por bom preço a linda mobília joanina que guarnece a sala histórica em que os capitães holandeses assinaram o tratado de entrega da cidade.

Pela famosa cadeira de d. João v já houve quem oferecesse 35 contos. Quando d. João regente passou pela Bahia, hospedou-se num solar (hoje desfigurado!), fronteiro ao convento. E fazia transportar à capela dos carmelitas a poltrona de jacarandá e assento de couro furado, em que rezava o ofício com os frades. Retirando-se para o Rio, fez doação da cadeira ao convento. Está hoje na sacristia, exposta como uma jóia.

Na igreja são dignos de nota os grandes tocheiros de prata

maciça, tão pesados que os ladrões não lograram carregar quando de uma feita assaltaram o templo, o revestimento do altar-mor igualmente de prata todo ele, e a lápide singela que cobre os despojos do conde de Bagnuolo.

O convento de São Bento já não foi obra daqueles homens de que se espantou frei Matias Teves. A casa está toda infiltrada de mau gosto e da mediocridade do estilo Sagrado Coração. O velho coro de jacarandá, removido para uma sala interior, onde assenta hoje o cabido, cedeu lugar a um pau-amarelo todo requififeado.

Nada que ver, senão uns belos móveis de jacarandá, a livraria e uma pequena lápide quadrada no chão de uma saleta de passagem com esta simples inscrição: "Aqui jaz um pecador". É a sepultura de Gabriel Soares, o do roteiro.

A livraria dos beneditinos é que é notável pelos exemplares raros e preciosos que encerra. Infelizmente os monges são poucos para cuidar convenientemente dos livros, muitos dos quais estão se esfarelando pela ação dos bichos. Entre outras obras de valia vi lá a primeira edição da *Enciclopédia francesa*, em bom estado.

Godofredo Filho levou-me a quase todas as velhas igrejas da Bahia, bisbilhotando nas sacristias e desvãos escusos para descobrir peças interessantes. Algumas merecem que nos detenhamos um pouco. E para começar, a maciça, sombria Sé Velha, avó rija e venerável. Erguida no sítio onde se levantou a Sé de Palha, primeira igreja construída no Brasil, creio eu, a velha Sé ainda é dos tempos em que as casas de Deus deveriam servir eventualmente de fortalezas, e daí as suas paredes robustas de poucas e acanhadas abertas. A fachada principal, que dá para o mar, era toda de pedra. Como o peso ameaçava esbarrondar o morro, foi ela demolida pelo governador-geral, pensando-se substituí-la por uma frente trabalhada em barro. Coisa que nunca se fez. No interior, rica prataria guardada na pequena capela à esquerda do altar-mor.

A dois passos da Sé Velha fica a pequena igreja da Misericórdia, onde tantas vezes pregou o padre Vieira, com claustro revestido de belos azulejos.

Em estilo mais severo e inteiramente construídas de pedra são as duas igrejas da Conceição da Praia e Catedral. Esta tem a honra de guardar os restos de Mem de Sá no centro da cruz em face da capela-mor e os de Vieira, que estão na primeira capela lateral à direita. No altar-mor se vê o quadrinho histórico da Virgem, ao qual os jesuítas se abraçaram e encomendaram por ocasião do naufrágio de que se salvaram milagrosamente. Era esta a casa dos jesuítas. O Colégio ainda se conserva em parte como foi no tempo de Vieira, cuja cela era a última no fundo do corredor.

Outra maravilha, a sacristia da Catedral. Imaginem-se duas enormes cômodas de jacarandá de uns sete metros de comprimento, ricamente embutidas de tartaruga e marfim, guarnecidas cada uma com oito pequenos painéis a óleo, cenas bíblicas traçadas com forte ciência de composição e grande doçura de colorido. Essas pinturas suscitaram a cobiça de um rico americano, que ofereceu três contos por cada painel.

Quanta igreja bonita, meu Deus! São Domingos, ao lado da casa em que nasceu Gregório de Matos, São Pedro dos Clérigos, a pequenina capela do Monte Serrat, a de Nossa Senhora da Graça... Esta foi mandada levantar pela Paraguaçu, segundo reza a inscrição tumular:

> Sepultura de D. Catarina Álvares Paraguaçu, senhora que foi desta capitania da Bahia. A qual ela e seu marido Diogo Álvares, natural de Viana, deram aos senhores reis de Portugal. Edificou esta capela de Nossa Senhora da Graça e a deu com as terras anexas ao patriarca de S. Bento em o ano de 1589.

Tive a sorte de passar na Bahia por ocasião da festa do Senhor do Bonfim. É a grande romaria tradicional, a Penha dos baianos com um pouco de carnaval carioca da praça Onze de Junho, ternos e ranchos de pastorinhas, muito aperto de povo, namoro grosso, barraquinhas de vatapás, carurus e outras ardências negras, isto madrugada adentro dias a fio. Este ano quebrou-se a tradição na cerimônia da lavagem do templo. Em vez de feita pelo potirão de fiéis, que parece dava lugar a cenas folionas por demais, foi ela confiada a meia dúzia de aguadeiros mercenários. Nesses dias toda a população da cidade se desloca para o adro da bonita igrejinha iluminada.

A mania do neocolonial está se apoderando de todo o Brasil. Seria bom que nossos amadores de estilo dessem um pulo à Bahia para sentirem e apreenderem a razão, a força, a dignidade daqueles velhos solares ou dos altos sobradões dos bairros comerciais. Para ver se dariam depois outro rumo a estas tentativas de arte brasileira, que, positivamente, enveredaram por caminho errado aqui no Sul, fazendo bonitinho, engraçadinho, enfeitadinho, quando o espírito das velhas casas brasileiras era bem o contrário disso, caracterizando-se antes pelo ar severo, recatado, verdadeiramente senhoril.

Parece que hoje não se gosta mais disso, mesmo na Bahia. Os velhos solares do bairro da Sé estão hoje reduzidos a cortiços de gente pobre, e é mesmo uma impressão curiosa ver o mais reles meretrício da cidade, o meretrício pretinho, aboletado em nobres casarões arruinados, com brasão de pedra ou azulejo sobre as portas de batentes almofadados.

Mas foi talvez essa deserção da burguesia endinheirada que nos preservou os melhores bairros das restaurações em que tudo se abastarda.

Dois antigos solares pelo menos mereciam do governo estadual algum zelo, a fim de se lhes restituir o esplendor passado: o do Saldanha e o dos Aguiares, aquele no centro do bairro da Sé e este num arrabalde.

O Saldanha foi um fidalgo português indicado por el-rei para desposar uma mulata espúria, filha de um riquíssimo senhor de engenho do Recôncavo. O dote era uma fabulosa fortuna. O Saldanha aceitou e parece que foi feliz com a brasileira. A casa que fez levantar para sua moradia ostenta uma grande nobreza de linhas. O pórtico da entrada é uma belíssima escultura em granito. Pude ver o interior, onde hoje está instalado o Liceu de Ofícios, que aluga o antigo salão nobre, de bonito teto apainelado, para sala de projeção de um cinema. E o saguão, que é um magnífico exemplo daquele forte e plácido estilo dos nossos antepassados, está agora cheio dos grandes carões coloridos dos filmes americanos.

Mais lastimável ainda é o estado de degradação do solar dos Aguiares. Reduzido a casa de cômodos. O pátio interno ameaçando ruir. Os lindos azulejos, que contam a história do Filho Pródigo, tão maltratados! Na própria capela duas camas de ferro miseráveis. Cozinhavam a lenha no aposento pegado, de sorte que toda a fumaceira entrava para a capela, enegrecendo irremediavelmente a velha talha dourada do altar...

Fala brasileira

A propósito do livro do professor Antenor Nascentes, intitulado *O idioma nacional*, escreveu o professor Sousa da Silveira um excelente artigo de crítica no *Jornal do Commercio* do Rio. Desse artigo destaco o seguinte período:

> Um lingüista como ele [Nascentes] o é, não podia absolutamente usar daquela denominação [*Idioma nacional*] para encobrir a realidade das coisas, nem entrar na corrente delirante dos que pretendem, pela simples resolução de adotar na língua escrita todas as licenças da língua falada, criar uma língua nova, uma língua que querem não seja portuguesa, sem se lembrarem de que, com esse processo, apenas conseguiriam (se veleidades humanas pudessem desviar o curso natural das coisas) escrever uma língua que seria a portuguesa com alterações numerosas e talvez profundas, mas sempre e em substância a língua portuguesa.

Nesse período empregou Sousa da Silveira o adjetivo "delirante" no sentido etimológico, para significar "o que sai do sulco", não tendo, portanto, a palavra nenhuma intenção menos delicada para os adeptos daquela corrente. Não é menos visível, porém, que as expressões do sábio professor encerram alguma... direi injustiça? para os que ultimamente se têm aplicado a aproveitar artisticamente na prosa e na poesia brasileiras formas e dições da nossa gente, até agora condenadas como incorretas.

Que essa condenação existia, e existe ainda, é um fato. O nosso grande João Ribeiro caçoou de Tobias Barreto nas *Páginas de estética*, dizendo que este se exprimira "com certa riqueza de idéia, mas grande miséria de gramática" nos dois versos famosos:

Das pedras todas que atiram-me
Hei de fazer um altar!

Ora, não há aí nenhuma miséria de gramática, salvo para um ouvido português.

Lima Barreto, um morto de ontem, era por muitos considerado escritor desleixado e incorreto pelo fato de se servir em prosa literária de formas correntes na linguagem falada da boa sociedade.

Isso, é inegável, só se explicava pela influência da tradição portuguesa, sensível até hoje em todos os escritores brasileiros, mesmo naqueles que experimentaram a necessidade da insubmissão, como Alencar, furiosamente atacado pelos gramáticos do tempo, Lima Barreto e outros.

Foi preciso que aparecesse um homem corajoso, apaixonado, sacrificado e da força de Mário de Andrade para acabar com as meias medidas e empreender em literatura a adoção integral da boa fala brasileira. Não cabe aqui discutir os erros, os excessos, as afetações da solução pessoal a que ele chegou. Nada disso tira o valor enorme da sua iniciativa, a segunda, e muito mais completa e eficiente que a primeira de Alencar. Aqueles mesmos excessos, aquelas mesmas afetações contribuíram para ferir as atenções, para promover reações e discussões, para focalizar o problema em suma.

O ambiente hoje é mais favorável que no tempo de Alencar. A filologia fez progressos enormes e os seus mestres atuais são entre nós os Antenor Nascentes e os Sousa da Silveira, espíritos sem ranço de gramatiquices estreitas, e com os quais se pode conversar. Nenhum deles dará mais por incorretas as pobrezinhas das formas brasileiras, o que não acontecia nos anos em que se aprendia português pelas gramáticas de Sotero, Júlio Ribeiro, Alfredo Gomes.

Mas embora Sousa da Silveira admita nos outros as liberdades brasileiras, sente-se que a sua simpatia ainda está com a tradição literária escrita.

O período do seu artigo, transcrito atrás, importa num ataque sem razão de ser. Porque – quem falou até hoje em "língua brasileira"? Não me consta que jamais Mário de Andrade tenha pretendido criar língua nova. Nem ninguém pensa que o português falado pelos brasileiros seja língua nova.

Nos seus livros já publicados o poeta paulista anuncia a publicação próxima de uma *Gramatiquinha da fala brasileira*. Notem bem: não diz língua brasileira, e sim fala brasileira.

O que intenta aquela corrente a que aludiu o professor Sousa da Silveira é criar na linguagem escrita uma tradição mais próxima da linguagem falada natural, correta mas sem afetação literária, da sociedade brasileira culta. Entre esta linguagem e a tradição literária existe um abismo como não o há em país algum, inclusive o próprio Portugal. *É que a linguagem literária entre nós divorciou-se da vida. Falamos com singeleza e escrevemos com afetação.*

Humberto de Campos repetiu num dos seus folhetins literários o caso passado com Anatole France que, tendo dúvidas sobre a correção gramatical de um período de sua autoria, recorrera aos bons ofícios de Darmesteter, o filólogo ilustre.

De que terra é o senhor?

– De Paris – respondeu France.

– Então é ao senhor que me cabe esclarecer – respondeu o mestre.

Darmesteter entendia que o francês falado por um parisiense culto não podia deixar de ser o bom francês. O mais é literatura, e má literatura.

A propósito da combinação dos pronomes oblíquos "me", "te", "lhe", "nos", "vos" com "o", "a", "os", "as", combinação sempre evitada na linguagem falada pelos brasileiros, cita o professor Sousa da Silveira um trecho de Alencar onde vem esta oração: "Martim lho arrebatou das mãos". E comenta: "Suprimam dali o 'o' ou substituam-no por 'o vaso', e vejam se a forma lapidar daquela frase não degenera em construção pobre e sem energia".

Não passou pela cabeça do mestre a construção que acudiria logo a Mário de Andrade: "Martim lhe arrebatou ele das mãos". Bem sei a repugnância que tal construção pode causar a quem se educou na tradição clássica portuguesa. Mas força é confessar que não há outra dentro do gênio da fala brasileira. Admito que tenha menor energia, menos concisão e elegância. Tem contudo mais caráter, do nosso ponto de vista, bem entendido. Ora todos sabemos que o caráter é uma escola de sacrifícios... Haverá muito sacrifício que fazer nessa tentativa de aproveitamento artístico da fala brasileira. E dentro da tradição clássica portuguesa não há tanta coisa para lamentar entre as que se arcaizaram e morreram, sendo no entanto admiráveis instrumentos de concisão e elegância? Os pronomes "en", "endo" por exemplo.

O fato de um filólogo da mais pura formação clássica, como o prof. Nascentes, já considerar lusitanizantes certas construções correntes na prosa literária brasileira de um Euclides, de um Monteiro Lobato, de um Lima Barreto é muito significativo. E o meu sentimento é que as formas brasileiras da linguagem falada serão chamadas a substituir as que o professor Nascentes qualificou de lusitanizantes, com grande escândalo do professor Sousa da Silveira.

O Aleijadinho

Em 29 de agosto de 1930 fez duzentos anos que nasceu em Ouro Preto o artista genial, cujo nome raros saberão por inteiro — chamava-se Antônio Francisco Lisboa, e mais conhecido pelo apelido de Aleijadinho. Na verdade tão mal conhecido.

Foi um estrangeiro, Saint-Hilaire, quem primeiro, creio, chamou a atenção sobre ele, no seu livro de viagens pela capitania das Minas Gerais. É que o grande naturalista, de passagem por Congonhas do Campo, teve ocasião de ver as estátuas dos profetas, doze estupendas figuras esculpidas em pedra-sabão que, dos poiais da escadaria do famoso templo do Senhor Bom Jesus, dominam a encosta que leva ao santuário, e as cenas dos Passos da Paixão, um total de 66[7] figuras de tamanho natural, talhadas em madeira, tudo obra de Antônio Francisco. Saint-Hilaire ficou surpreso de encontrar tamanho vigor aliado a tanta ciência de expressão em artista nascido e formado em sertão remoto, tão apartado dos centros de cultura.

Depois de Saint-Hilaire, só uma pessoa, ao que me consta, ocupou-se de tão extraordinário artista, dando-se ao trabalho de indagações e pesquisas de primeira mão sobre a sua vida e obra. Foi o publicista mineiro Rodrigo José Ferreira Bretas, bisavô do meu querido amigo Rodrigo Melo Franco de Andrade.

O trabalho de Rodrigo Bretas foi estampado em 1858 no *Correio Oficial de Minas*, números 169 e 170, sob o título de "Traços biográficos

---

7 Mário de Andrade, quando esteve em Congonhas, em 1917, contou 74. Não as contei. Fiz o cálculo pelos recibos passados à Irmandade por Antônio Francisco, segundo o padre Júlio Engrácia.

relativos ao finado Antônio Francisco Lisboa" (posteriormente reimpresso na preciosa *Revista do Arquivo Público Mineiro*).

Rodrigo Bretas escreveu-o em 1858. Ora o Aleijadinho falecera em novembro de 1814. Quer dizer que o biógrafo ainda conheceu muitos contemporâneos do artista, entre os quais a sua nora Joana, em cuja casa Antônio Francisco passou os últimos dois anos de sua longa e atormentada vida. Os informes de Bretas foram pois colhidos na tradição oral. Embora deixem obscuros uma porção de pontos que seria tão curioso conhecer, todavia ilustram suficientemente a personalidade do artista, que naquela curta notícia avulta em toda a força e originalidade da sua prodigiosa figura.

Daí para cá não se tem feito senão repetir o que escreveu Bretas. Estudo propriamente não existe nenhum sobre o homem que foi, inegavelmente, o maior arquiteto e estatuário que já tivemos.[8]

Na Europa um artista como o Aleijadinho teria dado motivo a toda uma biblioteca. Ele estaria estudado a todas as faces do seu extraordinário gênio plástico, como arquiteto e construtor, como escultor, entalhador e santeiro; a sua obra andaria reproduzida aos milhares em edições de preço; ao par de sua arte assombrosa, a sua vida teria fornecido a poetas e dramaturgos um tema rico das mais patéticas sugestões.

◆

Mesmo em Minas, e em cidades onde trabalhou, Antônio Francisco Lisboa é quase desconhecido. O que se sabe dele é a vaga tradição de homem do povo, deformado pela moléstia e capaz de, embora desprovido de dedos (só tinha os índices, e os polegares),

---

8 Estas linhas foram escritas antes de 1930. Daí para cá têm aparecido numerosos estudos sobre o Aleijadinho.

talhar santos e virgens que parecem viver e respirar, e isso sem nunca ter recebido nenhuma lição de mestre – em suma gênio absolutamente espontâneo, sem hereditariedade nem cultura. Nessa tradição enxertam-se mesmo algumas lendas, como a que foi referida por Bretas (voltaremos a ela mais adiante) e outra recolhida por mim em São João d'El-Rei, de caráter popular e tocada de sobrenaturalidade. Ouvi-a uma tarde em que, aberta a igreja de São Francisco para a cerimônia da bênção, aproveitei a ocasião de subir às torres e contemplar ao crepúsculo o panorama da cidade. Contou-me então o meu guia que aquilo era obra de um aleijado "que ninguém sabia de onde viera e, acabadas as obras da igreja, desaparecera, não se sabe também para onde".

O gênio do Aleijadinho era sem dúvida excepcional, mas não foi, como se repete sempre, uma vocação sem raízes de herança e de cultura. Antônio Francisco era filho de Manuel Francisco Lisboa, arquiteto português, no Brasil o melhor arquiteto do seu tempo, autor da igreja da Conceição (Matriz de Antônio Dias) em Ouro Preto. O irmão de Manuel Francisco, Antônio Francisco Pombal, construiu e adornou interiormente a Matriz do Fundo de Ouro Preto, obra admirável. Antônio Francisco Lisboa tinha pois a quem sair.

Quanto aos estudos, é verdade que não recebeu cultura de humanidades. Freqüentou apenas a classe de primeiras letras e talvez a de latim. Sabe-se que depois de adulto a sua principal leitura era a Bíblia e livros de medicina: a Bíblia, alimento de sua arte, toda ela de inspiração exclusivamente religiosa; os livros de medicina é provável que os lesse em busca de conhecimentos para tratamento e lenitivo de sua medonha enfermidade.

Mas no que respeita à instrução técnica, teve-a e da melhor, porquanto se formou nas oficinas do pai, escola viva, não curso livresco e rotineiro de academias oficiais. Aprendeu os elementos essenciais da técnica. O gênio fez o resto.

◆

Antônio Francisco era filho de uma africana ou crioula, de nome Isabel, escrava de Manuel Francisco da Costa Lisboa. Teve dois irmãos de pai e mãe. Um deles, o padre Félix, ordenado a expensas de Antônio Francisco, também trabalhou em talha. A ele se atribui a imagem de São Francisco na capela do mesmo santo.

Segundo informações colhidas por Bretas, Antônio Francisco era pardo escuro, de estatura baixa, corpo cheio e mal configurado; tinha entretanto o nariz regular, algum tanto pontiagudo; a testa era larga; o cabelo preto, basto e anelado; a voz, forte; a fala, arrebatada.

Até aos 47 anos gozou de perfeita saúde, de que abusava, aliás, sendo grandemente dado aos vinhos, às mulheres e aos folguedos populares. Depois a doença terrível acometeu-o, deformando-o a ponto de lhe trocar o nome no apelido pelo qual ficou para sempre conhecido.

Que estranha enfermidade seria essa que durante 37 anos afligiu, desfigurou e mutilou aquele físico robusto de mestiço? Aqui não podemos deixar de sorrir do diagnóstico retrospectivo de Rodrigo Bretas, que, ao lado da lepra e da zamparina, epidemia que grassou em Minas, insinua uma possível "complicação de humor gálico com escorbuto".

É de crer fosse a lepra. Lepra ou humor gálico, como diz Bretas, o artista padecia freqüentemente dores violentas, tão agudas que o levaram mais de uma vez a mutilar-se os dedos com o próprio escopro com que feria a pedra. Caíram-lhe todos os dedos dos pés, e desde então não caminhava senão de joelhos, para o que mandou fazer umas joelheiras de couro, e assim marinhava escadas acima com grande agilidade. Perdeu também quase todos os dedos das mãos. Para trabalhar era mister que um escravo lhe amarrasse às mãos o cinzel e o martelo. Foi assim que em idade já avançada, a partir dos 61 anos, ele lavrou as doze figuras dos profetas e as 66 estátuas dos Passos de Congonhas do Campo.

Nem foram só as mãos e os pés que a moléstia deformou. O rosto também sofreu os dolorosos estigmas. Era tão feio o aspecto da boca repuxada a um lado e dos olhos inflamados, que um pobre escravo adquirido pelo Aleijadinho tentou matar-se, anavalhando o pescoço, horrorizado de servir a senhor tão medonho.

Todavia a enfermidade, longe de abater o ânimo de Antônio Francisco, como que estimulou a sua formidável capacidade de trabalho. O principal efeito dela foi segregá-lo da sociedade, que ele passou a evitar. Às primeiras horas da madrugada punha-se a caminho do local em que devia trabalhar, quase sempre uma igreja ou capela, de onde só regressava noite fechada. Ia sempre a cavalo, embuçado em ampla capa e chapéu desabado, fugindo a encontros e saudações. No próprio sítio da obra, ficava a coberto de uma espécie de tenda, e não gostava de mirones. Quando algum ousava se lhe aproximar, ainda que fosse personagem de alta qualidade, como sucedeu ao capitão-general d. Bernardo de Lorena, Antônio Francisco atacava a pedra com tal fúria, que uma saraivada de estilhas botava prontamente em fuga o indiscreto. Não sendo a serviço, só saía de casa para assistir à missa, o que fazia sempre na Matriz da Conceição de Antônio Dias. Sua casa era contígua à igreja, para onde ele se transportava às costas do escravo Januário, aquele mesmo que tentara suicidar-se, mas sarou e foi depois um servidor dedicado. Já em 1858 não existia mais esse prédio.

Outro ponto em que é preciso lançar reparo: a obra do Aleijadinho não é toda de sua mão. Isso aliás transparece logo a olhos atentos diante da desigualdade dela. Nas figuras, sobretudo nas virgens e nos anjos, há um desenho de boca, a um tempo forte e precioso, muito característico dele, pois se encontra sempre nas esculturas que sabidamente são de sua mão, tais a maravilhosa pia de São Francisco e, na mesma igreja, os coroamentos dos pórticos, para só citar essas peças. Antônio Francisco fazia-se ajudar por discípulos formados sob a sua direção. Dois deles eram seus próprios escravos, Maurício e Agostinho, aquele hábil, tanto que em Congonhas Antônio Francisco confiava a ele o primeiro desbastamento dos blocos em que lavrou as estátuas dos profetas. Maurício morreu em Congonhas.

Justino foi outro seu discípulo de talha, e com ele trabalhou o Aleijadinho pela última vez. Em 1811 obteve Justino a tarefa da construção dos altares da igreja de Nossa Senhora do Carmo de Ouro Preto. Tanto instou com o mestre, já quase inválido, que conseguiu obter-lhe a colaboração como diretor e inspetor dos trabalhos, e instalou-se em casa contígua à igreja. Contava Antônio Francisco 82 anos.

Essa empreitada foi causa de grandes males e dissabores para o infeliz homem. Nunca lhe fora propícia aquela capela do Carmo. Já por ocasião da sua construção, queixara-se Antônio Francisco de que o salário lhe havia sido pago em ouro falso.

Justino procedeu indignamente com o velho mestre. Nas festas do Natal, esquecido da assistência que lhe devia, retirou-se para o Alto da Cruz, deixando Antônio Francisco só, entregue a si mesmo na casinha deserta. Quando voltou, encontrou-o depauperado em extremo e quase inteiramente cego. Foi nesse estado que o Aleijadinho se recolheu a sua casa da rua Detrás de Antônio Dias, da qual depois de algum tempo se mudou definitivamente para a de sua nora, a parteira Joana Lopes, casada com um seu filho natural, que, segundo informações obtidas por Bretas, foi marceneiro no Rio. Aí padeceu o artista durante dois anos e foram os mais penosos da sua vida. Não tinha um vintém de seu. Justino faltara-lhe com a maior parte do salário. A terrível doença completava com a velhice a sua lenta destruição. Não havia mais o derivativo empolgante da obra. O Aleijadinho, entrevado e cego, jazeu meses num pequeno estrado, três tábuas sobre dois cepos de pau, implorando continuamente o Senhor "para que sobre ele pusesse os seus divinos pés".

A 18 de novembro de 1814 expirou. Seus despojos descansam na Matriz de Antônio Dias, sob uma lápide em face do altar de Nossa Senhora da Boa Morte.

A casa de sua nora ainda estava de pé ao tempo de Rodrigo Bretas. Quando visitei Ouro Preto, procedi a indagações: desaparecera demolida a humilde habitação sagrada pelo martírio do aleijadinho genial.

◆

Rodrigo Bretas relaciona as seguintes obras de Antônio Francisco:

- S. FRANCISCO DE OURO PRETO:
  Projeto e construção
  Talha e escultura do frontispício
  Os dois púlpitos
  Pia da sacristia
  Imagens da Trindade
  Anjos do cimo do altar-mor
  Talha do altar-mor e escultura alusiva à ressurreição do Senhor em baixo-relevo sobre a face principal da urna
  Toda a escultura do teto da capela-mor
- IGREJA DE NOSSA SENHORA DO CARMO EM OURO PRETO
- IGREJA DE S. FRANCISCO EM MARIANA
- IGREJA DE S. FRANCISCO EM SÃO JOÃO D'EL-REI
- IGREJA DE NOSSA SENHORA DO CARMO EM SABARÁ
- MATRIZ DE SÃO JOÃO DO MORRO GRANDE

- IMAGEM DE SÃO JORGE, GUARDADA NA MATRIZ DO FUNDO DE OURO PRETO
- ESCULTURAS E IMAGENS EM CONGONHAS DO CAMPO, NA MATRIZ DE SANTA LUZIA DO RIO DAS VELHAS E NAS ERMIDAS DAS FAZENDAS DA SERRA NEGRA, TABOCAS E JAGUARÁ, DO TERMO DE SABARÁ.

A essa lista pode-se acrescentar a talha e escultura do frontispício de São Miguel Arcanjo em Ouro Preto.

Talvez também, embora a tal respeito não se me tivesse deparado em parte alguma menção do seu nome, ao Aleijadinho pertença a autoria da talha e escultura do pórtico da Matriz de Nossa Senhora do Carmo em São João d'El-Rei, obra em pedra-sabão e bem marcada pela sua maneira. Aliás toda a fachada principal do templo respira a arte de Antônio Francisco.

◆

Rodrigo Bretas registrou nos *Traços biográficos* a lenda de uma maravilhosa porta de entrada, executada no Rio para uma igreja da cidade. O caso ter-se-ia passado assim: a irmandade da tal igreja abrira concorrência para a talha da porta. Antônio Francisco, que se achava temporariamente na Corte, apresentou-se a disputar a empreitada. Desconhecido inteiramente como era, a sua pessoa não inspirou mais que o espanto de vê-lo pretender à competência. Picado com a desconfiança e menoscabo que leu nos olhos da irmandade, meteu-se o artista em casa, esculpiu meia banda da porta, e certa noite, às ocultas, providenciou para que fosse ela colocada sobre os gonzos da ombreira do templo. Na manhã seguinte foi enorme a admiração. Não havia na cidade escultor capaz de tão caprichosa talha. Dias se passaram assim, envolta em mistério a personalidade do seu autor.

Antônio Francisco, de caso pensado, escondera-se. Afinal, o mistério esclareceu-se. O artista, procurado por toda a parte, foi afinal descoberto, completou a porta maravilhosa e voltou a Minas satisfeito, no seu orgulho, de ter confundido aqueles que duvidaram do seu gênio.

Bretas contesta toda essa história e, ao que parece, com razão. É verdade que Antônio Francisco fez em 1776 uma viagem à Corte, acudindo a uma apelação interposta por uma "cabra" forra, de nome Narcisa, da qual tivera um filho. Mas de regresso a Ouro Preto nunca se referiu à tal porta nas confidências que sobre aquela viagem fazia a um amigo íntimo, sobrevivente ainda ao tempo de Rodrigo Bretas. Pondere-se ainda que uma obra de tal importância, executada em tão curiosas circunstâncias, teria notoriedade bastante para não desaparecer sem assinalamento. Não existe tal porta em igreja nenhuma do Rio. Nunca se leu nenhuma alusão a ela.

Foi a esta lenda que nos referimos no começo destas notas.

Entenda-se que o diminutivo de Aleijadinho é significativo da pura compaixão e meiguice brasileiras. O homem a que ele se aplicou nada tinha de fraco nem pequeno. Era, em sua disformidade, formidável. Nem no físico, nem no moral, nem na arte, nenhum vestígio de tibieza sentimental. Toda a sua obra de arquiteto e de escultor é de uma saúde, de uma robustez, de uma dignidade a que não atingiu nunca nenhum outro artista plástico entre nós.

As suas igrejas, que apresentam uma solução tão sábia de adaptação do barroco ao ambiente do século XVIII mineiro, não criam aquela atmosfera de misticismo quase doentio que há, por exemplo, em São Francisco da Penitência, do Rio, ou em São Francisco de Assis, na Bahia, ou na Misericórdia, de Olinda. Nas claras naves de Antônio Francisco dir-se-ia que a crença não se socorre senão da razão; não há nelas nenhum apelo ao êxtase, ao mistério, ao alumbramento. E se houvesse porventura alguma reserva que opor à sua obra estupenda, seria precisamente o excesso de personalidade, que não capitulou diante da divindade.

◆

Tão grande força guardou-a ele a despeito da moléstia e apesar da velhice. Ilustram-na as empreitadas de Congonhas. Sobre esses trabalhos encontram-se informes muito curiosos na *Relação cronológica do santuário do Senhor Bom Jesus*, escrita pelo padre Júlio Engrácia.

Dos arquivos do santuário consta que o operário Antônio Francisco (assim designavam o artista) fez entrega em 1797 de estátuas para os Passos, obra em que trabalhava desde 1791.

Em 1798 novo contrato se estipula para outras estátuas destinadas aos mesmos Passos.

No ano seguinte estavam as figuras prontas na parte técnica do estatuário (essas estátuas foram encarnadas pelo pintor Francisco Xavier Carneiro, as dos Passos do Horto, Paixão, Coroação e Cruz às Costas; as dos Passos da Ceia, Açoites e Crucificação o foram pelo pintor Manuel da Costa Ataíde, autor do grandioso painel da Adoração de Maria, no teto de São Francisco, em Ouro Preto).

Terminadas as 66 figuras dos Passos, fazia Antônio Francisco outro contrato para esculpir doze estátuas em pedra representando os doze profetas do Velho Testamento e destinadas a guarnecer o poial da escadaria do adro do santuário.

O contrato foi lavrado em 1800.

Em 1805 Antônio Francisco concluiu os profetas do plano inferior do parapeito e continuou a trabalhar nos que estavam determinados para o segundo plano.

Na *Relação* do padre Engrácia não se encontra a data da conclusão dos profetas. Entretanto ainda em 1807 aparece nos livros da irmandade o nome de Antônio Francisco passando recibo de obras de ourives. É provável tivesse trabalhado até 1810 ou 1811, quando se retirou para Ouro Preto a convite do discípulo Justino, arrematante do serviço dos altares do Carmo. Foram, pois, cerca de vinte anos de trabalho. Essa foi a obra que surpreendeu Saint-Hilaire. A impressão profunda que ela acorda em quem a contempla, exprimiu-a em versos magníficos o poeta Oswald de Andrade:

> No anfiteatro de montanhas
> Os profetas do Aleijadinho
> Monumentalizam a paisagem
> As cúpulas brancas dos Passos
> E os cocares revirados das palmeiras
> São degraus da arte de meu país
> Onde ninguém mais subiu
>
> Bíblia de pedra-sabão
> Banhada no ouro das minas.

Onde ninguém mais subiu: é a verdade! Os profetas de Congonhas não têm, nem podiam ter, a perfeição do modelado da pia de São Francisco de Ouro Preto, mas são, como nenhuma outra obra do Aleijadinho, prodigiosas de espontaneidade e força. Eles em verdade "monumentalizam a paisagem". Dão à encosta do santuário uma grandeza bíblica.

Um purista do estilo colonial

A derrubada do antigo solar de Megaípe provocou até aqui no Rio muitos comentários em conversa e artigos de jornais. Mais uma vez todos deploraram a falta de cultura artística e histórica mercê da qual vão desaparecendo as nossas relíquias coloniais mais significativas.

José Mariano (filho), médico de gosto que em vez de dar para escrever castiço virou no mestre arquiteto Diogo de Muribara, autor do solar Monjope, teve mesmo um momento de mau humor e despejou uns remoques da mais fina ironia sobre a literatura plangente e lírica dos tradicionalistas de Pernambuco, "que acabam de fundar um Museu para recolher as fotografias dos belos monumentos arquitetônicos que eles não puderam salvar".

Não tenho elementos para defender os tradicionalistas de Pernambuco que fundaram o tal Museu. Creio que este é de formação oficial. Ignoro as relações entre os particulares e aquele instituto. Já ouvi explicar o gesto lamentável do atual proprietário de Megaípe do seguinte modo: o usineiro teria botado abaixo a velha casa para não entregá-la ao patrimônio público. Quem me contou esse caso estava cheio de admiração pela façanha cívica do senhor de engenho, que ele comparou à de não sei que herói da guerra dos holandeses incendiando os seus canaviais para não os abandonar nas mãos do invasor. Não acreditei. O sr. Júlio Belo afiançou que o sr. João Lopes de Siqueira Santos é um homem bom, e um homem bom não procederia assim.

Também não acredito, como o sr. Júlio Belo, que a culpa daquele feio gesto caiba à Usina. Esta Usina com U grande está aí como símbolo de modernidade sem entranhas, de civilização duramente materialista, de dinamismo atropelante. Não me parece razoável tanta prevenção contra a usina. (Eu vejo a usina com u pequeno, isto é, um aparelhamento aperfeiçoado, fornecendo maior rendimento e permitindo aos nossos fabricantes de açúcar concorrerem com os produtores de Java e da América Central. Esses métodos de uma técnica industrial econômica podem perfeitamente coexistir com o amor das belas coisas e o culto da tradição aproveitável, como de resto sei que coexistem no próprio sr. Júlio Belo.)

Se é preciso arranjar uma desculpa que nos tire o sentimento desagradável de indignação contra o sr. Siqueira Santos, não há senão levar o seu ato à conta de indiferença ou ausência absoluta de senso artístico e histórico. Quase todo o mundo no Brasil é como o sr. Siqueira Santos. Portanto o que se pode fazer é falar sempre que possível nessas coisas para formar ambiente. Quem dispõe de gosto e fortuna, como José Mariano (filho), pode, além de falar, agir: desvalijar conventos e solares em proveito nosso antes que judeus solertes o façam para o seu e o do estrangeiro. Mas quem não tem nada de seu, que há de fazer senão derramar lágrimas líricas?

José Mariano (filho) foi de um sarcasmo incompreensível para com os pobres tradicionalistas pernambucanos, tanto mais quanto no fundo, bem no fundo, ele talvez tivesse ganas de espinafrar com o tal solar de Megaípe, sobre o qual acha que a crítica tem dito coisas "nem sempre justas". Mariano é, em arquitetura colonial, tradicionalista, ou que melhor nome tenha, um purista. Quer a tradição portuguesa, alentejana. Megaípe não era para ele a casa grande mais bela do estado. Preferia a ela as casas dos engenhos Anjos e Noruega. Não conheço, infelizmente, nem uma nem outra. Por mim adorei Megaípe. Não sei de casa que ficasse melhor no quadro da paisagem pernambucana. Eram linhas do passado que além de veneráveis por tão bonitas, possuíam também o encanto de condizer com as novas formas dos nossos dias: ela tinha em comum com o arranha-céu o predomínio das geometrias retas.

Tradicionalistas pobres de Pernambuco, de Pernambuco e de todo o Brasil, o momento é bem duro para nós que não dispomos senão de lágrimas líricas. Depois da casa de Megaípe chegará a vez da Sé Velha da Bahia...[9] O caso é pior. Na Bahia manda um homem que conhece a importância enorme de um monumento como aquele. Recebeu o governo das mãos de outro homem cuja residência é um riquíssimo museu das mais lindas antigüidades que já se colecionaram no Brasil. São dois cavalheiros de grande cultura e fino gosto. Como não fizeram nada para conservar e restaurar os belos monumentos coloniais de Salvador? Como deixam arruinar-se o solar dos Aguiares?

Certamente a ação dos governantes não basta. É preciso despertar a consciência do valor dessas relíquias na mentalidade dos detentores eventuais delas. Criar o ambiente tradicionalista. Chorar muitas lágrimas líricas... E, na frase de Heine posta em epígrafe aos *Manuscritos de Stênio*, "esperar cem anos"...

---

9 Chegou: a velha Sé foi demolida.

L'Almotacel imposant une amande pour des Eaux qu'on ...
Couler dans la rue

As Câmaras Municipais no Brasil

A imprensa do Rio comemorou em 1º de outubro de 1928 o primeiro centenário da Carta de Lei que organizou as Câmaras Municipais no Império. Destacou-se o serviço do *O Jornal*, com uma série de artigos assinados por especialistas e acompanhados de algumas ilustrações curiosas, como a fotografia da histórica igreja do Rosário dos Pretos, onde funcionou o Senado da Câmara e de cujas sacadas foram anunciadas ao povo em 9 de janeiro de 1822 as alegres palavras do "fico"; um desenho de Rugendas reproduzindo um aspecto da antiga rua Direita; e outro de Debret, onde num bando solene da Câmara Municipal se pode ver a indumentária aparatosa de vereadores e almotacéis de casaca preta, capa e volta, chapéu de dois bicos emplumado, e na mão a vara simbólica.

A quem conhece um pouco da nossa história a lei de 1º de outubro de 1828 se apresenta antes como uma diminuição da autonomia e do espírito municipais em favor da centralização política que tem sido a tendência constante dos governos desde a Independência até os nossos dias. O principal escopo daquela lei foi definir as atribuições municipais e regular o jogo das relações entre municipalidades e governos Provínciais e central. Desde esse momento as Câmaras perderam aquele prestígio com que tantas vezes intervieram na vida nacional em ocasiões decisivas.

Durante os séculos coloniais elas foram os núcleos de cristalização do nosso sentimento político. Em nome dele sabiam falar com firmeza e às vezes até com arrogância, como o fez em 1710 o presidente da Câmara de Olinda ao capitão-general Sebastião de Castro Caldas.

Sobretudo nas lutas e agitações que precederam e seguiram o Sete de Setembro a sua atuação foi precípua. Quando o príncipe entrou em conflito com as Cortes portuguesas, choviam no Paço as mensagens, moções e representações dos Senados das Câmaras insistindo com ele pela desobediência ao mandado de viagem. Foi o Senado da Câmara carioca que levou ao príncipe a representação dos 8 mil patriotas; foi ainda ele que dias depois, subjugada a divisão reacionária de Avilez, ofereceu a d. Pedro o título de Defensor Perpétuo do Brasil e insinuou a convocação de uma assembléia constituinte.

A evolução política, com a organização da vida nacional independente, tinha naturalmente que arrebatar às Câmaras o papel por elas representado com tanto brilho até a Independência, principalmente a partir das franquias amplas das Ordenações Filipinas, fonte de uma tradição liberal que a Restauração e o Império respeitaram em linhas gerais.

Essa importância política das nossas Câmaras no longo período colonial deixou vestígio até hoje no ardor que caracteriza as nossas políticas municipais. O brasileiro ainda não tem educação política bastante para se interessar por uma eleição federal. Pouco se lhes dá aos mineiros, por exemplo, que vença este ou aquele numa campanha presidencial. Mas para botar um homem na chefia de uma vereação, são capazes de disputar a bala a vitória do seu candidato.

A lei de 1828, retocada pelo Ato Adicional de 1834, que restringiu ainda mais a esfera da influência municipal, prolongou-se até a queda da monarquia.

É curioso confrontar o Rio de hoje, movimentado e monumental, com a cidadezinha descrita no almanaque de Plancher. O desenvolvimento foi enorme. Em 1828 a cidade contava apenas 73 ruas, 23 becos, seis praias, um caminho, um campo, dez largos, cinco ladeiras, dez travessas e o Arco do Teles, que até hoje escapou incólume às transformações de em torno. A cidade ficava limitada pelo bairro da Glória de um lado, pelo Saco do Alferes do outro. O Catete parecia tão afastado do Centro, que era então apenas lugar para "passar as festas" nas lindas chácaras que bordavam as faldas do morro de Guaratiba. Não havia ainda a mania da consagração patriótica na nomenclatura das ruas. Elas traziam nomes ingênuos tirados de um detalhe topográfico ou do ofício ou comércio dominante. Era a rua do Sabão, a rua das Violas, a rua dos Latoeiros, a estrada de Mata-Cavalos... Esta quase uma personagem nos romances de Machado de Assis. São hoje raras as ruas que guardaram esses nomes tradicionais. É aliás um mau costume antigo esse de andar trocando o nome das ruas. Em 1857 Francisco Otaviano lamentava num dos seus folhetins do *Jornal do Commercio* terem crismado – prosaicamente, diz ele – em rua das Marrecas a rua das Belas Noites, que levava às alamedas ensombradas do Passeio Público.

O Rio de 1828 era uma cidade de seus 130 mil habitantes com uma receita orçada em 31:000$000.[10]

O surto da capital começou com a instituição da Prefeitura, sob o regime republicano. Os jornais recordam a figura de Barata Ribeiro, o prefeito que desrespeitou o mandado judiciário com que se pretendeu embargar o arrasamento do célebre cortiço Cabeça de Porco. Desde Barata Ribeiro não tem faltado energia e dedicação aos administradores da cidade. O que faltou a todos porém foi o senso do urbanismo. Sob eles a cidade cresceu desmedidamente, mas sempre à lei do capricho com que ela veio descendo pelas vielas dos morros às rechãs pantanosas.

---

10 Trinta e um contos de réis. [N.E.]

Velhas igrejas

Quando em 1926 voltei a Pernambuco após uma ausência de trinta anos, era de preferência para Olinda que se voltava a minha curiosidade. Para Olinda, cujo oiteiro nunca subi em menino e da qual não conservava senão a lembrança dos banhos de mar e da viagem no trenzinho de maxambomba que partia da esquina da rua da União, da escura estação em cuja calçada fui tanta vez comer tapioca de coco nos tabuleiros das pretas, que ainda cobriam os ombros com vistosos xales de pano da Costa.

Apesar de vir da Bahia, tão rica de monumentos e tradições do nosso passado, Olinda produziu em mim uma emoção nunca dantes sentida. Na Bahia fica-se um pouco vexado de parar no meio do tumulto das ruas para contemplar a frente de algum velho sobrado. Em Olinda há o silêncio e a tranqüilidade que favorecem os passos perdidos dos que se comprazem nessa contemplação do passado e dos seus vestígios impregnados de tão nobre melancolia.

Mas chegado ao alto da colina, quebrou-se-me de súbito o doce encantamento que eu vinha tendo por aquelas ladeiras velhinhas, quando me vi em face da nova Sé. Tinham transformado a velha capela barroca num detestável gótico de fancaria! Como havia sido possível desconhecer a tal ponto o significado da igreja primitiva? Contaram-me então que o erro não se limitara àquela monstruosa adulteração: o interior do templo fora também despojado dos seus painéis de azulejos, que por muito tempo ficaram amontoados num canto como caliça imprestável, até que um amador dessas coisas pediu e obteve o consentimento de reconstruí-los para si e levou-os.

Tremo sempre que leio nos jornais a notícia de que alguma das nossas velhas igrejas vai sofrer reparações. Se as obras se limitassem a uma simples consolidação e limpeza, à restauração no estilo geral de detalhes que trabalhos anteriores já desfiguraram, se deixassem como estão os seus ouros amortecidos de pátina, não haveria decerto inconveniente. Mas desgraçadamente sabemos todos como essas coisas se fazem.

Mesmo quando existe confessa a intenção de poupar as linhas e a decoração primitivas, o resultado é sempre desastroso. O ouro de hoje é o ouro-banana. Quem não viu até dois anos atrás o interior de São Francisco na Bahia não poderá mais fazer idéia do deslumbramento místico que instilava na alma o brilho velho da antiga douradura. Hoje é um amarelo estridente. A capelinha de Nossa Senhora da Glória do Oiteiro no Rio perdeu também com a restauração a sua doce intimidade.[11] No entanto quer num quer no outro caso houve cuidado em não sacrificar a feição tradicional. Diante desses exemplos, fica-se com medo de que toquem nas belas igrejas do passado, as únicas que dão, independente de qualquer crença, a vontade de rezar, porque só elas suscitam pelo milagre artístico a emoção religiosa. Dos templos modernos que conheço só um inspira igual sentimento – a igreja de São Bento em São Paulo. Todos os outros são pobres de arte, pobres de ambiente, pobres de sombra. Por toda a parte o mármore (quando não é a imitação do mármore), o cimento armado e o *biscuit* vão substituindo a madeira de lei de talha caprichosa.

Que procedam assim nas novas igrejas, vá – que os tempos não são mais de bastante fé ou desprendimento para que os ricos católicos façam doações como a do lampadário de São Francisco da

---

11 Houve posteriormente nova reparação, dirigida pelo DPHAN, que repôs o interior da capela no seu estilo primitivo.

Bahia — com os seus oitenta quilos de prata cinzelada... E os escultores quase que abandonaram a talha direta pela fácil e espúria modelagem (não é à toa que a escultura anda em tal decadência). Devemos contudo empregar todos os esforços para prolongar a conservação do patrimônio insubstituível que nos legaram os nossos antepassados. Quando não for possível restaurar dignamente um velho monumento, melhor será deixá-lo arruinar-se inteiramente. As ruínas apenas entristecem. Uma restauração inepta revolta, amargura, ofende.

O que era o Pernambuco de 1821

Tenho um amigo cuja leitura favorita são os velhos livros de viagem: uma doce mania que está ficando tão dispendiosa quanto a das antigüidades de prata e jacarandás... O meu amigo distingue-se entre os amadores dessas coisas pelo amor quase de namorado que põe na procura e aquisição de cada volume. Não é para ele uma compra vulgar. Não. É sempre uma pequena aventura, uma deliciosa aventura em que ele emprega tanto pudor e delicadeza como na aproximação e cerco de uma mulher. Obtido o volume cobiçado, a sua leitura tem para ele o sabor de um idílio.

A sua última conquista foi o livro de Maria Graham – *Journal of a voyage to Brazil*, exemplar velhinho ilustrado de estampas amoráveis desenhadas pela autora, em uma das quais tive o prazer de encontrar a preta das bananas da minha "Evocação do Recife", com todos os detalhes característicos que faziam o encanto da minha meninice nas tardes da rua da União: o largo tabuleiro de pau, o xale vistoso de pano da Costa, o colar de contas, o bracelete, a camisa muito alva descaindo nos ombros magros.

Maria Graham está caríssima agora depois dos estudos de Oliveira Lima sobre o tempo de d. João VI. O alfarrabista contou-me ter vendido alguns dias antes ao sr. Paulo Prado um exemplar de bela encadernação por quatrocentos mil-réis. Meu amigo pagou pouco menos que isso pelo seu. O livro em si é uma dessas coisas sem preço, tão deleitoso à vista no seu aspecto gráfico, como agradável ao espírito no interesse e amenidade do texto. Maria Graham encanta como o próprio nome.

Vou repetir um pouco do que ela escreveu sobre o Recife. É o único jeito de aliviar a minha paixão anacrônica.

Atravessava a minha província natal um período memorável. Os patriotas de Goiana sitiavam a cidade que Luís do Rego, soldado experimentado nas campanhas da península, defendia em nome da causa realista. "É um homem severo", diz ela, "e especialmente entre os soldados mais temido do que amado." Precisamente na véspera de sua chegada o governador repelira o ataque dos rebeldes ao sul de Afogados.

Longe de atemorizar-se, ficou ela encantada de desembarcar e observar a cidade em estado de cerco, espetáculo inteiramente novo para ela. Os seus primeiros passos foram para o palácio, onde esteve com o governador, a senhora e as filhas. Madame Luís do Rego era agradável, *rather pretty*,[12] e falando inglês como uma inglesa (sua mãe, a viscondessa do Rio Seco, era irlandesa). "Nada mais afável e lisonjeiro que as suas maneiras e as de suas meninas", uma das quais de grande formosura.

Cumprindo o dever de cortesia, a visitante percorreu a cidade, de que dá pormenores muito curiosos. Surpreendeu-a grandemente o hábito de instalar a cozinha no andar superior, com o que se mantinham em temperatura fresca os andares inferiores. O pavimento térreo era ocupado pelas lojas, aposento de escravos e cocheiras; no segundo ficavam os escritórios e armazéns; a família residia no terceiro andar. Em cima de tudo, a cozinha.

Impressionaram-na muito as cenas da escravidão, o mercado dos cativos — "cerca de cinqüenta criaturas moças, moleques e raparigas com todas as aparências da doença e da fome, sentadas ou deitadas na rua no meio dos mais imundos animais". Do balcão da casa do cônsul presenciou uma mulher branca, um demônio, bater numa negrinha, torcendo-lhe os braços cruelmente. Em

---

12 Em inglês, "bem bonita". [N.E.]

Olinda, perto do Varadouro, viu ao pôr-do-sol um cão puxar da areia um braço de negro defunto e devorá-lo...

Como andavam vestidas as recifenses daquele tempo? Dentro de casa usavam uma espécie de bata "que deixava o seio muito exposto". Na rua traziam um xale ou manta das cores mais alegres, cadeias de ouro no pescoço e nos braços, brincos de ouro.

Ficou surpreendida com a extrema beleza de Olinda, "ou antes do que dela resta, porque está agora em melancólico estado de ruína".

Apesar da incerteza da hora, que era de expectativas graves e apreensões de luta iminente, o governador e a senhora não se descuidavam de obsequiar os hóspedes da fragata inglesa, aos quais ofereceram um jantar em palácio. Jantava-se naqueles tempos às quatro e meia. A recepção foi muito cordial. Fez-se depois excelente música. Madame Luís do Rego tinha uma voz admirável, e houve além dela vários outros bons cantores e pianistas.

Aventura engraçada foi a que se passou com a roupa lavada de bordo. Os patriotas não a tinham querido deixar passar de volta, de sorte que lá foi uma comissão de ingleses entender-se com os revolucionários nos postos de vanguarda de Capibaribe acima. Maria Graham aproveitou a ocasião para ver o que ela andava acesa em curiosidade por olhar: os arredores da cidade, de que registra uma encantadora descrição.

No quartel-general dos revolucionários, em face dos membros da junta do governo provisório um homenzinho muito *smart*,[13] que servia de intérprete em francês passável, começou, a propósito daquela reclamação sobre barrela de roupa, um longo discurso de ataque à injustiça do governo português para com o Brasil em geral e para com os pernambucanos em particular. Os ingleses não pescavam quase nada mas Maria Graham sentiu que a respeitável

13 Em inglês, "expedito", "engenhoso", "inteligente". [N.E.]

pescavam quase nada mas Maria Graham sentiu que a respeitável junta fazia a mais alta idéia do talento e da eloqüência do orador. Depois do discurso, a negociação sobre a roupa foi rápida e os estrangeiros obtiveram não só o que pretendiam como outros grandes favores e provas de cortesia.

Em outubro, acertado um armistício entre os campos adversários, pôde a inglesa observar a cidade, restituída à sua atividade normal. Chamou-lhe a atenção a grande preponderância da população negra – em 70 mil pessoas (incluída Olinda) dois terços eram de pretos e mulatos, os mulatos mais ativos, mais industriosos, mais animados do que as outras classes. "Muitos enriquecem e não ficam atrás em promover a independência da pátria." Já o negro forro, quando tinha o bastante para comprar uma bonita fatiota preta para si e braceletes e colar para a madama, não queria saber mais de se cansar...

Muitos, de qualquer cor, uma vez que podiam pagar-se o luxo de um escravo, não faziam mais nada. O preto trabalhava ou mendigava para eles.

Os europeus evitavam com horror o casamento de suas filhas com os brasileiros natos, preferindo dá-las, filhas e fortunas, ao caixeirinho da mais humilde extração européia.

Maria Graham visitou uma família portuguesa, curiosa que estava de notar a diferença entre um interior inglês e um interior português. A disposição dos aposentos era a mesma. A sala de visitas diferia só em dispor de melhor mobília, de resto tudo artigo inglês, até o bonito piano de Broadwood; mas a sala de jantar era inteiramente outra: muros cobertos de estampas inglesas e pinturas da China; na parede menor da sala, uma grande mesa apresentando sob redoma um presepe completo: anjos, os três reis magos, musgos, flores artificiais, conchinhas e miçangas, gazes salpicadas de ouro e prata, os santos Antônio e Cristóvão, um à direita, outro à esquerda. Pendentes do teto, nove gaiolas de passarinhos e numa saleta de passagem uma porção de papagaios bem educados. Ao canto, as grandes talhas para refrescar a água, manufatura baiana. O ar e maneiras da família, perfeitos, só que os homens em casa não usavam colarinho...

A casa de campo do cônsul inglês pareceu-lhe, como todas as outras, comparável a um bangalô oriental: um só pavimento esparramado, com larga varanda em volta e cercado de roseiras, coqueiros e mangueiras.

Não foi sem saudades que Maria Graham deixou o Recife, onde, salvo as cenas de escravos, tudo foi alegria pitoresca para os seus olhos. Do que presenciou das lutas entre os patriotas e a gente de Luís do Rego levou a persuasão de que nunca mais aquela parte do Brasil se submeteria a Portugal. Acertou mais do que pensava. Ela mesma se demorou no Brasil o bastante para verificar que todo o país sentia assim, quando um ano depois proclamou e defendeu de armas na mão a sua independência.

A festa de N. S. da Glória do Oiteiro

Alguém, falando da festa de Santa Cruz, no Recife, notava que onde o brasileiro mais sente nos olhos o gosto do Brasil é decerto quando fica parado num pátio de igreja em dia de festa de Nossa Senhora. O cronista acentuava como aspecto dominante nessas festas a democracia sincera da gente de toda cor que se mistura.

Esse prazer, que ainda subsiste forte no ambiente mais tradicional das províncias, quase desapareceu na capital do país. São sempre as mesmas as festas de igrejas, mas sem aquele pitoresco popular que desenvolvia no adro o movimento ruidoso das romarias.

Hoje no Rio só há duas solenidades religiosas a sustentar a tradição da cidade: a festa da Penha e a festa da Glória.

Nunca fui à festa da Penha. Parece que ela é cara sobretudo aos portugueses. Na minha infância eu olhava com uma certa repugnância para os magotes de labregos que desde cedo acudiam de todos os pontos da cidade para o longínquo subúrbio da baixada, emprestando às ruas uns tons exóticos de aldeia lusa. Iam a pé ou em caminhões ou carros abertos. Levavam em evidência grandes garrafões de vinho verde ou virgem, o que fez dizer a Artur Azevedo "que pareciam mais amigos do virgem do que da Virgem". A tiracolo traziam enormes fiadas de roscas coloridas. Estas roscas coloridas eram o complemento indispensável, o distintivo mais característico do folião da Penha.

De tudo aquilo me ficou uma recordação de bródio português. Por isso a Penha nunca me interessou.

Mais brasileira, mais tradicional, mais poética, incomparavelmente, é a festa de Nossa Senhora da Glória. O pequeno oiteiro da Glória, com a sua capelinha duas vezes secular, é um dos sítios mais aprazíveis, mais ingenuamente pitorescos da cidade. As velhas casas da encosta cederam lugar a construções modernas. Entretanto a igrejinha tem tanto caráter na sua simplicidade, que ela só e mais uma meia dúzia de palmeiras bastam a guardar a fisionomia tradicional da colina. Embaixo a paisagem se renovou completamente. Lembro-me bem do largo da Glória e da praia da Lapa da minha meninice: um desenho de Debret. Desapareceu o casarão do mercado que servia de caserna e despertou o interesse público quando abrigou por algum tempo as jagunças e os jaguncinhos trazidos de Canudos. O largo estendeu-se até à falda do oiteiro. O caminho da praia alargou-se em ampla avenida arborizada. O velho edifício onde no império estava instalada a Secretaria dos Negócios Estrangeiros foi substituído pelo Palácio do Arcebispado. Todas essas mudanças vieram realçar ainda mais a graça ingênua da igrejinha. Só uma coisa a prejudicou: a mole pesada do Hotel Glória. O observador que olha do morro de Santa Teresa não vê mais o perfil da capela recortado no fundo das águas.

O romance *Lucíola* começa por um encontro no adro da poética ermida no dia de Nossa Senhora da Glória. Já naquele tempo, 1855, diz Alencar pela boca do herói, era aquela uma das poucas festas populares da Corte. Descreve-a o romancista:

> Todas as raças, desde o caucasiano sem mescla até o africano puro; todas as posições, desde as ilustrações da política, da fortuna ou do talento, até o proletário humilde e desconhecido; todas as profissões, desde o banqueiro até o mendigo; finalmente, todos os tipos grotescos da sociedade brasileira, desde a arrogante nulidade até a vil lisonja desfilaram...

O cortejo de Alencar não está completo. Faltam a ele as figuras principais que eram as dos soberanos. Os imperadores do Brasil, e antes deles os vice-reis e governadores-gerais, compareciam todos os anos à festa, prestigiando com a sua presença a tradicional solenidade, e isso dava aos festejos um cunho de comunhão democrática que singularizou entre todas as comemorações eclesiásticas o dia da Glória do Oiteiro. Era uma festa a um tempo popular e aristocrática. D. Pedro II, a imperatriz, a princesa, acompanhados de numeroso séquito, onde se viam os homens mais ilustres e as senhoras mais lindas da Corte, subiam a íngreme colina e de volta da solenidade descansavam na Secretaria dos Estrangeiros.

Com a queda da monarquia os festejos perderam inteiramente o elemento aristocrático. O progresso da cidade roubou-lhe muito da concorrência. Em todo o caso, o dia de Nossa Senhora da Glória ainda não decaiu à categoria de festa de bairro. Ainda é uma das raras festas populares da cidade.

Tive este ano particular interesse em visitar a ermida porque sabia que a irmandade levara a efeito grandes obras internas de

restauração. Entrei o pórtico receoso, embora tivesse lido nos jornais uma entrevista em que um dos membros daquela irmandade assegurava o respeito que presidira aos trabalhos de restauração. O meu receio infelizmente se confirmou. A pequenina nave, despojada dos seus ouros e das suas argamassas patinadas, perdeu o encanto que lhe vinha da idade. Tudo está novo ou renovado. Baixei os olhos e saí depressa para guardar nos olhos a imagem das velhas capelinhas e tribunas, como eu as vi até o ano passado.

Fora, no adro, faziam o clássico leilão de prendas. Rapazes e moças namoravam. Isso ao menos não mudara! Só que a concorrência amulatou-se bastante. A festa é hoje exclusivamente do povo.

As ladeiras de acesso ainda regurgitavam quando desci às onze da noite. Não havia mais, como nos outros anos, as bandeirinhas e galhardetes enfeitando o largo da Glória, nem canela cheirosa espalhada no chão. Olhei ainda uma vez para o "cômoro octógeno" dos versos detestáveis de Porto Alegre: a ermida luzia docemente. Não se viam as luzes, estando o templo iluminado pela projeção de fortes focos elétricos dissimulados na amurada do adro. O efeito é muito bonito porque nada mascara as linhas ingênuas da igreja. Todavia não deixei de ter saudades da iluminação primitiva que formava em torno da capelinha um como manto cintilante de Nossa Senhora.

Arquitetura brasileira

A guerra de 1914 provocou em todo o mundo uma como revivescência do sentimento nacional, que andava adormecido por várias décadas de propaganda socialista ativa. As elites sonhavam com uma organização política e social mais justa numa humanidade sem fronteiras. Mal, porém, se declarou o conflito, o espírito feroz de pátria apoderou-se de todos, inclusive de socialistas. Nas nações beligerantes o movimento nacionalista assumiu naturalmente as formas do patriotismo mais agressivo. Em países mais remotamente interessados, como foi o caso do nosso, o sentimento nativista exprimiu-se nas artes por uma volta aos assuntos nacionais.

A música culta entrou a recolher sistematicamente a música popular desde o tempo da colônia. As artes plásticas tomaram um quê de primitivo, como que procurando imitar a ingenuidade de cor e desenho das promessas de Congonhas do Campo e Bom Jesus de Pirapora. Os modernistas da literatura, após um breve período de treino técnico em que refletiram a sensibilidade dos poetas europeus de vanguarda, puseram-se de repente a considerar "em que maneira a terra é graciosa"... E foi então uma verdadeira corrida para aproveitar tudo.

Foi esse movimento que a arquitetura procurou também acompanhar tentando criar a casa brasileira. O fim do Segundo Reinado assinalou a decadência do espírito tradicional na construção. Não havia mais nem a lembrança daqueles sargentos de engenheiros que riscavam com mão forte e sóbria os projetos de igrejas e de casas de câmara e governo. Os Calheiros e os Alpoins foram, à falta de arquitetos, sucedidos pelo mestre-de-obras português, insigne introdutor do lambrequim, das compoteiras de platibanda e do mármore fingido. Mas este ainda fazia os casarões retangulares com, ao lado, a acolhedora varanda. O que veio depois era ainda pior: tinha pretensões a estilo. A avenida Atlântica, coleção de aleijões, ilustra essa época, a mais detestável da arquitetura em nosso país.

O mau gosto tomou tais proporções, que as velhas casas pesadonas do tempo da colônia e da monarquia assumiram por contraste um ar distinto e raçado, um ar de nobreza para sempre extinta na República.

Foi dessa contemplação melancólica que nasceu, de uns quinze anos para cá, um movimento de elite em favor da casa brasileira. Era preciso, aconselhava-se, construir a casa brasileira dentro da tradição secular que a afeiçoara segundo as necessidades do nosso clima, dos nossos costumes e das nossas necessidades.

O movimento pegou – pegou demais. Fabricaram com detalhezinhos de ornato um *estilo*, deram-lhe um nome errado, e aí está, nas casinhas catitas de telhas curvas e azulejos enxeridos, em que deu o renascimento da velha arquitetura brasileira começado a pregar em São Paulo pelo sr. Ricardo Severo.

O meu amigo José Mariano anda agora com um trabalho danado para mostrar que nada disso é "casa brasileira", que não basta azulejo e telha curva para fazer arquitetura brasileira, que os *profiteurs*[14] da moda (porque hoje é moda ter o seu "bangalô colonial") sacrificaram inteiramente o espírito arquitetônico da renovação a exterioridades bonitinhas.

E é de fato o que está acontecendo. Os grupos escolares, os edifícios de Câmaras Municipais que se estão construindo dentro do *estilo* representam o que há de mais contrário ao caráter da construção em que *soi-disant* se inspiram. Fiquei horrorizado em Sabará quando vi a nova casa da Câmara, que apesar de todos os

---

14 Em francês, "aproveitadores". [N.E.]

matadores neocoloniais não passa de um casebrezinho ridículo, ao passo que ao lado o antigo sobrado da Câmara guarda uma linha de robusta dignidade, esse ar de casa que não é enfeite urbano, mas na definição de Le Corbusier – máquina de morar. O caso da Câmara de Sabará é típico, porque põe um ao lado do outro o padrão inspirador e o pastiche desvirtuado, num contraste verdadeiramente grotesco.

É preciso repetir a essa gente as palavras de Lucio Costa, um dos poucos arquitetos novos que sentem o passado arquitetônico da nossa terra: a nossa arquitetura é robusta, forte, maciça; a nossa arquitetura é de linhas calmas, tranqüilas; tudo nela é estável, severo, simples – nada pernóstico.

É a esse caráter de simplicidade austera e robusta que devem visar os que pretendem retomar o fio da tradição brasileira na arquitetura.

Crônica de 1880

A leitura dos velhos almanaques proporciona muitas vezes à gente surpresas bem curiosas. Quem diria, vendo o pouco-caso com que hoje tratam aqui um Villa-Lobos, quem diria que esta cidade do Rio de Janeiro já vibrou durante dois dias inteiros de puro entusiasmo por um artista?

Pois foi lendo a *Folhinha dramática para o ano de 1881, contendo a comédia em um ato* O segredo de uma fidalga *assim como a crônica nacional de 1879 a 1880*, publicada e à venda em casa de Eduardo & Henrique Laemmert, rua do Ouvidor 60, que tomei consciência da decadência artística em que andamos nesta República Nova, toda voltada para a conquista dos bens materiais em detrimento das glórias espirituais que outrora alvoroçavam a pátria de Carlos Gomes!

Porque se trata de Carlos Gomes, precisamente. Naquele ano de 1880 o autor d'*O Guarani* regressava ao Brasil, depois de uma longa ausência, durante a qual tanto elevara no estrangeiro o nome da sua terra. A nossa mocidade acadêmica, bem diversa da de agora, que deserta os prélios intelectuais para correr aos encontros de boxe e jiu-jítsu, preparou-se com grande antecedência para honrar na pessoa do cisne de Campinas o maior gênio musical do Brasil. E eis como os festejos, que segundo o *Jornal do Commercio*, de 19 de julho, chegaram à exaltação, "ao delírio mesmo", se desenrolaram.

◆

Às cinco horas da manhã (acordava-se cedo!) estudantes das Escolas Militar, Politécnica e Marinha, das Academias de Medicina, de Direito de São Paulo, das Belas-Artes, do Liceu de Artes e Ofícios, do curso de preparatórios, carregando os respectivos estandartes escolares e mais os paulistas residentes na Corte e o Círculo Italiano Vítor Manuel transpunham a porta do Arsenal de Marinha para tomar lugar a bordo do transporte *Madeira* e de numerosas lanchas de vapor (dizia-se, com mais vernaculidade, "de vapor") que iriam ao encontro do paquete *Guadiana*. Acompanhavam-nos as bandas militares dos batalhões de engenheiros, do 7º e 10º de infantaria e dos imperiais marinheiros.

Durante o trajeto, por iniciativa "dos srs. estudantes Patrocínio e Paula Ney" (os jornais escreviam sempre "os srs. estudantes"), fez-se a coleta improvisada de 100$700, que reunida à de 430$000 anteriormente obtida, seria levada à conta da alforria do escravo Tito, avaliado em 800$000,[15] e cuja carta deveria ser-lhe entregue pelo maestro na noite do seu benefício.

O *Guadiana* entrou a barra às oito horas. Às nove os estudantes subiram às vergas do *Madeira* e acenaram com os lenços, saudando Carlos Gomes, que apareceu no convés do paquete agradecendo com o lenço as aclamações entusiásticas dos rapazes. Dezessete embarcações "de" vapor e inúmeros escaleres escoltavam então o *Guadiana*. As girândolas espoucavam quer a bordo, quer em terra...

◆

Às dez horas, Carlos Gomes desembarcava no Arsenal e seguia para a casa do inspetor, onde almoçou. Por essa ocasião foi-lhe oferecido "um chapéu de seda com a respectiva dedicatória". Vão tomando nota.

Às dez e meia o maestro deixou o Arsenal. A sua passagem pelas ruas do Centro foi uma apoteose. As do Ouvidor e Primeiro de Março estavam ornamentadas. As bonitas colchas de damasco

---

15 Respectivamente, 100 mil e setecentos réis, 430 mil-réis e 800 mil-réis. [N.E.]

e brocado, que hoje não se vêem mais, bandeiras e festões adornavam as sacadas, de onde as senhoras e meninas agitavam lenços e atiravam flores sobre a cabeça do autor d'*O Guarani*.

A cada passo o cortejo parava para que se prestasse ao maestro uma homenagem. Aqui era "uma distinta senhora" que lhe oferecia dois ramalhetes. Ali era uma comissão de tipógrafos da casa dos srs. Leuzinger que lhe trazia um ramo de flores de pena. Das redações dos jornais partiam idênticas homenagens. E em frente à Notre-Dame não só lhe foi recitada uma poesia, como lhe fizeram presente de uma rica bengala de unicórnio com castão de ouro. Vão tomando nota.

No largo de São Francisco havia vistoso coreto. O maestro Mesquita empunhou a batuta, a orquestra executou a *ouverture* d'*O Guarani*, o sr. estudante Paula Ney soltou o verbo, entregando a carta de liberdade do alforriando Lino ao maestro, que a passou ao escravo, abraçando-o com lágrimas nos olhos. Então as bandas militares tocaram o Hino Nacional.

E o cortejo prosseguiu pela rua do Teatro, largo do Rocio e rua Visconde do Rio Branco, sempre debaixo de vivas ovações. A Secretaria do Império estava repleta de senhoras. No Club Mozart o maestro recebeu as principais homenagens, sob forma de discursos das várias comissões. Só às duas e meia é que pôde ele se retirar para o Engenho Velho, hospedando-se em casa do sr. Castelões. E à noite as principais ruas e muitos estabelecimentos iluminaram-se festivamente. No coreto do largo de São Francisco uma banda tocava. Parecia uma data nacional.

◆

No dia seguinte continuaram os festejos. Diz o *Jornal do Commercio* que à tarde já era difícil o tráfego por algumas ruas, especialmente pela do Ouvidor.

À noite esta apresentava um tom "verdadeiramente festivo" (hoje os repórteres diriam "feérico"): eram lanterninhas chinesas, copinhos de cores e uma "enorme profusão de bicos de gás, uns em linha reta, outros formando arcos e emblemas". Na rua dos Ourives, por baixo de cada arco de gás havia uma estrela, tendo no centro o nome de uma das óperas do maestro e em semicírculo o seu nome. Depois das cinco horas, várias bandas tocavam em diversos pontos da cidade. A Sociedade Euterpe Comercial Tenentes do Diabo (aí têm como começaram os Tenentes do Diabo) embandeirou e iluminou toda a fachada, onde se via rico troféu de instrumentos de música encimado pelo retrato do maestro.

E o Club dos Democráticos? Também embandeirou e iluminou a fachada. Sobre o frontal da entrada havia uma lira rodeada de folhas de louro, tendo ao centro a inscrição: "A gratidão é um dever".

Nessa noite a mocidade das escolas realizou pela cidade uma passeata. Levavam todos lanternas chinesas, alguns arcos com transparentes no centro, onde se liam os nomes das óperas do campineiro, e cada escola carregava o seu estandarte. Atrás vinham as bandas de música. "Por toda a parte recebiam-nos corações expandidos pela mais sincera satisfação, porfiando todos em honrar o laureado maestro." Assim desfilaram finalmente diante do Club Mozart, onde se encontrava Carlos Gomes em companhia de seu filhinho.

Às dez horas da noite, o grande brasileiro saía do *club*, dirigindo-se à rua do Ouvidor, que percorreu de ponta a ponta, seguido por mais de 2 mil pessoas "de todas as gradações sociais". De instante em instante recitavam-se poesias, que eram calorosamente aplaudidas.

Cerca de quinhentas pessoas visitaram o maestro na casa do Engenho Velho.

◆

Como os tempos mudaram! Quando Villa-Lobos voltou da Europa não teve nada disso. Não ganhou bengala de unicórnio com castão de ouro, nem chapéu de seda com a respectiva dedicatória. Nenhum sr. estudante fez discurso. Os seus concertos estiveram às moscas. No entanto ele também é o maior gênio musical de nossa terra...

Tomara que Villa-Lobos não leia esta minha crônica: tudo isto é muito triste!

Na câmara-ardente de José do Patrocínio Filho

A igreja do Rosário dos Pretos tem aspecto despojado e paupérrimo. É talvez a nave mais triste do Rio, porque com ser nua e modesta é bem grande e faz pensar na frase de Burton, a quem as igrejas brasileiras davam a impressão de *huge barns*, celeiros ou paióis enormes. Ele dizia isso a propósito das belas igrejas mineiras do Aleijadinho. Na igreja do Rosário dos Pretos a impressão de Burton é justa. O templo não tem senão interesse histórico: em suas dependências funcionou provisoriamente o Senado da Câmara da cidade: foi de lá que saiu o préstito levando ao príncipe a moção assinada pelos 8 mil patriotas, e foi de lá, de uma das sacadas laterais, que José Clemente Pereira, de volta do Paço, anunciou ao povo as palavras memoráveis do "fico". A velha igreja guarda ainda um jazigo ilustre — o de mestre Valentim, segundo assinala uma placa de bronze à direita de quem entra.

Ali esteve exposto em câmara-ardente o corpo de José do Patrocínio Filho, José Carlos do Patrocínio Filho, o Zeca Patrocínio. Estive lá depois de meia-noite e demorei-me uma hora vendo os círios arder e ouvindo a conversa de amigos que recordavam casos da vida agitada e boêmia do extinto. J. B. Silva, o Sinhô dos sambas estupendos, (não arredara pé dali) me contava o fim de uma noitada em que o Zeca o intimou com um navalhão cheio de dentes a fazer uma serenata sob as janelas da atriz Lia Binati.

Quem tivesse encontrado uma vez com o Zeca tinha uma história engraçada para contar. Eu conheci-o ultimamente, numa farra em certa casa inconfessável da rua Riachuelo. Estava lá o Villa-Lobos, o Ovalle, o João Pernambuco, o Catulo. O violão passava de mão em mão, porque todos tocavam. Catulo estava impossível. Bebera cerveja demais e deu para declamar poemas. Nós queríamos que ele cantasse umas modinhas, bem bestas, bem pernósticas, como "A tua coma", ou "Célia, adeus!" ou "Talento e formosura". Mas o bardo estava em maré de grandeza e dizia muito sério a duas belezas venais:

– Minhas senhoras, eu tenho sessenta anos e já li todos os grandes poemas de todas as literaturas; li todo o Homero, todo o Virgílio; li Goethe, Shakespeare, Ariosto: nunca encontrei nada como este poema da minha lavra que vou lhes recitar!

Quando ele puxava o pigarro para começar e a versalhada parecia inevitável, o Zeca salvava a situação:

– Ó Catulo, canta aquela modinha!

– Que modinha?

– Aquela em que você compara um pé a um pensamento de Pascal.

E como Catulo estava por conta da cerveja, esquecia imediatamente o poema e cantava a modinha pedida.

Zeca era pequeno, tez baça e magríssimo. Nunca vi ninguém mais magro. Magro assim, só quem está nas últimas. Mas o Zeca era magro assim e tinha um porte, uma vivacidade de rapaz com perfeita saúde. Esse contraste era coisa surpreendente. Ouvia-se falar de vez em quando que o Zeca estava muito doente, coitado do Zeca, e de repente aparecia o Zeca de *smoking* na avenida às três e meia da madrugada, desenvolto, loquaz, cheio de planos.

– Volto pra Paris. O Trololó só me dá uns três contos e eu com menos de seis não posso viver aqui. Prefiro morar embaixo de uma ponte em Paris!

E viveu toda a vida assim, do Rio pra Paris e de Paris pra o Rio. Depois da "sinistra aventura" passou aqui um pedaço mais duro, sobrecarregado de tanta tarefa jornalística que teve de contratar "negros" para o ajudarem no seu ofício de cronista. Mas isto só não bastava. Então fez excursões. Esteve na Bahia, onde a horas mortas andou beijando portões vulgares que na excitação do *whisky* tomava como relíquias de arte tradicionais. Ganhou contos de réis até em Ilhéus.

Ganhar dinheiro para Zeca Patrocínio parecia ser coisa tão fácil quanto respirar. O seu espírito, a sua graça vivaz, a sua capacidade de invenção, de improvisação cativavam à primeira vista e dir-se-ia que os amigos tinham prazer em lhe abrir a bolsa. Zeca era um pardal que fazia gosto sustentar, que fazia gosto ver alegre, irrequieto. Tendo nascido poeta, só fez versos no tempo em que cursava os preparatórios.

Há sujeitos de pouco talento e no entanto com tanta habilidade para aproveitar esse pouco talento que com meia dúzia de lugares-comuns organizam em alguns anos uma reputação literária ou científica, dominam a sociedade e chegam antes da maturidade às Academias. Zeca Patrocínio era o tipo oposto — dos que não tomam a sério o dom que trouxeram do berço, desperdiçam-no e morrem sem deixar atrás de si vestígio da riqueza malbaratada.

Junto à essa ladeada pelos seis círios, as pretinhas de cabeça branca (como deviam ser velhas!) da Irmandade do Rosário ajoelhavam de hora em hora para rezar o terço em voz alta. Haverá espíritos e o de Zeca veria naquele momento o espetáculo tocante?, pensava eu fitando o ataúde.

Na manhã desse dia foi o corpo inumado. 28 de setembro. O filho de José do Patrocínio foi levado ao cemitério numa data famosa da campanha que fez a glória paterna.

O enterro de Sinhô

J. B. Silva, o popular Sinhô dos mais deliciosos sambas cariocas, era um desses homens que ainda morrendo da morte mais natural deste mundo dão a todos a impressão de que morreram de acidente. Zeca Patrocínio, que o adorava e com quem ele tinha grandes afinidades de temperamento, era assim também: descarnado, lívido, frangalho de gente, mas sempre fagueiro, vivaz, agilíssimo, dir-se-ia um moribundo galvanizado provisoriamente para uma farra. Que doença era a sua? Parecia um tísico nas últimas. Diziam que tinha muita sífilis. Certamente o rim estava em pantanas. Fígado escangalhado. Ouvia-se de vez em quando que o Zeca estava morrendo. Ora em Paris, ora em Todos os Santos, subúrbio da Central. E de repente, na avenida, a gente encontrava o Zeca às três da madrugada, de *smoking*, no auge da excitação e da verve. Assim me aconteceu uma vez, e o que o punha tão excitado naquela ocasião era precisamente a última marcha carnavalesca de Sinhô, o famoso "Claudionor"...

> que pra sustentar família
> foi bancar o estivador...

Me apresentaram a Sinhô na câmara-ardente do Zeca. Foi na pobre nave da igreja dos Pretos do Rosário. Sinhô tinha passado o dia ali, era mais de meia-noite, ia passar a noite ali e não parava de evocar a figura do amigo extinto, contava aventuras comuns, espinafrava tudo quanto era músico e poeta, estava danado naquela época com o Villa e o Catulo, poeta era ele, músico era ele. Que língua desgraçada! Que vaidade! Mas a gente não podia deixar de gostar dele desde logo, pelo menos os que são sensíveis ao sabor da qualidade carioca. O que há de mais povo e de mais carioca tinha em Sinhô a sua personificação mais típica, mais genuína e mais profunda. De quando em quando, no meio de uma porção de toadas que todas eram camaradas e frescas como as manhãs dos nossos suburbiozinhos humildes, vinha de Sinhô um samba definitivo, um "Claudionor", um "Jura", com um "beijo puro na catedral do amor", enfim uma dessas coisas incríveis que pareciam descer dos morros lendários da cidade, Favela, Salgueiro, Mangueira, São Carlos, fina flor extrema da malandragem carioca mais inteligente e mais heróica... Sinhô!

Ele era o traço mais expressivo ligando os poetas, os artistas, a sociedade fina e culta às camadas profundas da ralé urbana. Daí a fascinação que despertava em toda a gente quando levado a um salão.

Vi-o pela última vez em casa de Álvaro Moreyra. Sinhô cantou, se acompanhando, o "Não posso mais, meu bem, não posso mais", que havia composto na madrugada daquele dia, de volta de uma farra. Estava quase inteiramente afônico. Tossia muito e corrigia a tosse bebendo boas lambadas de Madeira R. Repetiu-se a toada um sem-número de vezes. Todos nós secundávamos em coro. Terán, que estava presente, ficou encantado.

Não faz uma semana eu estava em casa de um amigo onde se esperava a chegada de Sinhô para cantar ao violão. Sinhô não veio. Devia estar na rua ou no fundo de alguma casa de música, cantando ou contando vantagem, ou então em algum botequim. Em casa é que não estaria; em casa, de cama, é que não estaria. Sinhô tinha que morrer como morreu, para que a sua morte fosse o que foi: um episódio de rua, como um desastre de automóvel. Vinha numa barca da ilha do Governador para a cidade, teve uma hemoptise fulminante e acabou.

Seu corpo foi levado para o necrotério do Hospital Hahnemaniano, ali no coração do Estácio, perto do Mangue, à vista dos morros lendários... A capelinha branca era muito exígua para conter todos quantos queriam bem ao Sinhô, tudo gente simples, malandros, soldados, marinheiros, donas de *rendez-vous* baratos, meretrizes, *chauffeurs*, macumbeiros (lá estava o velho Oxunã da praça Onze, um preto de dois metros de altura com uma belide num olho), todos os sambistas de fama, os pretinhos dos choros dos botequins das ruas Júlio do Carmo e Benedito Hipólito, mulheres dos morros, baianas de tabuleiro, vendedores de modinhas... Essa gente não se veste toda de preto. O gosto pela cor persiste deliciosamente mesmo na hora do enterro. Há prostitutazinhas em tecido opala vermelho. Aquele preto, famanaz do pinho, traja uma fatiota clara absolutamente incrível. As flores estão num botequim em frente, prolongamento da câmara-ardente. Bebe-se desbragadamente. Um vaivém incessante da capela para o botequim. Os amigos repetem piadas do morto, assobiam ou cantarolam os sambas ("Tu te lembras daquele choro?"). No cinema da rua Frei Caneca um bruto cartaz anunciava *A última canção* de Al Johnson. Um dos presentes comenta a coincidência. O Chico da Baiana vai trocar de automóvel e volta com um *landaulet* que parece de casamento e onde toma assento a família de Sinhô. Pérola Negra, bailarina da companhia preta, assume atitudes de estrela. Não tem ali ninguém para quebrar aquele quadro de costumes cariocas, seguramente o mais genuíno que já se viu na vida da cidade: a dor simples, natural, ingênua de um povo cantador e macumbeiro em torno do corpo do companheiro que durante tantos anos foi por excelência intérprete de sua alma estóica, sensual, carnavalesca.

Pequenino

A morte de Frederico Nascimento Filho, de Pequenino, como era conhecido dos íntimos, não surpreendeu a ninguém. O que surpreendia era a sua incrível resistência a uma vida de dissipação em que tudo consumiu – a voz, o talento, a reputação, a saúde. Dessas criaturas que fazem a gente repetir penalizado a interrogação dos versos de Raimundo Correia:

> Por que tudo o que tem de fresco e virgem gasta e destrói?

Conheci Nascimento ainda mal saído da adolescência, na casa de Tilda Aschof, que foi o ambiente onde ardeu numa chama tão bela e tão breve o gênio de Glauco Velásquez. Foi ali que ouvi pela primeira vez essa voz de barítono que vinte anos de alcoolização diária não conseguiram extinguir de todo. Mas os dons de Pequenino não se limitavam somente à voz: tinha tudo o que era preciso para fazê-la valer com perfeição – a inteligência e a cultura musical, a intuição de todos os sentimentos humanos, a melhor dição. Tudo isso, que encantava pelo caráter de dons naturais, frescos e virgens, ele gastou e destruiu, com uma amargura implacável, como um homem apostado em se degradar. Por quê?...

A voz lhe foi desmerecendo, malgrado se lhe apurasse cada vez mais a arte do canto; acabou inteiramente branca e é espantoso como de instrumento assim já quase imprestável podia arrancar acentos por vezes tão comoventes.

Na conversação é que essa voz adquiriu todos os seus temíveis valores. Já disseram, e com razão, que Nascimento era o crítico da cidade. O crítico da Galeria Cruzeiro, o boca-de-inferno dos *bars* e dos cafés, onde era sempre de encontrar. O Rio tem tido desses homens que fazem com brilho e bom humor a crítica falada, compensando as limitações do regime de censura à crítica escrita ou o comodismo das reputações feitas. Nenhum, porém, tinha a agressividade inquietante de Nascimento. Não havia nele a alegria nem bom humor. A voz dos outros — um Emílio de Meneses, um Zeca Patrocínio — era afinal uma arma, coisa que sempre desperta nos homens dignos desse nome o instinto de reação batalhadora. A de Nascimento dava mais a sensação de um instrumento requintado de intervenção cirúrgica. A dição de Pequenino, apoiada em mímica de impressionante seriedade, era um aparelho de precisão impossível de deter ou contrariar. A réplica mais justa quebrava-se sem força nas pontas daquele virtuosismo verbal, que fascinava, mesmo quando desarrazoava. Nascimento não compreendia as correntes mais modernas em música, poesia ou artes plásticas. Em matéria de poesia parara nos poetas musicados por Debussy e Fauré. Dizia bobagens como uma menina de Sion. Mas de que maneira as dizia! Não havia como fazer-lhe frente senão descaindo para o terreno do soco e da bofetada.

Terreno que, de resto, aceitava porque tinha bravura pessoal, embora fosse mirrado. Quantas vezes no Bar Nacional, na Brahma ou na Americana foi visto a provocar pancada de gente da natação ou do remo. Era um técnico da insolência.

No meio de toda essa atmosfera de sarcasmo e negação, podia às vezes chorar com a mesma soberba impudência, à vista de toda a gente, numa mesa de *bar*. De uma feita que trabalhou na temporada de ópera do Teatro Municipal, não foi levado com a companhia para São Paulo. Precisamente na noite em que a *troupe* viajava para São Paulo encontrei-o bêbedo e envenenado de despeito numa mesa do Bar Nacional. Foi um *sketch* dramático inesquecível. Falou, falou, invectivou todo o mundo, depois chorou. Subitamente ergueu-se e num repente de orgulho:

— Porque apesar de dez anos de bebedeira constante eu ainda tenho mais voz do que todos esses... — E abalou todos os ecos do largo da Carioca e da rua de Santo Antônio com uma tenuta formidável.

Há um ano encontrei-o no mesmo estado de espírito às duas horas da madrugada na Galeria Cruzeiro já deserta. Como estava magro e desfeito! Parecia que se ia desfazer de um momento para outro na bruma de inverno da noite. A voz, no entanto, era sempre a mesma, cortante, incisiva, mordaz, como se toda a energia daquele corpo devastado pelo álcool estivesse concentrada nas cordas vocais. Vai morrer, pensei comigo. Hoje mesmo.

Morreu agora. Vi-o na rua poucos dias antes, magríssimo, mas erecto, no ar distante e desdenhoso que tinha nas horas de abstenção. Não abdicou nunca.

Um grande artista pernambucano

O encanto do Recife não aparece à primeira vista. O Recife não é uma cidade oferecida e só se entrega depois de longa intimidade.

Se não fosse muito esquisito comparar cidades com mulheres, eu diria que o Recife tem o físico, a psicologia, a graça arisca e seca, reservada e difícil de certas mulheres magras, morenas e tímidas. Porque, não repararam que há cidades que são o contrário disso? Cidades gordas, namoradeiras, gozadonas? O Rio, por exemplo. Belém do Pará. São Luís do Maranhão são cidades gordas. A Bahia é gordíssima. São Paulo é enxuta. Mas Fortaleza e o Recife são magras.

Essa magreza é sensível em tudo no Recife. A vida comercial da cidade estendeu-se a comprido da avenida Marquês de Olinda até o fim da rua da Imperatriz. Os sobrados são magros e magros todos os detalhes arquitetônicos. Mesmo nas velhas casas solarengas do bairro da Madalena há não sei quê de seco, de sóbrio, de abstinente — de magro em suma.

Quase todas as igrejas do Recife, as características pelo menos, são magras. São Pedro dos Clérigos é a igreja mais magra do Brasil.

A idéia que se faz de um pernambucano é de indivíduo magro. A arma de sua predileção é a faca de ponta — arma também magra.

O próprio nome — Recife — é palavra magríssima, como de resto o mesmo acidente natural por ela nomeado.

Essa magreza, aliás, não prejudica em nada a cidade. Não é magreza de doença ou de miséria, senão de regime, ou melhor, de constituição. Assuntando bem, parece-me que nessa magreza calada e desenfeitada é que reside o encanto essencial e característico do Recife.

Essa cidade magra tinha necessidade de dar um artista magro capaz de refletir em sua arte aquela graça característica das suas linhas. Deu-o de fato na pessoa de Manuel Bandeira.

Há muita gente que toma como meus os desenhos do meu xará. Quem me dera que fossem! Eu não hesitaria um minuto em trocar por meia dúzia de desenhos do xará toda a versalhada sentimentalona que fiz, em suma, porque não pude nunca fazer outra coisa.

Manuel Bandeira desenha a bico-de-pena e faz aquarelas. Mas é sobretudo no desenho a pena que reside a sua maior força. Aí é que é magro como as igrejas da sua cidade. O seu traço é forte, áspero, duro. Todavia em toda essa força a poesia reponta sempre e uma certa ternura bem cariciosa. Poesia e ternura fortes — eis as características dos desenhos melhores de Manuel Bandeira. E foram essas qualidades que o tornaram o intérprete por excelência dos velhos aspectos da arquitetura colonial — velhas ruas, velhas casas, velhas pedras. O Recife da Lingüeta, Olinda, Igaraçu, Salvador, Ouro Preto, Mariana, Sabará, São João d'El-Rei assistem na arte do desenhista pernambucano com o mesmo misterioso sortilégio da realidade. Ele faz compreender — sem intenção, aliás, porque não há nenhuma literatura nesse artista bem confinado na sua técnica — o que há de passado venerável nessa arquitetura dos nossos avós. Faz compreender que essa arquitetura deliciosa não é coisa que se deva repetir, imitar. Quem sente profundamente o colonial não pode sofrer o neocolonial.

Bandeira formou-se no Recife, creio que sem mestre nenhum. Vi os seus primeiros desenhos na saudosa *Revista do Norte*, dirigida, composta e impressa por José Maria de Albuquerque. Quando o *Diário de Pernambuco* encarregou Gilberto Freyre de organizar a edição comemorativa do seu centenário, Bandeira foi convidado para ilustrá-la. Veio depois a edição de *O Jornal* consagrada a Pernambuco, a colaboração efetiva em *A Província* do Recife e finalmente a sua obra mais importante – a ilustração de todo o número de *O Jornal* dedicado ao estado de Minas. Para executá-la Bandeira passou dois meses em Ouro Preto, trabalhando com tal ardor que os olhos se lhe fatigaram e adoeceram. Os desenhos de Minas mostram o artista na plena posse de todos os recursos da pena e do nanquim. Nenhuma incerteza mais. Uma segurança impecável na oposição dos brancos e dos negros, sensível especialmente na Nossa Senhora do Carmo de Sabará, no solar do conde de Assumar, na capelinha do padre Faria, no renque de casinhas e nos burricos da rua Barão de Ouro Branco.

É de realçar como Bandeira apanhou bem o caráter de cada uma das velhas cidades mineiras. O aspecto severo, áspero e melancólico da antiga Vila Rica, as ruínas ingênuas de Sabará, onde as casas de porta e janela parecem sorrir contentes de se sentirem tão velhinhas, a grandeza processional da encosta do Santuário de Congonhas do Campo, tudo Bandeira fixou com surpreendente fidelidade.

Magistrais são também as reproduções de detalhes das esculturas de Ouro Preto: as pias de São Francisco e Carmo de Ouro Preto, os púlpitos, os coroamentos dos portais, etc. Ao todo 51 desenhos magníficos que testemunham a beleza artística em que floresceu o *rush* do ouro vista através da força ingênua e sóbria de um grande artista da nossa atualidade.

É pena que os trabalhos de Manuel Bandeira permaneçam seqüestrados em coleções particulares ou nas reproduções, nem sempre fiéis, de edições jornalísticas esgotadas. Não existe entre nós nem público nem editores para uma obra dessas. Seria caso de se promover a expensas do Governo Federal ou do estado de Pernambuco uma edição dos melhores desenhos de Manuel Bandeira. Ela representaria um dos mais altos e finos padrões da nossa cultura.

Recife

Este mês que acabo de passar no Recife me repôs inteiramente no amor da minha cidade. Há dois anos atrás, quando a revi depois de uma longa ausência, desconheci-a quase, tão mudada a encontrei. E sem discutir se essa mudança foi para melhor ou para pior, tive um choque, uma sensação desagradável, não sei que despeito ou mágoa. Queria encontrá-la como a deixei menino. Egoisticamente, queria a mesma cidade da minha infância.

Por isso diante do novo Recife, das suas avenidas orgulhosamente modernas, sem nenhum sabor provinciano, não pude reprimir o mau humor que me causava o desaparecimento do outro Recife, o Recife velho, com a inesquecível Lingüeta, o Corpo Santo, o Arco da Conceição, os becos coloniais...

Mesmo fora do bairro do Recife, quanta diferença! Quanta edificação nova em substituição às velhas casas de balcões, esses balcões tão bonitos, tão pitorescos com os seus cachorros retangulares fortes e simples como traves. (Um arquiteto inteligente aproveitaria esse detalhe tradicional bem característico do Recife.) Os cais do Capibaribe, entre Boa Vista e Santo Antônio, sem os sobradões amarelos, encarnados, azuis, tão mais de acordo com a luz dos trópicos do que esta grisalha que os requintados importaram de climas frios.

No meio de tanto desapontamento um bem doce consolo a rua da União, a mesma de trinta anos antes, salvo o nome e a estação da rua da Princesa. (Ah, falta também a gameleira da esquina! Meus olhos não esqueceram nada.) Exatamente como a deixei. Não tem uma casa nova. Ali ainda residem primos. Em casa de meu avô moram velhos amigos que me conheceram menino.

E aquele prediozinho baixo? Tem uma tabuleta na fachada: Asilo Santa Isabel. Não! Quem vive ali é d. Aninha Viegas. Bentinho vai já aparecer ao postigo, com a pasta de cabelo bem empomadada, camisa de peito engomado, sem colarinho (parecia que a falta de colarinho era um detalhe ou requinte da elegância de Bentinho).

Não havia nada para quebrar a ilusão da minha saudade. E comecei a ver outras figuras, que, embora desaparecidas no túmulo, continuavam a viver para mim com mais realidade do que os desconhecidos que cruzavam comigo na calçada: o velho Alonso, de gorro e cacete, comprando latas de doce de araçá e goiabada em quantidade que me deixava deslumbrado; Totônio Rodrigues que me parecia velhíssimo, perito em situar os incêndios pelo toque do sino, mas com uma má vontade evidente contra o bairro de São José, seu Alcoforado que eu nunca vi, mas cujo nome me impressionava...

O sonho de França Júnior

Pedro Dantas escreveu há tempos uma longa apologia de França Júnior, que lhe parece ser um escritor injustamente esquecido pelas gerações vivas. Menos esquecido que menoscabado. Com efeito o antropófago paulista que certa vez chamou a Antônio de Alcântara Machado "o França Júnior do modernismo", teve intenção de menoscabar a ambos.

Muita gente se riu com a perfídia, muita gente que nunca lera França Júnior e apenas o conhecia pela tradição de folhetinista fácil dos tempos em que se jantava às cinco horas, em que se tomava o bondinho de burros na esquina da rua do Ouvidor e se freqüentava em agosto a novena de Nossa Senhora da Glória do Outeiro. Mas Pedro Dantas não riu. Ele nunca ri sem saber bem do que ri, como ri, e por que ri. É um poeta — está-se vendo logo que é um poeta e excelente — mas é ao mesmo tempo esta coisa mais rara — um espírito crítico. Precisamente o que constitui o singular encanto de tudo o que ele escreve é esse constante equilíbrio entre a inteligência e a sensibilidade. Sente-se atrás do escritor um homem com saúde e com caráter. Pedro Dantas ouviu a pilhéria do antropófago, refletiu que ainda não conhecia França Júnior — conhecia o outro, o admirável Antônio de Alcântara Machado, e sabia que daquilo tudo poderia resultar que o folhetinista esquecido valesse a pena de ser lido. Como de fato valeu. E eis o nosso Pedro Dantas desmontando metodicamente, com precisão e vagares, a pilhéria antropófaga, o riso da galeria, o comentário da *Pequena história da literatura brasileira*, sempre com aquele ar pachorrento de quem é capaz, como o Príncipe do Fogo, "de vos suscitar grandes peixes mansos"...

O artigo de Pedro Dantas interessou-me também por França Júnior, que eu só conhecia pelos elogios de Artur Azevedo. Li os *Folhetins.* Admirei-me da isenção crítica de Pedro Dantas. Ninguém, como este, tão diferente do Antônio de Alcântara Machado de 1876.

O folhetinista era improvisador loquaz e descuidado. O tipo do conversa-fiada. Ao passo que Dantas procede como o sujeito que, munido de esquadros perfeitos e lápis Faber de ponta irrepreensível, vai determinando as linhas de uma figura de geometria descritiva. Não há escritor menos "fácil" do que ele. Não obstante, seduziu-o a "facilidade" do outro, porque debaixo dela discerniu de pronto o dom agudo de observação, esse mesmo dom que existe em Antônio de Alcântara Machado.

Em suma, a pilhéria antropófaga era boa, não como pilhéria, mas como observação crítica. França Júnior e Antônio de Alcântara Machado são dois anotadores insignes dos nossos costumes. Como o *Brás, Bexiga e Barra Funda* faz-nos viver no meio dos ítalo-brasileiros de São Paulo, os *Folhetins* de França Júnior nos restituem ao vivo a sociedade do tempo em que o sr. Martinho Campos derrubava ministérios, quando os homens namoravam ou conversavam de política à porta do Castelões e do Albernaz e as senhoras se vestiam na Dreyfus ou na Mme. Lambert.

Essa faculdade de observação fácil é o único mérito dos *Folhetins*, mas por isso mesmo faz dessas crônicas um acervo precioso para o conhecimento do nosso passado. França Júnior anotava tudo e até as palavras com que se convidava para um casamento ou um enterro. Quis ver se encontrava nos *Folhetins* alguma referência ao maxixe, dança cuja origem tão próxima de nós está contudo envolta em mistério. Só uma vez encontrei neles a palavra, mas no sentido de festa caseira, sinônima de forrobodó e chinfrim: — "Não há habitação modesta onde no dia seguinte ao de um 'forrobodó', 'maxixe' ou 'chinfrim', como se diz na gíria, não se veja a dona da casa a mandar a negrinha empastar de barro as manchas de gordura que sujam o soalho". França Júnior fala muito é em polca, *schottisch* e às vezes samba. Tenho um amigo de perto de setenta anos que chegou ao Rio em 85 onde já encontrou o maxixe. Sendo os *Folhetins* de 76, pode-se concluir que a dança e o nome nasceram dentro daquela década.

França Júnior era amador de pintura e fazia paisagens que vendia por bom preço. Inimigos seus, ou antes do curador de órfãos, que ele era, insinuaram que o pintor se valia da influência do curador para vender os quadros. Sem dúvida calúnia de despeitados. O cronista era levado pelo seu gosto a ocupar-se freqüentemente de artes plásticas, e assim vemos pelos *Folhetins* como se foi formando o primeiro grupo de paisagistas brasileiros – Caron, Vasquez, Ribeiro, Parreiras – em torno do Grimm, alemão malcriado que só ensinava ao ar livre.

Diante do esplendor da paisagem carioca, França Júnior vivia fantasiando uma cidade mais bela, mais limpa, mais sociável, mais civilizada. Um dos seus folhetins de *O País* finge um sonho que os cariocas de hoje estão vivendo acordados. Nem todos os detalhes coincidem, mas em linhas gerais o Rio de hoje corresponde ao do sonho de França Júnior.

França Júnior acordou de bom humor numa bela manhã de verão. Vestiu-se às pressas assobiando trechos do *Trovador*, da *Traviata* "e outras velharias que lhe recordavam" – que lhe recordavam não! "que recordavam-lhe", pois naquele tempo não se obedecia a regras de colocação pronominal portuguesas – "os dias felizes da mocidade"... Aqui o sonhador enganou-se: todos os anos ainda se ouve o *Trovador* e a *Traviata*...

Mandou buscar um carro – ele não adivinhou o automóvel – e saiu a passear por praças e avenidas ajardinadas. Afinal foi dar na avenida da Aclamação, que corresponderia à avenida Rio Branco. Essa avenida da Aclamação saía da praça da Aclamação (Campo de Sant'Ana) e provinha do alargamento das ruas Senhor dos Passos e Hospício. Como vêem, é a avenida ideada pelo prefeito Carlos Sampaio. Ficou até hoje no papel, porém mais cedo ou mais tarde o sonho de França Júnior se fará realidade. Onde o folhetinista acertou inteiramente foi na avenida Beira-Mar, que chamou das Palmeiras, indo do cais Pharoux até Copacabana. Quando agora vou de automóvel da avenida Rio Branco pelos novos jardins da Glória e praias do Russell, Flamengo, Botafogo e Atlântica, fico pensando no sonho do folhetinista. E o meu gozo é maior que o dos menores de trinta anos, como o Pedro Dantas, porque eu ainda conheci o Rio antigo, o infecto Rio em que França Júnior imaginava o maravilhoso Rio de agora.

Presente!

A morte de Silva Ramos, o douto vernaculista e membro da Academia de Letras, veio, na manhã em que li nos jornais a triste notícia, transportar-me o espírito aos anos longínquos da minha infância, quando eu, ainda de calças curtas, freqüentava o primeiro ano do Colégio Pedro II, naquele tempo, e para a grande amargura monarquista de Carlos de Laet, chamado Ginásio Nacional.

Silva Ramos era o catedrático de português. Já naquele tempo não parecia moço à nossa meninice. Tinha o busto acurvado e a fisionomia cansada. Entretanto, fazendo agora as contas de sua idade de então, vejo que mal passava dos quarenta anos. O espírito guardava ainda todo o calor da mocidade. E de fato bastava que um aluno, mau leitor, estropiasse a dição de uma bela página da *Antologia nacional* para que a sensibilidade do mestre, ferida em suas fibras mais finas, estremecesse e buscasse evadir-se conosco para fora da sombria sala de aula: de todo esquecido da gramática, da seca análise gramatical e da "chamada análise lógica, que de lógica muitas vezes nada tem", como ele mesmo escreveu em prefácio a um livro de Sousa da Silveira, Silva Ramos interrompia o aluno, talvez bem seguro de todas as subordinadas conjuntivas do período, para lhe fazer sentir a beleza do trecho, que passava a ler com o entusiasmo mais vibrante e comunicativo. Toda a classe ficava fascinadamente presa à sua palavra, em que havia um leve sabor da fala portuguesa. Ainda hoje quando nos encontramos, os companheiros daquele tempo, gostamos de recordar a maravilhosa aula de dição que foi certa vez a leitura da "Última corrida real de touros em Salvaterra": não só tenho bem presente na memória o quadro objetivo da velha sala, da atitude dos colegas, da figura subitamente remoçada do mestre, da voz com todas as suas inflexões mais peculiares, como também todas as imagens interiores evocadas pelo surto eloqüente da leitura. A bravura e o esplendor da ilustre casa de Marialva ficou para todo o sempre dentro de mim como um painel brilhante: na verdade em um ponto da minha consciência ficou armado um redondel definitivo para essa última corrida de touros em Salvaterra, a qual nunca deixou de ser uma das festas preferidas da minha imaginação. A tal ponto que longe de ser a última, passou a ser a eterna corrida de touros em Salvaterra: eterna e única, pois foi a primeira e me fez achar insípidas, mesquinhas, labregamente plebéias as verdadeiras touradas que vi depois com os olhos do corpo e não os da imaginação excitada pelo admirável gosto literário do mestre.

Silva Ramos era um espírito de formação clássica portuguesa. Mas ele entendia versar os clássicos naquele mesmo largo espírito humanista de que nos fala João Ribeiro, outro grande mestre do Pedro II daquele tempo: isto é, versá-los, situando-os em seu tempo, revivendo-os no ambiente de suas paixões. Com Silva Ramos o que se procurava em Camões não eram os atestados de bom comportamento de um pronome oblíquo nem a personalidade irregular de um infinito, mas a força rítmica da oitava decassílaba, atrás da qual choravam as lágrimas de Inês ou de longe bradava o despeito amoroso de Adamastor. As cruéis vicissitudes do ensino secundário no Brasil privaram-nos desse mestre insigne no segundo ano do nosso curso. Pois bem, em nove meses de aulas Silva Ramos teve o talento, eu deveria dizer a alma, de pôr na cabeça de um menino até então inatento a qualquer espécie de beleza literária, o gosto, a verdadeira compreensão dos padrões mais nobres da nossa linguagem; no português que falo e escrevo hoje, mesmo quando me utilizo de formas brasileiras aparentemente mais rebeldes à tradição clássica, eu sinto as raízes profundas que vão mergulhar nos cancioneiros.

Tivemos, a minha turma do Pedro II, muitos mestres admiráveis: Nerval de Gouveia, Said Ali, Paula Lopes, João Ribeiro, Cabrita, tantos outros. Silva Ramos, talvez por atuar sobre nós na virgindade de impressões do primeiro ano, decidiu porventura da vocação de dois colegas meus, que com o tempo vieram a se tornar dos maiores sabedores da nossa língua: Sousa da Silveira e Antenor Nascentes. No ardor científico com que ambos pesquisam hoje os casos difíceis da nossa gramática histórica não é provável que esteja, ampliada, organizada, fortificada pelo estudo, aquela velha emoção dos dez anos, quando o mestre nos punha trêmulos de medo diante dos touros de Salvaterra? Ou com Afonso Domingues debaixo da abóbada do mosteiro da Batalha que "não caiu e ainda hoje lá está!" como exclamava ao cabo da página de Alexandre Herculano, apontando com o dedo numa vaga direção, que pretendia ser a do famoso mosteiro?

Silva Ramos chegou aos 77 anos trabalhando sempre: dando lições de português a meninos e a colegas da Academia. Estes aproveitaram menos do que aqueles, segundo se depreende da última reforma ortográfica, nos debates das quais o meu querido mestre demonstrou mais uma vez a lucidez do seu espírito e a sua extraordinária cultura vernácula. À proporção que envelhecia ia-se dobrando cada vez mais para a terra, onde acaba agora de desaparecer...

Nesta hora de enternecida recordação, se os seus olhos espirituais estão procurando no mundo material os daqueles que o amaram e admiraram, entre os seus antigos discípulos do Ginásio me orgulho de comparecer, respondendo como à lista de chamada: Presente!

Graça Aranha

Graça Aranha morreu num arranha-céu da praia do Russell, em frente à estátua do almirante Barroso. O seu apartamento era de um conforto simples, claro, geométrico e correspondia bem àquele bom gosto que o levava para as formas plásticas mais abstratas e mais despojadas do elemento pitoresco. Nenhum luxo senão o da arte, que o não era para o seu espírito que só dela se alimentava. Ambiente inteiramente modernista. Só se encontraria de antigo naquelas paredes alguns retratos de antepassados ou de amigos já desaparecidos (Nabuco) e por trás da cabeceira da cama uma pintura representando a velha mansão colonial de Filipe no largo do Boticário. Tudo o mais eram quadros de Ismailovitch, Cícero Dias, Di Cavalcanti, de De Garo e outros novos, fotografias de casas de Le Corbusier, de criações plásticas populares (esculturas pobrezinhas de Garanhuns) nas quais se encontra o mesmo caráter da arte culta de vanguarda.

Àquela hora ainda matinal havia pouca gente a lhe velar o corpo. Renato Almeida e d. Eugênia Álvaro Moreyra lá estavam e me contaram como o tinham deixado na véspera, depois de dez horas da noite, bem disposto, alegremente ocupado com a divulgação dos primeiros prêmios da fundação que tem o seu nome. Três quartos de hora depois ambos recebiam em suas casas a telefonada aflita que anunciava o ataque súbito e quase fulminante do edema. O destino foi generoso para com ele, poupando-lhe as degradações do fim lento, matando-o numa hora de alegria, daquela alegria que ele desejava para base estética de toda arte.

A mão de sua neta, neta também de Rosa e Silva, levantou para mim e para Rodrigo Melo Franco de Andrade o lenço que lhe cobria o rosto. Estava um pouco mais magro. Tinha a palidez de todos os mortos. Estava belo. Integrado não na perpétua alegria, que a alegria afinal é agitação e criação do espírito, no seu caso aparência e jogo pueril de arte – integrado na perpétua serenidade. Fraquezas que porventura haveria no homem tinham desaparecido daquela máscara de impressionante nobreza. O homem fora belo, mas o morto estava ainda mais belo. Assim a morte nos ensina a nobreza da matéria, descomposta às vezes pelo tumulto vão do espírito. A morte dava ali a Graça Aranha o de que sempre senti falta em sua obra por tantos títulos magnífica: a serenidade, a interioridade. O que ele procurou sempre e cada vez mais à proporção que lhe aumentava a idade foi o entusiasmo e a alegria. O seu último livro testemunhava um estado de verdadeira readolescência.

Nunca fiz parte do grupo de amigos e discípulos de Graça Aranha. Aliás não havia propriamente discípulos de Graça Aranha. O movimento de aproximação foi mais dele para os rapazes do que destes para ele. Havia amigos de Graça Aranha que aceitavam a sua profissão de fé de entusiasmo. Ora, esse entusiasmo não só me deixava frio como suscitava mesmo a vontade de contrariar o professor de entusiasmo, o que não tinha a menor importância, porque ele era um grande escritor e eu apenas o mais tísico dos poetas líricos. Só uma vez o seu entusiasmo me contagiou e foi no famoso dia da Academia. Me entusiasmei sem razão nenhuma, porque o dia da Academia foi afinal um despropósito e o gesto de

Graça Aranha, parecendo que era a consolidação do movimento modernista, foi na realidade o começo da desagregação do modernismo como movimento coletivo. Só que naquela escaramuça acadêmica Graça Aranha era o lado inteligente e estava realmente simpático, destemido e radiante de mocidade.

O que me parece ter agido como elemento inibitório na última fase de Graça Aranha é que a esse gosto absorvente de moça modernidade se contrapunha o resíduo persistente da sua verdadeira mocidade, a que datava da escola do Recife, impregnada ainda daquela imaginação verbal arrebatada e quase destituída de todo espírito de *humour*. O esforço de Graça Aranha para se aproximar dos processos modernos prejudicou os seus dons naturais de romancista. A sua obra teria sido maior se fosse construída no mesmo espírito de *Canaã*, que afinal, ficará como a única que é estrememente sua: *Malasarte* está contaminada de ibsenismo, como a *Viagem maravilhosa* de intenções plásticas cubistas e objetivo-dinâmicas que brigam com os surtos descritivos do seu temperamento romântico, amigo de cores e sentimentalidades vibrantes e sensacionais. A sua força estava nos períodos longos e ele tentou fragmentar-se e restringir-se em elipses contrárias ao seu feitio largo. Obrigou-se a uma técnica de volumes, quando o seu natural era, ao invés, desmanchá-los no jogo violento das claridades meridianas.

Carlos Drummond de Andrade

Carlos Drummond de Andrade levou sobre os seus companheiros de geração a vantagem de aparecer perfeitamente assentado e amadurecido. Se tivesse surgido em livro há oito anos atrás, e já então andava empenhado na batalha modernista, apresentaria talvez as incertezas, as facilidades que degeneraram em cacoetes, enfim as presunções daquela idade ingrata, idade feliz, de transição. Como a voz dos rapazes na puberdade, a de muitos poetas daquela hora afinava e desafinava com freqüência. (Alguns mesmo continuam envelhecendo assim.)

Os que tínhamos a Carlos Drummond de Andrade na conta de um dos três ou quatro maiores poetas do Brasil, andávamos há muito tempo impacientes por ver reunidos em livro os belos poemas que conhecíamos de revistas e jornais. Afinal o livro apareceu: *Alguma poesia.* Um livro que ficará como um dos mais puros da nossa poesia.

Alguma poesia. O título assim à primeira vista parecerá modesto. Não é modesto nem imodesto. É justo, é preciso como toda a coleção de poemas que ele capeia. A poesia inunda a vida inteira de Carlos Drummond de Andrade, não só a daquele momento da página 83. Só é verdadeiramente grande o poeta que não pode pôr toda a poesia nos seus poemas. A gente sente que ele está dando "alguma poesia", a que a outra, a restante, a que ficou dentro dele comunica não sei que estranhas e profundas ressonâncias.

Poeta municipal (vide "Cidadezinha qualquer", "Itabira", "Igreja"...), poeta estadual ("Sesta"), poeta federal ("Explicação"), poeta universal ("Quadrilha", "Balada do amor através das idades"), Carlos Drummond de Andrade é tudo isso com me parecer o primeiro poeta tipicamente mineiro e o primeiro grande humorista da nossa poesia. Humorismo no grande sentido, que é o de Heine e de Laforgue.

Os mineiros são, mais que os outros nossos patrícios, dotados daquelas qualidades de reflexão tarda, de atitude à parte, de desconfiança do entusiasmo, de gosto das segundas intenções, de pessimismo, elementos todos esses geradores de *humour*. Aquele anjo torto que no nascimento do poeta falou "Carlos, vai ser *gocbe* na vida", diz a mesma coisa a todo mineiro da gema que nasce. Alguns desobedecem: Gastão da Cunha. Mas em regra mineiro é songamonga. Não quero dizer que os outros estados não dêem songamongas. O pernambucano Gilberto Freyre é o maior songamonga do Brasil. O paulista Pedro Dantas é outro que tal. Exceções. Brasileiro inteligente e espirituoso é brilhante. Adora os Eças, os Shaws, os Chestertons. Agora, começar uma estrofe de poema com uma apóstrofe sublime: "Mundo, mundo, vasto mundo", e continuar nos versos seguintes: "se eu me chamasse Raimundo seria uma rima, não seria uma solução", isto é mais de mineiro que de nortista metafórico ou sulista elegante. Toda vez que com esse feitio mineiro coincidirem uma sensibilidade mais rara e o dom de poesia, é de esperar um humorista de grande estilo. Ora, me parece que o autor da "Balada do amor através das idades" é o primeiro caso dessa conjunção.

Sensibilidade comovida e comovente em cada linha que escreve, todavia Carlos Drummond de Andrade não abandona quase nunca essa atitude de *humour*. Entre os 54 poemas do seu livro só vejo dois exemplos de ternura sem mescla — "Infância" e a puríssima "Canção do viúvo". Nos outros poemas a ternura se adivinha, ou vem e se apaga logo, como relumeio instantâneo de farol. Nem sei como à página 140 o poeta contou "que passou a noite chorando". De ordinário ironia e ternura agem na poesia de Carlos Drummond de Andrade como um jogo automático de alavancas de estabilização. Não há manobra falsa nesse aparelho admirável de lirismo. Carlos pode ser *goche* na vida: na arte é destro como um felino.

Não fosse esse senso de *humour* e a poesia deste livro seria de uma melancolia intolerável, senão mortal. O poeta não espera grande coisa desta humanidade: "tirante dois ou três, o resto vai para o inferno". Como o Jesus da admirável "Romaria", ele deve sonhar nas horas de cansaço "com outra humanidade". O juízo da pátria não podia ser menos amargo: "Quem me fez assim foi minha gente e minha terra"; "é burrice suspirar pela Europa; o francês, o italiano, o judeu falam uma língua de farrapos; aqui ao menos a gente sabe que tudo é uma canalha só, lê o seu jornal, mete a língua no governo, queixa-se da vida (a vida está tão cara!) e no fim dá certo". O amor? A eterna toada: "briga perdoa briga". Afinal um *pis-aller*,[16] porque "se não fosse ele também, que graça teria a vida?". A vida não presta (p. 128). Mesmo quando tem alguma graça, com o amor, não passa de uma quadrilha: "João amava Teresa que amava Raimundo que amava Maria..." e vem uma série braba de desastres. Não admira que, sentindo assim, o poeta chegasse àquele imenso cansaço de "No meio do caminho", poema formidável de desalento e onde no entanto não há nada mais que uma pedra, "uma pedra no meio do caminho".

Mas então não haverá Graça para essa alma irremediavelmente triste? Há, houve: a poesia inundou-lhe a alma inteira. Baixou sobre ela como aquele anjo purificador do último poema do livro. E com ela todos nós nos purificamos.

---

16 Em francês, "o que se aceita por não haver melhor". [N.E.]

Augusto Frederico Schmidt

Já estava tardando um poeta que reagisse contra os processos e o estado de espírito da geração modernista. Alguém para quebrar os clichês gastos. É verdade que havia os continuadores de parnasianos e simbolistas. Esses, porém, não reagiam: repetiam apenas. Era preciso um poeta que tivesse passado pela experiência moderna, que a tivesse assimilado e, portanto, embora diferenciando-se dela, afastando-se dela, soubesse aproveitar-lhe as lições. É o que entre nós se dá agora pela primeira vez com a afirmação poética de Augusto Frederico Schmidt.

O seu novo livro de poemas, o *Pássaro cego*, precisa com formosa eloqüência a anunciação do *Canto do brasileiro*, dos *Cantos do liberto* e do *Navio perdido*.

Augusto Frederico Schmidt retomou o fio partido da tradição romântica brasileira. Verseja com a mesma abundância descuidada. No amor é um poeta de sinhás. Na morte, é o poeta das inadaptações agressivas e amargas da puberdade. Como os românticos, mistura à sintaxe mole dos brasileiros uma licença prosódica portuguesa de gosto bem duvidoso e diz: "Pela felicidade que jamais virá".

Mas à inadaptação romântica dos nossos Casimiros de Abreu ele junta um elemento de intensa dramaticidade que vem dos séculos bíblicos da sua raça. Por mais cotidiana que se nos apresente a sua figura de livreiro solerte, o tom da sua poesia acomete a consciência como um eco dos versículos severos dos profetas judeus. As suas apóstrofes suscitam ambientes de apreensão, como se estivéssemos na véspera de calamidades irreparáveis. E é propriamente esse tom sinistro que assegura a Augusto Frederico Schmidt uma qualidade nova em nossa poesia.

Esse tom é a sua qualidade essencial. Mas ao lado dela outras são de notar, muito saborosas, não tem dúvida, se bem que de natureza mecânica, facílimas de macaquear, e o próprio Schmidt é demasiado condescendente consigo mesmo na insistência em certos efeitos de sua predileção. As repetições e os refrãos, por exemplo. Schmidt descobriu, ou lhe disseram, que ele tinha o segredo do refrão em língua portuguesa. De fato assim é. Todavia em alguns dos seus poemas o refrão não tem a importância de frase essencial e cheia de perspectiva para todos os lados, como convém a uma legítima frase-refrão. "Lembrou-se de outras noites de repente" é imenso como evocação; mas não tem importância nenhuma o "quando eu passar" do poema de amor da página 101.

Augusto Frederico Schmidt reparou no efeito encantatório das repetições. É um recurso trivial de magia. Toda palavra, ainda a mais simples, toda palavra repetida adquire o valor de uma advertência terrível. Qualquer um pode fazer a experiência. Por aí já se deixa ver como é preciso usar com discrição um efeito de facilidade tão perigosa.

Uma qualidade saborosa, e essa sem perigo, deste magnífico poeta é o jeito de pegar o poema já do meio:

> Lembrou-se de outras noites de repente.
> No céu o mesmo luar...

E como começa interrompe, de sorte que ficamos suspensos com o poema na mais completa indeterminação de tempo e espaço.

Essa indeterminação é outra atitude freqüente em Augusto Frederico Schmidt. Há poemas seus em que aparecem personagens tão inquietantes, desconhecidos tão estranhos, que não se chega a identificá-los: pode ser um simples amigo; também pode ser um inimigo; ou um tipo como M. Charlus; mas, por absurdo e até sacrílega que pareça a idéia, não se pode afastar de todo a hipótese da pessoa do Cristo.

De resto Schmidt é um dos poucos poetas que sabem falar a Deus com tranqüila dignidade. Isso também deve proceder do seu fundo judaico. O cristão em tal colóquio toma uma postura muito sentimental e um tanto pedinchona por demais. Os antigos hebreus não. Schmidt a esse respeito não tem quem se lhe compare. Encontra sempre o tom justo, as palavras mais acertadas de respeito, de fé e de confiança:

> Caminharei em busca do presépio
> A noite inteira, meu Senhor...

Schmidt é católico, mas o seu sentimento religioso não é repousado e repousante como o de Elizabeth Leseur, por exemplo. Ele mesmo se pergunta num mau soneto irregular por que não crê em Deus sem se martirizar. É que as suas inquietações vêm talvez da insatisfação de bens terrestres, o que parece decorrer tão-somente de sua falta de confiança em si. Sente-se que a sua experiência é limitada e exaspera-se por isso em anseios para outras coisas, climas ausentes, Lucianas misteriosas. Um sintoma muito curioso desse estado de espírito é o seu gosto de falar nas formas do futuro: "As luzes serão frias... Haverá apenas uma grande planície... Estarás ansiosa... Tentarei fugir...". Fala quase sempre assim: "Farei isto, farei aquilo...". É a poesia do faço e aconteço.

Há quem sinta e lamente a monotonia destes poemas e desejaria que o poeta se renovasse fora dos temas habituais do presságio, da morte e da inutilidade dos esforços. Por mim penso que o melhor de Schmidt está precisamente nessa ressonância persistente de harmônicos elegíacos, que, como aos velhos profetas, lhe conferem um timbre próprio e característico.

Guilherme de Almeida

Guilherme de Almeida é o maior artista do verso em língua portuguesa. Realmente, ele brinca com todos os recursos de técnica já conhecidos, inventa a cada passo novas combinações surpreendentes, faz o que quer, faz positivamente o que quer. O pobre do poetinha comum precisa das dez sílabas bem medidas para dar o ritmo do decassílabo: Guilherme, não, arranja a mesma coisa com onze sílabas ou nove. *Raça*, por exemplo, é um prodígio de virtuosidade. A célula rítmica de todo o poema é o pentassílabo:

> Gentias tatuadas — coroadas de penas — curvadas como arcos.

Este o primeiro verso do poema em que ele surge e se estabelece com valor de cadência, antes sutilmente preparada por outras medidas. Depois vêm todos os metros, na agilidade sempre impecável de mil variações. O ritmo, porém, continua o mesmo, porque o baixo do pentassílabo, que a intervalos aparece, está sempre presente no ouvido e domina toda a polifonia do poema. Às vezes a célula germina e se multiplica dentro de um só verso:

> Teias cheias de luas, de medos, de danças guerreiras em torno de fogos sonâmbulos...

E no fim o ritmo se esquematiza em tercetos regulares (o número de sílabas não importa) precedidos de um verso muitas vezes de ritmo inumerável:

ritmos paralíticos do silêncio imóvel estendido sobre —
capitanias
tabas
quilombos...

Como técnica é lindo e formidável.

No *Meu* há poemas em que as duas técnicas, a regular e a livre, se justapõem da maneira mais curiosa: a pontuação dá a primeira, o sentido a segunda; quando às vezes aparece um verso regular se sente que ele está funcionando sem valor métrico. Por um lado as toantes dão a satisfação completa de rima consoante; outras vezes é o contrário, a rima fica admiravelmente fundida na trama do ritmo livre:

Os últimos ventos do dia
Sacodem os galhos
Como uma horda vadia de malfeitores sutis
Que erra ao acaso.
E a noite monstruosa
Tomba das árvores
Como um fruto de sombra
Pesado e mole
Que se achata sobre a terra.

Esta é a versão em verso livre que eu desentranhei do admirável "Noturno". Poderia multiplicar os exemplos.

Propositadamente falei aqui só do artista. Para a glória do poeta bastaria aquela imagem comovida da Sóror Dolorosa, lembram-se? quando a monja transpõe pela primeira vez o vestíbulo do Eleito:

> Meu coração fugiu do peito:
> foi nos meus joelhos que o senti!

Esse coração batendo nos joelhos é uma das coisas melhores que eu conheço em poesia.

Mário de Andrade

O meu primeiro contacto com o poeta de *Paulicéia desvairada* declanchou em mim um movimento de repulsão: achei detestável o seu primeiro livro (*Há uma gota de sangue em cada poema*). Somente, achando aquela poesia ruim, notei que era um ruim muito diverso dos outros ruins: era um ruim esquisito. Mas não tive esperanças. É que já tinha tido a decepção de outros ruins esquisitos. *Paulicéia desvairada* veio mostrar que daquela vez eu me enganara. Aquele ruim esquisito era do legítimo, isto é, significava uma força e um talento ainda nos limbos do desconforme. *Remate de males*, o livro aparecido agora, é o termo da lenta evolução de Mário de Andrade (evolução que não é só literária, senão moral também) no sentido de compor em formosa serenidade espiritual e técnica todas as forças, às vezes tão desencontradas, daquele ruim esquisito. O mais romântico, o mais pessoal, o mais rebelde, o mais brabo dos nossos poetas — o flexionador de advérbios da *Paulicéia,* o descolocador de pronomes, o possesso lírico invectivador de burgueses, o pontilhista do carnaval carioca, o *clown* trágico das "Danças", que são neste volume como uma reminiscência do puro lírico que foi o poeta, se transformou nos "Poemas da negra" e nos "Poemas da amiga" no mais sereno, no mais disciplinado, no mais azul dos nossos poetas de todos os tempos. Que vitória para o homem e para o poeta! Esses poemas, que são a verdadeira novidade do *Remate de males*, nos dão o sentido da concepção de felicidade a que chegou o poeta: a de conformidade com o seu destino. Por maior que seja a incompreensão em que nos deixam muitas das imagens dos "Poemas da negra" e "da amiga", é impossível ficar insensível ao tom de repousante calma que todos eles respiram, uma impressão de altura em que se perdem os ecos odientos da controvérsia humana e aonde só chegam os harmônicos de um lirismo sutilmente, tão sutilissimamente organizado. É incrível ter o poeta chegado a isso. Não há exemplo disso em nossa poesia. Os ingleses é que são assim. Essa ardência que não consome, esse afeto que não mela nunca, essa transubstanciação de sentimentos em pensamento é uma especialidade deles. Mário de Andrade vinha se dirigindo para esses climas líricos desde a "Louvação da tarde", que é um dos seus mais fortes e belos poemas, da "Manhã", que sei? talvez de antes mesmo, daquele "Momento" de novembro de 1925. Os "Poemas da negra" e os "da amiga" parecem vir de um isolamento enorme, mas de um isolamento em que não se pode falar nem de tristeza nem de alegria. Será de indiferença? "Que indiferença enorme!" diz um verso. Mas não é indiferença não. É antes sabedoria. Tenho de dar marcha a ré: é serenidade, é conformidade com o destino, é, em uma palavra — felicidade.

Nos "Poemas da negra" eu gosto muito da maneira por que o poeta tratou a Negra e o Recife. A Negra é bem negra naquele grito de carinho em que lhe diz:

> Te vejo coberta de estrelas,
> Coberta de estrelas,
> Meu amor!

O Recife está bem nestes versos em que há a calma das tardes no Capibaribe:

> O que me esconde
> É o momento suave
> Com que as casas velhas
> São velhas, morenas,

Na beira do rio.

Dir-se-ia que há madressilvas
No cais antigo...

Negras e cidades do Brasil são temas exóticos. Mesmo nos brasileiros. Uma coisa cacete nas nossas tentativas de assuntos nacionais é que os tratamos como se fôssemos estrangeiros: não são exóticos para nós e nós os exotizamos. Falamos de certas coisas brasileiras como se as estivéssemos vendo pela primeira vez, de sorte que em vez de exprimirmos o que há nelas de mais profundo, isto é, de mais cotidiano, ficamos nas exterioridades puramente sensuais. Mais uma lição que nos dá o poeta! Porque ele nos tem dado tantas: salvo talvez o Oswald de Andrade, que com ele são os dois temperamentos poéticos mais originais, as duas personalidades mais marcadas que possuímos, não há poeta modernista, grande ou pequeno, que não lhe deva alguma coisa. Os grandes fizeram estrada real no rastro deste abridor de picadas.

Raul de Leoni

Na obra curta de Raul de Leoni há que assinalar muitas dessas contradições que suscita em toda sensibilidade um pouco viva o contacto das realidades. A versatilidade desses movimentos interiores podia mesmo assumir no poeta a aparência de uma luta de almas, como ele próprio notou no soneto "Confusão". Há, todavia, em todos os seus poemas uma constante de pensamento que se pode tomar como o momento de todas essas contradições: é o seu amor das "ideologias claras". Ela que dá unidade ao livro, de tal sorte que os seus versos, conquanto pensados fragmentariamente, suscitam em quem os ler sem interrupção a emoção circular de um só e grande poema. E essa emoção nasce toda do espetáculo das idéias. Não das idéias provocadas na inteligência pelas contingências exteriores, porém das idéias encaradas como entidades platônicas, cujas aventuras seduziam irresistivelmente o espírito de Raul. Em seu breve mas incisivo prefácio à segunda edição da *Luz mediterrânea*, Rodrigo de Andrade fixou com agudeza essa distinção na poesia de inspiração filosófica. E tem razão: Raul de Leoni foi entre nós o único poeta (único bom, está claro) de emoção puramente filosófica. Em Augusto dos Anjos, em Cruz e Sousa, a filosofia é interessada. Decorre da experiência pessoal como um corolário de amargura. Para Raul a emoção residia nas idéias em si mesmas. Elas eram para ele uma inesgotável nascente de lirismo. E esse lirismo ele soube transmitir-nos em imagens e conceitos de singular limpidez e precisão (sobretudo no soneto — sob outras formas o seu pensamento divagava um pouco e perdia muito da força essencial, como se o soneto fosse a medida natural do seu espírito).

Era, aliás, o dom das formas puras e das idéias claras que mais o fascinava na civilização do Mediterrâneo, em cuja bacia ele situou o próprio espírito, não nas épocas de forte solidez construtiva, e sim na Grécia da decadência, onde, perdida a fé, os homens jogavam com as idéias "pela volúpia inútil de pensar".

Entretanto não creio que essa atitude representasse para Raul uma solução definitiva. Se examinarmos pelos seus poemas a história da sua vida mental, veremos que ele passou da inconsciência distraída da infância, quando "era um ser mansamente natural", para a inquietação da adolescência, ansiosa de penetrar a essência das coisas, por entre as quais andava até então

> Simples como a água lírica das fontes e puro como o espírito das rosas.

O resultado paradoxal desses debates interiores, em que o poeta exercitou a inteligência, foi a perda da fé no pensamento. Perdeu a fé, sem perder o amor, que vinha do hábito de pensar. O pensamento era para ele agora como os punhais dos malabaristas. O poeta continuou brincando com as idéias e com as formas, pensando sempre, mas "numa serenidade indiferente", preferindo à contemplação das idéias eternas "a alegria das belas aparências". Descreu do pensamento para acreditar no instinto, que exaltou em vários dos seus poemas e sobretudo no belo soneto a que deu por título aquela palavra:

> És a minha verdade, e a ti me entrego,
> Ao teu sereno fatalismo cego.

Ele queria voltar, mas agora consciente, à "pura sabedoria natural" da infância. A felicidade ele a via então "longe do Pensamento e do Desejo", na tranqüilidade distraída das almas simples. Se pensava, era como um bailarino de círculos viciosos, como um ginasta das idéias.

No entanto há um poema da *Luz mediterrânea* que contraria essa atitude: daí eu ter afirmado atrás não acreditar nela como numa solução definitiva. Falando das idéias, disse o poeta:

As idéias que criam, as idéias
Vivas que elevam religiões e impérios,
Gênios e heróis e mártires e santos,
As idéias orgânicas e eternas
Que dão nomes aos séculos, destinos
Às raças, glória aos homens, força à Vida,
Que nutrem almas e orientam povos,
Fecundam gerações e geram deuses
E que semeiam civilizações,
Essas terão que vir da nossa fonte humana,
Deitando profundíssimas raízes
No generoso espírito em que nasçam:
Terão que ser humanas, quer dizer,
Ser a nossa energia e a nossa fé,
Ser sementes recônditas, ser dores,
Sentimentos, paixões e quase instintos.

Ele acreditava portanto nas idéias cujas raízes se embebem na consciência profunda. Os instintos, que passou a glorificar, eram talvez para ele o balbucio desses abismos transcendentes.

A evolução do pensamento de Raul se fazia ultimamente no sentido do Oriente, cuja mensagem também chegara até ele.

Da última vez que conversei com Raul, uns dois anos antes da sua morte, ouvi-o discorrer sobre as filosofias orientais, em cujo estudo estava embebido com a mesma paixão dos tempos em que a sua inteligência acordara para a vida do espírito. Renunciaria ele algum dia às "ideologias claras" de seu querido *Mediterrâneo*?

Entre os versos que deixou inéditos há uns que se intitulam "Um fantasma" e de fato mais parecem voz de outros mundos:

Nenhuma brutal lei do universo sensível
Atua e pesa e nem de longe influi
Sobre o meu ser vago, difuso, esquivo,
No éter sereníssimo flutuo
Com a doce sutileza imponderável
De uma essência ideal que se volatiliza...

E da matéria cósmica que tem
Tantos e variadíssimos estados
Eu sou o estado-alma, quer dizer,
O último estado rarefeito, o estado ideal:
Alma, o estado divino da matéria...

Gosto de imaginá-lo assim nessa imaterial serenidade que foi, parece, a dos seus últimos instantes.

Poesia do sertão

Ribeiro Couto, escrevendo sobre a morte do poeta Eduardo Guimaraens, notava como em nossa poesia de agora a profundidade interior está desaparecendo em favor do aproveitamento cada vez mais indiscreto dos temas e modismos folclóricos. A observação é justa em parte. Não o é de todo porque a tal profundidade interior pode muito bem ser posta dentro dos temas populares, quando o poeta que o faz é grande de fato. Exemplo: o norte-americano Vachel Lindsay. Exemplo nacional... Não, não há um bom exemplo nacional. Tem havido muitas tentativas, a boa vontade não tem faltado, mas se compararmos a riqueza da matéria-prima com o *stock* lírico da produção modernista, devemos reconhecer que, apesar de todos os esforços, a geração atual errou o pulo. Talvez por intenção excessiva. A qualidade mais preciosa da arte popular é a ingenuidade e no entanto toda essa nossa poesia de inspiração nacional carece de ingenuidade. Os poetas mais fortes do grupo – o Mário de Andrade da "Andorinha" e do "Pai do mato", o Raul Bopp da *Cobra Norato* – são citadinos, sensibilidades de cidade que se interessaram pelo sertão e souberam meter nos seus poemas o conhecimento do sertão.

Wagner contou nunca exprimir o que via, mas o que sentia a propósito do que via. A quase totalidade dos poetas da brasilidade apenas contam o que vêem. O que vêem? – Nem isso: o que lêem. Os melhores fizeram como Wagner. Me faltava, e eu tinha enorme curiosidade de encontrar, o poeta que sentisse e não visse – aquele em quem o sertão fosse uma coisa tão *matter of fact*[17] como a vida

---

17 Em inglês, "prosaico", "trivial". [N.E.]

que levo no Rio, tomando um bonde, entrando num café, botando uma carta no correio.

Catulo da Paixão Cearense? É sem dúvida um poetão, um sujeito que fabrica imagens com surpreendente facilidade. Mas é tão da cidade quanto nós outros. Não se confunde com o sertão. É um sertão de saudade o seu. Um sertão muito saído de vocabulários regionais. O que tem mais gosto de sertão nos seus poemas são as lagoas do Nordeste, cujo encanto sentiu e sabe transmitir como ninguém: em dois, três versos ele põe nos olhos e no coração da gente a delícia de uma Pajuçara.

Há dois anos atrás pensei ter encontrado o poeta matuto na pessoa de Ascenso Ferreira. Uma meia dúzia dos seus poemas tinham bem aquele sabor da obra de arte em que o autor se confunde com o assunto. É verdade que em outros o poeta se desdobrava no espectador que fazia comentários, para deixar bem claro que se tratava de um ariano docemente compadecido da raça de Luanda. Fiz o possível para inspirar ao autor de *Catimbó* o gosto de ser o poeta de Palmares. Foi assim que o quis apresentar no Rio. Mas logo da primeira vez o autor do *Catimbó* me chamou de parte e me fez sentir que eu estava fazendo com ele uma pilhéria de mau gosto. Ascenso Ferreira faz questão fechada de ser um poeta culto. Tal e qual Catulo — o Victor Hugo do sertão, o Lamartine das serenatas, o São Francisco de Assis do *Evangelho das aves,* como ele próprio se dá.

O místico

Os amigos do místico que fomos levá-lo a bordo do *Astúrias*, voltamos do cais com a sensação penosa de ter perdido por alguns anos aquele que melhor sabia comentar e interpretar para nós a vida da cidade carioca, porque a sentia de instinto melhor que ninguém. E sobretudo a vida da Lapa, reduto carioca, tão diferente de tudo o mais. Para compreender a Lapa é preciso viver algum tempo nela e não será qualquer que a compreenda. Para falar dela e fazer-lhe sentir todo o prodigioso encanto, só um Joyce – o Joyce do *Ulysses*, com a sua extraordinária força de síntese poética. Basta dizer que a Lapa é um centro de meretrício todo especial (onde vivem as mulatas mais sofisticadas do Rio), e esse meretrício se exerce no ambiente místico irradiado da velha igreja e convento dos franciscanos. A igreja não é bela e não tem exteriormente nada que desperte a atenção artística. No entanto, nenhuma outra no Rio terá a sua influência de sugestão religiosa. Uma vez cheguei a entrever o segredo dessa influência entrando ao lusco-fusco na nave iluminada: a imagem de Nossa Senhora do Carmo luzia adorável no cimo do altar-mor.

Era esta Lapa que em certas madrugadas transtornava de tal modo o nosso místico, que ele tinha que se agarrar a um poste para dizer baixinho: "Meu Deus, eu morro!" Hoje será a Lapa que estará a repetir os versos do poema admirável em que Augusto Frederico Schmidt chorou a partida do amigo:

> Esmeralda, onde estão teus noivos?
> Teus irmãos, teus primos, onde estão?
> Onde está teu velho Amor, teu namorado,

Aquele de antigamente, que vagava nas ruas?
Onde estão teus sonhos, Esmeralda?
Onde estão teus noivos, Esmeralda?

A lua de Londres roubou meu noivo...

A casa do místico ficava a meio da ladeira de Santa Teresa. Quando uma voz de mulher aparecia numa ligação errada de telefone e indagava: "Aí é o escritório do dr. Fulano?", o místico respondia com o maior carinho: "Não, aqui é minha casinha...". Havia um riso gostoso do outro lado do fio e freqüentemente o idílio acabava na alcova obscura da ladeira. *Alcova* aqui não está como palavra bonita em vez de *quarto*. A "câmara de dormir" do místico não se poderia chamar de outro modo. Não havia abertura direta para a luz exterior. Tinha qualquer coisa de parecido com as "salinhas do santuário" das nossas macumbas. Ali o místico acordava às vezes no meio da noite para esbofetear-se, clamando diante do crucifixo:

— Apanha, judeu! apanha, judeu! — E o pranto lhe corria abundante pelas faces maculadas.

A saleta de entrada, minúscula e entupida por um piano de cauda, fora decorada com painéis de Cícero Dias, pintados em lona. Uma das melhores coisas do malogrado artista pernambucano, hoje inteiramente absorvido por interesses comerciais e a caminho de se tornar um desses "capitães de indústria" celebrados nos editoriais doutrinários da grande imprensa de opinião. Os painéis da casa do místico davam a impressão de que neles o menino de engenho da pintura brasileira estava se despedindo daquela infância meio louca que era a alma da sua arte tão longe do mundanismo em que se atolou depois. Um desses painéis representava o Brasil abestalhado roncando ao lado de uma mulata nua debaixo dos Arcos da Lapa; outro, a Virgem da Lapa, vestida de noiva — e pelo vão da janela se via uma paisagem lunar com uma dessas igrejas que existem em todo o largo da Matriz das cidades do interior. Foi sem dúvida essa figura de Cícero que inspirou o verso de Schmidt:

> A lua de Londres roubou meu noivo...

Ali nos reuníamos para comer os quitutes de Sinhá Rosa, para ouvir depois o místico cantar ao violão o "Zé Raimundo", o "Como Chiquinha não tem, como Totonha não há" e tantas outras coisas que ele dizia ser do *folklore*, mas que em verdade parece que saíam inteirinhas de dentro dele: o místico não tomara inspiração do *folklore*, estava dentro dele, era a sua única ciência — com a Bíblia.

A última manhã do místico na casinha da ladeira foi uma coisa tão comovente que eu não sei contar. E eu gostaria de contar como o encontrei com a cara entregue ao barbeiro, as mãos a d. Nazaré, distinta manicura, formosa mulher de pele gorda e alva... Em torno todo um corpo de técnicos — o alfaiate que viera arrumar as malas, o professor de inglês (da Stanford University), o poeta-procurador, etc. A toda hora o telefone tilintava: eram "os chamados misteriosos" que vinham da Lapa, de Copacabana, da ilha do Governador, todos com lágrimas, com soluços. E o místico foi-se embora.

A trinca do Curvelo

No baralho, a trinca são três cartas do mesmo valor. A semântica da molecada alargou o conteúdo da palavra e fê-la sinônima de baderna de bairro: a trinca do Curvelo, a trinca do Itapiru. É o conjunto da molecada do bairro, que a gente vê a todas as horas batendo bola na rua, empinando pipas, estalando os tecos na buraca (– "Busca!" – "Marraio!"), abatendo os pardais a bodoque... (Às vezes se atiram a distantes excursões donde regressam com uma jaca enorme. Nesses dias, é, na rua, jaca por todo o lado, uma orgia de jaca – enervante como todas as orgias.)

Mas há a trinca de rua: a trinca do Curvelo, por oposição à trinca do Cassiano. Se atendesse à nomenclatura atual, teria que dizer a trinca de Hermenegildo de Barros, o que soa tão engraçado como antítese, aproximando a mais alta magistratura togada desse mundozinho irresponsável dos piores malandros da terra...

Os piores malandros da terra. O microcosmo da política. Salvo o homicídio com premeditação, são capazes de tudo – até de partir as vidraças das minhas janelas! Mentir é com eles. Contar vantagem nem se fala. Valentes até na hora de fugir. A impressão que se tem é que ficando homens vão todos dar assassinos, jogadores, passadores de notas falsas... Pois nada disso. Acabam lutando pela vida, só com a saudade do único tempo em que foram verdadeiramente felizes.

Para muitos a luta começa como uma extensão da pagodeira da trinca. Vender os jornais da tarde, "xepar", isto sim que é divertido, já sendo atividade de homem: – "*A Noite*! *O Globo*! *O Diário*! Qual é?". Voltar às onze horas da noite para casa, trazendo cinco, seis, sete mil-réis. Sustentando a família com treze e quatorze anos... Mas no dia que traz só três mil e tanto é que vadiou. "Malandro!

Te boto na Colônia!" Então é que começa a perceber que a vida não é brinquedo, como na trinca.

A trinca do Curvelo conta com exemplares interessantes. Primeiro que tudo conta com um Lenine autêntico. Uma tarde a polícia deu uma batida na residência do comunista Otávio Brandão, pondo em verdadeiro pé de guerra o minúsculo e pacato bairro do Curvelo. No entanto estava ela então, como ainda está hoje, longe de suspeitar da existência desse Lenine, cujo sonho mais caro é o comunismo integral. Tem sete anos apenas, mas já me considera um infame pequeno-burguês, só porque eu nunca lhe quis dar uma fita métrica de aço que um dia viu sobre a minha mesa. Toda vez que eu defendo, a propósito de um livro, de um canivete, de um isqueiro cobiçado por Lenine, o princípio de propriedade, Lenine brada com um "toque de mal" e vai se vingar na minha porta, contra a qual investe a pontapés e pedradas. O grito de guerra é: "Vou es... bodegar a sua porta!".

A trinca não tem lá grande respeito por Lenine e volta e meia estão gritando: "Tatuí! Tatuí de areia!" O crioulinho José Antônio Bento Marinho, nove anos, inventou uma nova maneira muito sonsa de infernizar Lenine com o apelido detestado. Começa de longe a vocalizar feito sabiá: "Tuí, tuí, tuá, tuá! Tuí, tuí, tuá!" Até Lenine encontrar a primeira pedra...

Mas Lenine é a criança de peito da trinca. De Lenine até os "bambas" — o Zeca Mulato, o Encarnadinho, o Culó, o Piru Maluco, a trinca é rica em tipos bem diferenciados pelo físico, pela cor, pelo caráter. Ao mulatinho Ivan dei, como de direito, o cognome de Terrível. Batem à minha janela. — "Quem é?" — "Sou eu!" — "Eu quem?" — "Ivan" — "Que Ivan?" — "Ivan, o Terrível!" Foi assim que ensinei a me responder. Os outros fazem troça: — "Qual nada, seu Manuel Bandeira, é um marica. Não tem nenhum que não dê nele!" Quem falou assim foi o jovem Antenor, que eu prefiro chamar o antena Antenor: — "Quem é?" — "É o antena Antenor!" Há um Armando de Castro, que, naturalmente, é Castro Forte. Mas esse quase não é da trinca e até lê romances dessa tal baronesa que escreveu a Castelã não sei de onde.

A espécie ruivo-sardenta é representada na pessoa do Nelson, que parece neto de escocês. Na realidade é neto de uma velha preta, das antigas, opulentamente preta, colonial como a marquesa de Santos e o Convento de Santo Antônio. Nunca me esquecerei do *grand air*[18] com que ela falou ao Álvaro no dia em que este bateu no Nelson. Não gritou, não fez escândalo. Falou com voz baiana, amável e gostosíssima: "Vai bater na bundinha da Mamãe... Vai...". O Álvaro, que tem resposta pra tudo e não respeita as caras, ficou inteiramente desnorteado, abestalhado, diante daquele insulto que parecia um afago, coisa tão nova que ele não entendia bem.

Este Álvaro estava habituado com a técnica materna, que é a da pancadaria sem sutilezas. A sova com o que está ao alcance da mão: correia, tamanco, pau de vassoura ou tranca de ferro. Um dia assisti a uma dessas execuções. Depois caçoei com o Álvaro. E ele, cínico: "Também eu tirei o corpo fora e ela deu com a mão na parede que chega destroncou o dedo!"

É assim.

◆

Tenho pena de não ver hoje na trinca o Panaco. Panaco era o Olavo, irmão desse Álvaro. Criado nu na rua. Uma saúde de ferro e já andava. Era a borboleta do Curvelo. Sarampo bateu nele. A mãe estava no emprego. Os irmãos entenderam de lavar o quarto. Panaco apanhou um resfriado, e lá se foi para a trinca dos anjinhos de Nosso Senhor!

---

18 Em francês, "nobreza", "grandeza". [N.E.]

Sambistas

Quando morreu o afamado Sinhô, escrevi para o *Diário Nacional* de São Paulo uma crônica em que recordava com saudade alguns traços curiosos da figura do rei do samba carioca. E contei uma cena a que tive o prazer de assistir em casa dos meus amigos Eugênia e Álvaro Moreyra. Foi o caso que numa das extintas deliciosas quintas-feiras em que o casal recebia, apareceu o Sinhô e regalou os convidados não só com a sua conversação como com os seus sambas. Estava mal de voz, tossia muito (era a velha tuberculose que apertava o cerco), mas nenhum de nós teve a menor idéia de atribuir aquela tosse à terrível moléstia e, como era do mais elementar dever, poupar o doente. O que nos desculpa daquela descaridade é que Sinhô para toda a gente era uma criatura fabulosa, vivendo no mundo noturno do samba, zona impossível de localizar com precisão – é no Estácio mas bem perto ficam as macumbas do Encantado, mundo onde a impressão que se tem é que ali o pessoal vive de brisa, cura a tosse com álcool e desgraça pouca é bobagem. Assim, quando Sinhô parava num acesso, ia-se buscar uma boa lambada de Madeira e o fato é que a tosse passava.

A acreditar no Sinhô, ele não tinha dormido na noite da véspera. Passara-a numa farra, e naquela manhã mesmo, ao regressar a casa, não fora bem recebido pelo seu bem, que naturalmente estava ralado de ciúmes. Contou Sinhô que foi então para o piano e improvisou um samba, que entoou para nós ainda com as hesitações das coisas inacabadas. Era gostosíssimo e parecia do melhor Sinhô. (Ninguém duvidou que fosse dele.) Lembro-me bem da toada e da letra do estribilho:

Já é demais,
Meu bem, já é demais!
Eu já notei que tu queres me acabar...

Fizemos o Sinhô repetir a toada um sem-número de vezes. Todos os presentes já a sabiam de cor e secundavam em coro quando chegava a hora do "já é demais". Foi isso em fins de 29.

◆

Há pouco mais de um mês um amigo meu, que se interessa atualmente por modinhas policiais, pediu-me umas informações, e para servi-lo andei correndo os olhos na literatura de cordel. Fui à toa à praça Tiradentes onde, sob as arcadas do antigo São Pedro, havia um vasto estenderete do gênero. O café da esquina da rua das Marrecas estava em demolição. Mas passando por lá de bonde verifiquei que nos andaimes da reconstrução os cordelinhos do engraxate resistiam bravamente à poeira. Lá pude arranjar uma pequena coleção de "liras" que remontavam até 1927.

Vim para casa e correndo a vista por aquelas páginas sujíssimas deparei num dos cadernos com o título "Já é demais". Abaixo dele vinha a informação: "Letra e música de *seu* Candu". Ora, lá estava o estribilho do samba de Sinhô:

Já é demais, meu bem
Meu bem já é demais!
E hoje já notei
Que tu queres me acabar...

Verifiquei logo que o plágio não podia ser de *seu* Candu, porque a publicação era de 1927 (editor Menotti Carnaval, depósito rua

General Pedra, 169) e de resto havia ainda a indicação abaixo do título de que o "Já é demais" era choro do carnaval de 1925, o que estava aliás provadíssimo pelo contexto da letra todo cheio de alusões aos fatos revolucionários de 24:

> Lá no morro de São Carlos
> É lugar de pretensão.
> Já botaram metralhadoras
> Pra brigar com aviação.

Ainda não pude descobrir quem conhecesse a toada do choro de *seu* Candu. Em todo caso está claro que Sinhô avançou no refrão de *seu* Candu.

◆

Isso tudo me fez refletir como é difícil apurar afinal de contas a autoria desses sambas cariocas que brotam não se sabe donde. Muitas vezes a gente está certo que vem de um Sinhô, que é majestade, mas a verdade é que o autor é *seu* Candu, que ninguém conhece.

E afinal quem sabe lá se é mesmo de *seu* Candu? Possivelmente atrás de *seu* Candu estará o que não deixou vestígio de nome no samba que toda a cidade vai cantar. E o mais acertado é dizer que quem fez estes choros tão gostosos não é A nem B, nem Sinhô nem Donga: é o carioca, isto é, um sujeito nascido no Espírito Santo ou em Belém do Pará.

A Nova Gnomonia

Tive conhecimento da Nova Gnomonia por uma conversa de café. O poeta Augusto Frederico Schmidt e o compositor Ovalle debatiam animadamente um ponto da nossa situação interna, particularmente a ação de certo homem político, quando o segundo, inclinando-se para a frente em atitude de advertência, colocou a mão direita no joelho do primeiro e proferiu gravemente:

– *Seu* Schmidt, vá por mim! Aquele sujeito é do exército do Pará!

Do exército do Pará? Que exército era esse que eu desconhecia?

Ovalle explicou: o exército do Pará é formado por esses homenzinhos terríveis que vêm do Norte para vencer na capital da República; são habilíssimos, audaciosos, dinâmicos e visam primeiro que tudo o sucesso material, ou a glória literária, ou o domínio político.

Compreendi. O nome do Pará não implica desdouro, senão honra para o grande estado, torrão natal do homem-símbolo ou Anjo da grande categoria. O meu Pernambuco tem dado muita gente para o exército do Pará, talvez os seus soldados mais típicos.

Da categoria do exército do Pará passamos às demais, que são quatro, abrangendo em linhas gerais os principais tipos de caracteres humanos: os Dantas, os Kernianos, os Onésimos e os Mozarlescos.

Os Dantas são os bons (toda a gente quer ser Dantas), os homens de ânimo puro, nobres e desprendidos, indiferentes ao sucesso na vida, cordatos e modestos, ainda quando tenham consciência do próprio valor. Quem deu nome a este grupo foi o jovem jornalista San Tiago Dantas, cuja natureza aliás vai ser questão de debate no próximo 1º Congresso da Nova Gnomonia, porque a muitos iniciados parece errada a categoria de Anjo atribuída ao sr. San

Tiago (alguns o classificam no exército do Pará). Não sofre dúvida que o sr. Prudente de Morais, neto (não o político residente em São Paulo, mas o outro, o poeta e crítico da revista *Estética*) está muito melhor qualificado para o papel de Anjo dos Dantas (uma prova luminosa e até com caráter de revelação está no fato de que, desconhecendo de todo a nova ciência e desejando adotar um pseudônimo literário, escolheu o de Pedro Dantas com que subscrevia as crônicas literárias da revista *A Ordem*). O tipo mais perfeito que conheço nessa categoria é a falecida Elizabeth Leseur. Posso citar outros para instrução do público: São Francisco de Assis, Spinoza, o abade dos *Noivos* de Manzoni, ou mais perto de nós Auta de Sousa, Capistrano de Abreu, Amadeu Amaral, a d. Carmo do *Memorial de Aires*.

Os Kernianos são os impulsivos por excelência. Indivíduos de bom coração, capazes de grandes sacrifícios pelos outros, deixam-se no entanto arrastar às vezes à prática dos atos mais condenáveis, não por maldade, mas por um impulso irresistível de cólera: ilustra-o bem o caso passado com um Kerniano em Nova Pasárgada e é sempre citado como anedota já hoje clássica nesse ramo de estudos. Um empregado público de pequena categoria, irritado com a conduta impolida de uma viúva, não se conteve e lhe deu um pontapé no ventre, de que resultou a morte imediata, porque a infeliz estava grávida. *Incontinenti* arrependeu-se, arrancou os cabelos, pediu perdão ao cadáver, e sabendo que a viúva deixava onze filhos ao desamparo, tomou-os todos ao seu encargo, criou-os, educou-os com o mesmo carinho que dedicava aos próprios filhos: Kerniano puro. O Anjo dos Kernianos é o sr. Ari Kerner, autor de sambas e canções que têm alcançado grande voga. A classe é numerosíssima. Byron e Verlaine foram Kernianos. Greta Garbo é Kerniana. Nobilíssimo exemplar é o sr. H. Sobral Pinto. Ribeiro Couto é um Kerniano. O sr. Paulo Ribeiro de

Magalhães, idem. Kerniano foi o primeiro imperador. Já Pedro II foi um Mozarlesco.

Difíceis de definir, sem magoar toda a classe, esses caracteres tão interessantes que são os Mozarlescos. Em primeiro lugar — por que são assim denominados? Os Mozarlescos são pessoas que se exprimem ou obram de molde a fornecer aos que os observam uma impressão de coisas consideráveis, ao que todavia não corresponde o conteúdo das suas palavras ou das suas ações. São homens de bem. Acreditam no sufrágio universal. Lêem os ensaios econômicos do sr. Mário Guedes. Manifestam decidido pendor pela pedagogia. Mas repito: por que Mozarlescos? O nome não pode derivar de Mozart, Wolfgang Amadeus, o grande. Este foi um dos tipos mais quintessenciados de Dantas, exemplar verdadeiramente único porque era um Dantas que se apresentava sob as espécies mais infantis e angélicas, naquele extremo limite em que os Dantas confinam de um lado com os Kernianos e por outro com os Onésimos, de que trataremos a seguir. Se houve alguém isento de Mozarlesco, Mozart o foi. Ninguém quer ser Mozarlesco por causa da companhia do conselheiro Acácio, do professor Everardo Backeuser e outros Anjos classificados nessa categoria. No entanto há formas extremamente sutis e refinadas de Mozarlismo. O grande pintor Cícero Dias, apesar de se revoltar com a classificação (pretende ser um Dantas, embora dê em geral a impressão de Kerniano) é afinal de contas um Mozarlesco, como se depreende bem das suas luas lacrimejantes e da concepção da morte nos seus quadros. Güiraldes, o grande poeta argentino, autor de *Don Segundo Sombra*, a melhor obra de ficção sul-americana, sentindo-se morrer pediu uma dose de *whisky*. Como? *Whisky* na hora por excelência difícil e grave? E Guiraldes explicou aos parentes e amigos que precisava de muita coragem, o caso era muito sério: — "*Ahora hay que hablar con Dios*". Este, sim, não tinha nada de Mozarlesco.

Restam os Onésimos. O Anjo da classe é um cavalheiro desse nome, que acercando-se abruptamente de uma roda de Dantas ligados pelas mais estreitas afinidades e que debatiam com o mais puro entusiasmo a questão da salvação do país pelo preparo das elites no sentido neotomista, lançou um frio indescritível na roda, causando evidente mal-estar. O Onésimo onde aparece é assim: duvida, sorri, desaponta; diante dele ninguém tem coragem de chorar. O seu *sense of humour* sempre vigilante é o terror dos Mozarlescos avisados. Não é que o faça por maldade: os Onésimos não são maus. O drama íntimo dos Onésimos é não sentirem entusiasmo por nada, não encontrarem nunca uma finalidade na vida. Não obstante, se as circunstâncias os colocam inesperadamente num posto de responsabilidade, podem atuar (não todos, é verdade) com o mais inflexível senso do dever. O sr. Gilberto Freyre, por exemplo, é Onésimo. Em geral os humoristas são Onésimos. Não os humoristas nacionais, que esses pertencem todos ao exército do Pará (os srs. Mendes Fradique, Raul Pederneiras, Luís Peixoto, etc. Aporelli faz exceção, é Dantas). Mas os grandes humoristas, Sterne, Swift, Heine são Onésimos. O sr. João Ribeiro é um exemplo muito curioso de Onésimo. O escritor paulista Couto de Barros, outro.

Eis em linhas gerais o arcabouço do novo sistema. Cumpre advertir que os tipos puros são raríssimos. Um Dantas pode revelar traços de Onésimo, de Mozarlesco, de Kerniano e até mesmo (mas isso raramente) de exército do Pará. Todavia um Mozarlesco nunca se revela Onésimo, salvo na capacidade de dar azar, o que é também atributo Onésimo. O que determina em última análise a classificação é a dominante. Convém igualmente salientar que do exército do Pará podem fazer parte tipos superiores da humanidade. Santo Inácio de Loiola e Anchieta, o padre Vieira, o padre Leonel Franca, por exemplo, eram do exército do Pará.

Para mostrar a complexidade dos problemas ligados a esse ramo novo de pesquisas, basta citar algumas obras mais notáveis da sua rica bibliografia:

Categorias gnomônicas (Pedro Dantas);
Do caráter kerniano de Judas (Gilberto Freyre);
Um charlus *pode ser Dantas?* (Jaime Ovalle).

Reis vagabundos

Juque! o outro não teve tempo de acabar o insulto: um soco bem colocado nos queixos atirou-o por cima de uma das mesas do *bar*. No meio da confusão, vidros partidos, bebida entornada, um *garçon* (os *garçons* gostavam dele) encaminhou o agressor para o mictório, de onde por uma escada de mão se subia a uma soteiazinha, que era depósito de víveres e bebidas. Isso era novidade para ele. Foi só quando os seus olhos se habituaram à meia escuridão do local, que percebeu nas prateleiras as latas de *foie gras* e mortadela, os queijos, "*and lo! creation widened in man's view*",[19] a bateria impressionante dos Black Label e dos White Horse ali ao alcance da mão.

– Eta, sabiá da mata! O sol quando nasce é para todos!

Quebrou o gargalo de uma garrafa numa quina de madeira e o *whisky* começou a rolar dentro e fora da boca. Um desperdício de *roquefort* completou aquela orgia sem mulheres. Meia hora depois o mesmo *garçon* que o encaminhara ali, veio avisar que o caminho estava desimpedido.

Desceu na calada e ganhou a rua. Hep! Rapidez e eficiência. Na rua Treze de Maio sentiu que não podia esperar. Desacatou o poste de iluminação. Quando estava assim, a sua idéia fixa era desacatar. Mas tanto era desacatar o ato de provocar um amigo ou desconhecido, como virar uma garrafa inteira de Madeira R ou fazer aquilo no poste, à vista de toda a gente. "Desacatei! Hep!"

No Ventania apareceu o vice-cônsul, maior do que ele, mais corado do que ele, elegante pra cachorro: "Vil burocrata, espancá-lo-ei na via pública!" Mas espancou o quê, foram mas foi beber

---

19 Em inglês, "E vejam! A criação se estendeu à vista do homem". [N.E.]

numa pensão da Lapa, espavorindo as mulheres, afugentando os michês, hep!, enquanto a pianista feia e velha, única pessoa sem medo, mantinha o prestígio da casa atacando com bravura o "Zaraza". Depois o Lamas até às primeiras claridades da manhã. Só então, porque como a Tristão e Isolda o sol é odioso aos notívagos desta espécie, os dois deixaram o tradicional café do largo do Machado em busca de abrigo.

O vice-cônsul dormia num velho solar do Segundo Reinado, que ficava para os lados da Gávea, próximo da lagoa Rodrigo de Freitas. A quebradeira dos herdeiros ajudada pelo capim reduzira o antigo solar a habitação coletiva e quinze anos deste último regime acabaram arruinando o casarão, hoje desocupado, com exceção de um pequeno quarto no puxado, onde o vice-cônsul se instalara com armas e bagagens. As bagagens eram uma cama de ferro, uma mesa de pinho não envernizada e uma cadeira de assento de palhinha furado; a arma era uma só, uma arapuca de passarinhos, cuja utilidade se verá mais adiante. Havia aos fundos uma boa chácara, onde por favor moravam dois mulatos que não atendiam nunca pelos nomes e sim pelos títulos de sua atividade junto ao vice-cônsul. Eram os secretários n.os 1 e 2.

Até às oito horas houve uma tentativa honesta de sono. Àquela hora o vice-cônsul, que sempre cochilara um bocadinho, levantou-se da cama e disse sério para o outro: — "Chegou a hora do ganha-pão!".

O secretário n.º 1 foi despachado para a cidade com uma carta que bem respondida deveria valer uma nota de vinte. Depois os dois amigos se dirigiram ao fundo da chácara, o vice-cônsul armou o alçapão, que ficou confiado à vigilância do secretário n.º 2, enquanto os rapazes voltavam para o quarto a fumar os últimos cigarros. O vice-cônsul sabia que o recurso não falhava. O ganha-pão era seguro.

Com efeito, três quartos de hora mais tarde o secretário nº 2 entrava da chácara trazendo na mão um bonito bem-te-vi laranjeira. Hep! Seguiu-se o preparo do bem-te-vi. O vice-cônsul tomou do bichinho, abriu-lhe o bico e deixou cair uma ou duas gotas de aguardente de bagaceira. O passarinho arregalou os olhinhos e ficou firme, empoleirado no dedo indicador do secretário nº 2, como se estivesse hipnotizado.

– Não venda por menos de dez mil-réis!

O secretário ganhou a rua, veio descendo até Voluntários da Pátria, com o bem-te-vi firme no dedo. Quando passasse por ele um menino acompanhado da mãe, era só oferecer o "bem-te-vi ensinado". O passarinho passava para o indicador do menino e enquanto durasse o porrinho seria bem-te-vi ensinado. Era sempre assim e foi assim também daquela vez.

Quando o secretário nº 2 voltou com os dez mil-réis do bem-te-vi, o vice-cônsul mandou-o comprar ovos, presunto, queijo e cachaça, mais cigarros, e os amigos almoçaram aí pelas duas da tarde, hep!

Golpe do chapéu

– *Pauca sed bene parata!*[20]

– Ou o meu trono por um cavalo.

– Como dizem os fascistas.

– Os supracitados fascistas!

Ora, jamais os fascistas haviam sido supracitados. "Supracitados" era uma pura iluminação verbal como ocorre nos processos de poética *surréaliste.* O ambiente, de resto, favorecia as iluminações, que os rapazes estavam numa pensão da Lapa, aí pelas duas e meia da manhã. Clientes, se os havia, andavam acasalados nos quartos. Tinha na ponta da mesa da sala de jantar um sírio explorador de bananais em Mangaratiba, que conversava com uma mulher gorda. Falavam muito juntos, a mulher escutava atenta e o sírio nunca ria, parecendo estar contando em detalhe como chegara à aquisição do bananal. Em pé, encostado ao piano, um sujeito namorava a pianista. Esta era bem o tipo acabado da espora velha, mas aquele *habitué,* sabia-se na pensão, tinha esses gostos esquisitos e só procurava as feias meio velhas, como se a mocidade e a boniteza lhe inspirassem uma repulsão invencível.

– O meu trono por um cavalo! – gritou de novo o artilheiro.

Foi nesse instante que ele deu por falta do subchefe interino do Laboratório de Pesquisas Clínicas, de quem era aliás convidado condicional. Porque quando o subchefe interino do Laboratório de Pesquisas Clínicas o chamara para a farra, ficara entendido que não havia níquel. O desarranchado da 2ª Bateria Isolada de Costa

---

20 Em latim, "poucas coisas, mas bem preparadas". [N.E.]

começou a ficar preocupado. Pra tomar altura fez as contas das bebidas: andavam em mais de setenta mil-réis.

— Setenta e cinco mil e trezentos!

— Em dinheiro, em ficha ou em mercadoria? — perguntou o ajudante contratado da 1ª Residência.

O subchefe do Laboratório de Pesquisas Clínicas tinha de fato desaparecido na calada. Agora era bem o caso do trono por um cavalo. O desarranchado tinha que se explicar com a dona da pensão. Esta, porém, foi camarada, temendo muito menos o "beiço" do que o fecha inevitável naquele impasse.

Sair sujo assim! Além do mais o subchefe deixara o capote e o chapéu. Como lhe relumeasse a idéia de o encontrar no Lamas, o desarranchado levou capote e chapéu, mas danado da vida.

— Espancá-lo-ei na via pública!

No Lamas quem disse que estava o subchefe interino do Laboratório de Pesquisas Clinicas? Níquel do subchefe! Quem estava, grande, espaçoso, bem dividido e bem ventilado, era o vice-cônsul (vide crônica "Reis vagabundos"). Todas as fadas benfazejas tinham encaminhado os passos do vice-cônsul para o local do crime.

O desarranchado da 2ª Bateria Isolada de Costa olhou para o vice-cônsul como o décimo terceiro andar de um arranha-céu olha para o décimo quinto andar do arranha-céu fronteiro. Decerto o vice-cônsul não abdicara níquel da elegância, que resistia no terno verde como o sr. Washington Luís, já deposto, no Palácio Guanabara. Mas o chapéu, Deus dos chapéus! Baste dizer, como dizia Machado de Assis, que preferia nesta sintaxe o subjuntivo ao indicativo, baste dizer que era preto. O próprio vice-cônsul tinha consciência da ignomínia, pois considerou:

— Parece um urubu numa campina verde!

Um eflúvio de ternura se derramou no coração do artilheiro: experimentou na cabeça do outro o chapéu que trouxera da pensão. Assentava como uma luva de encomenda na mão de uma *professional beauty*. O chapéu do subchefe interino do Laboratório de Pesquisas Clínicas era um feltro cinzento que lhe fora trazido da Europa pelo padrinho milionário, não fazia uma semana. Um feltro para o príncipe de Gales! O vice-cônsul reassumiu instantaneamente, não o consulado perdido, *hélas!*,[21] mas a elegância incompossível na fase do chapéu preto. Agora sim, era de novo o mesmo homem a quem as mulheres de Berlim sussurravam nos encontros de rua: *Eleganter Mann*! O vice-cônsul tinha chapéu para um ano.

– *The right hat on the right place*![22]

– Ou o meu trono por um cavalo!

Caloca atestou:

– Como dizem os fascistas!

– Os supracitados fascistas!

No dia seguinte, depois do batizado, o desarranchado da 2ª Bateria Isolada de Costa procurou o subchefe interino do Laboratório de Pesquisas Clínicas para fazer-lhe entrega do capote e chapéu esquecidos na pensão.

– Mas este feltro não é o meu! advertiu o afilhado do milionário, alarmadíssimo com a cor e o feitio daquele chapéu de missa de sétimo dia.

– Foi o que encontrei! respondeu com o melhor ar de perfeita inocência o desarranchado da 2ª Bateria Isolada de Costa.

---

21 Em francês, "ai de mim!", "que pena!". [N.E.]

22 Em inglês, "o chapéu certo no lugar certo!". [N.E.]

Romance do beco

O marinheiro triste debruçou-se à janela do apartamento 54, olhou a paisagem de mares e montanhas equilibrada sobre telhados sujos e afinal, como sempre, acabou descaindo a vista na calçada do beco. Mas desta vez foi diferente, porque o homem desceu apressado os cinco lances de escadas do edifício e foi escrever no paredão do convento o "Poema do beco".

> Que importa a paisagem, a Glória, a baía, a linha do horizonte?
> — O que eu vejo é o beco.

Toda a gente concorda em achar que a melhor parte da obra poética de Emílio de Meneses são os seus versos satíricos. Para mim, porém, é antes o verso com que abre o famoso soneto do leito:

> Este leito, que é o meu, que é o teu, que é o nosso leito...

A minha predileção nasceu da utilidade indispensável desse alexandrino em todos os momentos da vida, conforme verifiquei. Repitam o verso, entrem bem no fundo lírico por ele suscitado, meditem-no, mas sem idéia preconcebida, e verão que se pode aplicar a todos ou a quase todos os objetos (falarei adiante das exceções). Alguns exemplos: "este pente, que é o meu, que é o teu, que é o nosso pente"; "este ônibus, que é o meu, que é o teu, que é o nosso ônibus". Qualquer nome, próprio ou apelativo, serve, contanto que seja masculino e singular. Até "caravançará". Senão, vejam: "este caravançará, que é o meu, que é o teu, que é o nosso caravançará". Com qualquer substantivo masculino singular o ritmo se mantém, para qualquer número de sílabas, irredutivelmente alexandrino. Isso porque o marca o núcleo imperioso — "que é o meu, que é o teu, que é o nosso". Mas isto é todo um capítulo da mística poética do Marinheiro Triste. A demonstração é facílima de dar pela substituição de qualquer nome feminino de qualquer número de sílabas: "Esta casa, que é a minha, que é a tua, que é a nossa casa". Não fica mais nada da armação original.

Tudo isso, está se sentindo, foi para apresentar o tema fundamental:

> Este beco, que é o meu, que é o teu, que é o nosso beco.

Não se trata do beco dos Carmelitas. Esse, que foi aberto nos terrenos dos frades carmelitas da Lapa, começa na praia da Glória e vem morrer na rua Morais e Vale. Aqui outrora reboaram hinos. Toda a mocidade do Rio, estudantes, caixeiros, empregados públicos, artistas, Raul de Leoni... É inacreditável como cabia tanto homem no beco. O beco era a matriz da cidade. Um dia não pôde mais, rebentou em Mangues, na pornéia dos desenhos de seu Cicinho de Batateira, no *Ulysses* de Joyce. Foi no beco que Swann encontrou pela primeira vez Odete. Mas não antecipemos.

E já que falei nas personagens de Proust, aproveito a ocasião para anotar que ele é a única exceção masculina das variações sobre o alexandrino de Emílio de Meneses. Com efeito, ninguém pode dizer do romance de Proust: "Este Proust, que é o meu, que é o teu, que é o nosso Proust." O sujeito que quer ler bem o Proust, tem que possuir o *seu* Proust, tem que comprar o *seu* Proust. Senão terá que o ler novamente ou será infeliz o resto da vida. Não se deve ler Proust em exemplares emprestados. Quem me ensinou isso foi o bom Gigante.

E agora o desfecho. Quando os dois amigos saíram do arranha-céu, hesitaram um pedaço. Podiam tomar à direita, entrar no beco dos Carmelitas e desembocar na praia. Podiam, ao contrário, embicar à esquerda pela rua Morais e Vale para sair na rua da Lapa. Qual era o *côté de chez Swann*? Qual era o *côté de Guermantes*? Odete morava no beco dos Carmelitas. Foi lá que Swann a encontrou. Não tinha dúvida: o *côté de chez Swann* era por ali. O lado Guermantes era o do convento. Então foram andando para a praia e na calçada do Teatro Cassino tomaram um ônibus Mauá—Ipanema.

Candomblé

O grupo, composto de quatro companheiros de bar – o pintor Cicinho de Batateira, o poeta sem fé, sem pão, sem lar, o modesto sociólogo e o Poliglota Antenor –, saiu em demanda do candomblé, que durava havia três dias, segundo informara o pintor Cicinho.

Era na rua das Laranjeiras, e quem passasse por ali não suspeitaria jamais que houvesse na cidade um cortiço daquele feitio. Era um cortiço metido no fundo de outro cortiço: uma enfiada de casinholas, tendo cada qual o seu cercadinho, rigorosamente retangular, de forte arame trançado. No centro do pátio havia um alpendre comprido abrigando os tanques de lavar roupa. Ora, tudo isso era ainda contemporâneo do prefeito Barata Ribeiro, de Aluísio Azevedo e do caricaturista Raul.

O grupo entrou, com a devida licença, na salinha do candomblé. Sentiu-se logo haver ali uma mistura de bodum de negro e sangue fresco de galinha.

"*I want some fresh air*!"[23] falou baixinho o modesto sociólogo, o que traduzido em vulgar responde assim: "Mas que cheiro safado, seu mano!"

O Poliglota Antenor, que se tinha refugiado perto da única janelinha, chamou-o para junto de si. Minutos depois, mais habituados à atmosfera do lugar, puderam observar melhor o ambiente. A saleta dava, à esquerda, para um cubículo onde havia uma cama de casal. Uma pretinha de ano e pico despertou num acesso de tosse convulsa. Depois virou para o outro lado e adormeceu de novo. Lá dentro havia Mulatas Misteriosas, que o pretalhão

---

23 Em inglês, "quero um pouco de ar fresco!". [N.E.]

pai-de-santo chamava de vez em quando para fazer isto e aquilo. À direita havia uma porta aberta para o santuário. A figura central, no primeiro plano, era a Sereia: branca formosa, cabelos e olhos pretos, nua da cintura para cima, pomas formidáveis, sustentava no braço direito o menino Jesus. Era Nossa Senhora? era a Mulher Branca? era a Jandira do poeta sem fé, sem pão, sem lar? a Harpista do pintor Cicinho? a Estrela da Manhã do Poliglota? Havia santinhos miúdos em torno dela, covilhetes de balas e caramelos, frascos de dendê, pires com amêndoas, pimenta-do-reino, a Santa de Coqueiros, fitas, conchinhas e não sei que mais, e tudo ia subindo num altar em degraus, todo iluminado... No fundo, em cima de tudo, tronava um tabernáculo com a imagem de São Pedro em madeira sobre um pano de seda carmesim, onde se via bordado o sol, uma harpa e flores. Estava muito bonito!

O pai-de-santo acabava a cozinha da oferenda.

Eram duas palanganas de barro, uma cheia de ovos de galinha com a casca salpicada de sangue, a outra com as frangas e os pombos sacrificados. O preto trabalhava com vagar, estava visivelmente fatigado. Comandava com autoridade bonachona, mas firme. Despejou dendê em cima de tudo. Em seguida tirou do santuário uma grande palma de rosas amarelas e com uma faca de ponta ia cortando cerce cada flor, que colocava nas palanganas, cobrindo o manjar de Ogum.

— É... Quem entrou tem que se assujeitá! — sentenciou o pai-de-santo.

"*Are you going to eat it?*"[24] perguntou ao Poliglota o modesto sociólogo, o que traduzido em vulgar responde assim: "Seu mano, você vai comer essa porqueira?"

Mas o receio do grupo era desnecessário: só tinham direito ou

---

24 Em inglês, "você vai comer isto?". [N.E.]

dever de cumprir o rito os que estavam presentes desde o início da sessão. Esses comeram a pimenta e depois foi cada um por sua vez soprar o seu desejo na boca das palanganas. Era preciso descalçar os sapatos, ajoelhar de quatro e pronunciar o voto sobre a oferenda. Os mulatos e as pretinhas ajoelharam e pediram.

Em seguida pai-de-santo mandou comprar papel de embrulho. Veio o papel de cor, pai-de-santo embrulhou as palanganas, amarrou com duas fitas de seda, uma branca, outra azul, e tornou a embrulhar tudo de novo em papel de jornal amarrado com barbante. Tinha acabado a sessão. Pai-de-santo disse:

– Quem é de abença, abença; quem é de boa-noite, boa noite.

Lenine

Homens há que levam uma vida obscura e só depois da morte se vai tecendo a lenda em que se lhes perfaz a glorificação. A outros, ao contrário, a lenda os anuncia. Surge primeiro um nome, até então de todo desconhecido, e em torno dele as imaginações trabalham, as informações contraditórias pululam, e à mercê desse lento processo de cristalização uma estranha figura vai avultando extrareal e muitas vezes com proporções até nitidamente inumanas.

Lenine era para mim um desses nomes. E no entanto, preciso dizê-lo, Lenine foi uma das grandes decepções da minha vida. Assim acontece sempre quando a imaginação, superexcitada longamente, se encontra de repente face a face com a realidade no cotidiano das coisas.

Lenine!... Lembram-se como essas três sílabas começaram a aparecer no serviço telegráfico da guerra? No atordoamento das derrotas russas o nome se insinuava misteriosamente como de um habilíssimo espião a soldo de agentes alemães e servindo contra a sua própria pátria. Lenine era isto. Lenine era aquilo. Lenine era agente alemão? O nome por si só vivia de uma vida intensa. Dir-se-ia criação verbal de um grande poeta, um desses grandes artistas que guardam toda a força mesmo sob os gestos de maior carinho — um Bach na música, um Villon na poesia. A pujante virilidade do vocábulo lhe vinha daquela líquida inicial, rica de associações com o felino formidável: Le... Leo, Leonis. E toda essa força se abrandava de súbito na aliteração da doce dental nasal e com o *i* claro, infantil e corajoso!

Depois do nome veio a imagem visual física. Essa também me cativou enormemente, sobretudo os olhos pequeninos, com a sua expressão, arguta, maliciosa, cautelosa.

Quando, porém, chegou a hora de maiores intimidades intelectuais, Lenine se me mostrou já imbuído do que há de mais odioso no espírito pequeno-burguês: a preocupação do ganho, a cobiça dos bens materiais, o gozo e delícia da propriedade.

Se me encontrava na rua, pedia tostão. Se me via à janela, entrava a pedinchar quanto deparava em minha sala:

— Me dá um livro! aquele.

— Aquele é em francês, você não entende.

— Então aquele!

— Aquele é em inglês.

— Não tem figura?

— Não tem figura.

— Deixe ver!

E eu mostrava. Um silêncio.

— Então me dá um biscoito!

— Acabaram-se.

— Então eu esbodego a sua porta!

Lenine nunca diz "esbodegar", mas coisa pior, que não posso citar aqui. Esbodegar a minha porta é meter os pés nela, atirar pedra, rabiscá-la com giz ou carvão. Lenine inicia a represália, mas interrompe-se muito espantado quando eu lhe advirto:

— Lenine, você é um malfeitor. O que você está fazendo não passa de uma vesânia. É pura e simplesmente o rompimento unilateral de um contrato sinalagmático! Toque de mal.

Lenine estende o dedo mindinho, toca de mal e vai agitar a Polônia, que é o cortiço da travessa do Cassiano.

Uma tarde entrou-me quarto adentro um canarinho-da-terra. Devia ter fugido de alguma gaiola, porque se deixou prender com facilidade. Passarinho de gaiola não sabe viver solto na cidade. Morre de fome ou de pancada. De ordinário acaba caindo contente em algum alçapão. Meu vizinho do andar de baixo tem sempre o seu alçapão armado para esses fugitivos. O canarinho, porém, preferiu o alçapão maior do meu quarto, onde jamais cairá o passarinho verde dos meus sonhos.

Seguro o canarinho, tratei logo de convocar a trinca do Curvelo para que me arranjassem uma gaiola.

— Lenine tem! Lenine tem!

Chamou-se Lenine, que compareceu de gaiola em punho e mais digno do que nunca. Entramos logo em negociações.

— Quanto quer pela gaiola?

— Dois tostões!

Era uma gaiola em petição de miséria.

— Muito caro. Só dou mil-réis.

E fui logo passando a mão na gaiola, o que encheu de indignação o proprietário. Lenine abriu no berreiro, esbravejou e correu a apanhar pedras para desacatar — esbodegar — as minhas vidraças. A trinca fazia grande caçoada.

É assim Lenine: esquivo, irascível, exigente. Dana da vida quando a trinca o chama de *tatuí de areia*.

No entanto não lhe posso guardar rancor, porque se lhe digo: "Lenine, você é um grande malandro! Não é?", ele me olha meio sério, meio rindo, com um ar tão meigo, tão lindo, tão cândido, que é de fazer inveja ao primeiro *team* dos anjos de Nosso Senhor.

Mas há a questão social... Falando de Lenine, do Lenine do Curvelo, ao comunista Otávio Brandão, este me respondeu sem o menor entusiasmo:

— Um Lenine batizado...

Os que marcam *rendez-vous* com a morte

Decididamente sou o sujeito mais desprovido daquilo que os espiritistas chamam o senso da mediunidade. Nunca soube distinguir aquele não-sei-quê que assinala os que têm marcado um *rendez-vous* com a morte.

Se porventura em 1913 tivesse encontrado em Paris o americano Alan Seeger, não teria nem por sombra notado nele a menor advertência de predestinação àquela bala de metralhadora que o abateu na flor da idade três anos depois. Mesmo que ele me houvesse lido o poema a que a sua morte veio juntar uma segunda profundidade, é provável que lhe tivesse sorrido aos versos como a uma pura imagem de beleza:

I have a rendez-vous with Death
When Spring brings back blue days and fair.[25]

Quando eu era menino, conheci de vista uma moça cuja beleza a fazia muito falada. Nem era propriamente beleza o que cativava nela, mas uma seiva de mocidade, de bom sangue, de alegria de cores saudáveis. Tenho esquecido muito nome na vida, mas o "dela" não esqueci nunca: Alice Monteiro.

Ainda hoje e passados tantos anos que é morta, esse nome evoca para mim a mesma visão de radiante juventude. Parecia uma dessas criaturas predestinadas a sobreviver aos companheiros de geração. A febre amarela, a gripe, as pneumonias são para os outros, não para elas. Alice Monteiro morreu no ano mesmo em que a conheci.

---

25 Em inglês, "Tenho um encontro com a Morte / Quando a Primavera traz de volta os belos dias azuis". [N.E.]

Foi a primeira vez que a morte me perturbou profundamente. Antes disso ela andava em meu espírito associada sempre à idéia de decadência física. Eu não podia conceber que uma moça bonita e cheia de vida pudesse morrer assim tão depressa!

Algumas vezes, raras, duas ou três, recordei *après coup*[26] em dadas criaturas um certo sinal que produziu em mim não sei que estranheza. Não tive porém a lucidez de distinguir nele a advertência...

Lembro-me que uma tarde, na exposição de Segall, Tobias Moscoso apareceu de repente, abraçou-me e disse-me algumas palavras. Guardei uma impressão estranha desse encontro. Mas nem um segundo me passou pela idéia que estava com o amigo pela última vez. Hoje é que, recordando aqueles momentos e a minha sensação de estranheza, noto que havia no ar e nas palavras de Tobias Moscoso a marca do *rendez-vous* ajustado com a morte.

Conheci nos *bars* da Galeria Cruzeiro um boêmio que tinha muita admiração pelos livros de Ribeiro Couto. Quando um dia lhe revelei que era amigo íntimo do poeta, ficou contente como uma criança. E pediu-me que lhe arranjasse um livro com dedicatória do Couto. Couto mandou o livro com a dedicatória, mas na distribuição de outros exemplares houve uma troca e o meu boêmio ficou com o volume sem o autógrafo. Tempos depois Couto veio ao Rio. Uma noite estávamos no Lamas quando vi ao fundo o rapaz. Ele se dirigia para o nosso lado. Quis apresentá-lo ao Couto. Porém este não se sentia disposto para o encontro naquela ocasião. O boêmio passou por nós sem nos ver. Não há nisso nada de extraordinário. Mas quando o rapaz passou e eu olhei-o pelas costas, que foi que me fez ficar longo tempo a segui-lo com os olhos? Era um rapaz forte, brigador valente. No entanto naquele instante senti nele qualquer coisa de para lá da vida. De fato morreu um mês depois.

---

26 Em francês, "posteriormente". [N.E.]

Leituras de mocinhas

Quem tem de oferecer um livro – sobretudo um romance – a uma mocinha de seus quatorze ou quinze anos, dessas que os alemães chamam *back-fisch* e o nosso Machado de Assis chamou "entreaberto botão, entrefechada rosa", fica muitas vezes indeciso, sem atinar bem com o que possa agradar mais à maravilhosa idade ingrata. Sem dúvida Ardel, Delly, a tal baronesa agradam. Mas isso é *hors de la littérature,*[27] como dizia Anatole France ao ocupar-se dos romances de George Ohnet. E dentro da literatura, na boa literatura? Pode-se dar um romance de Machado? (Certamente as *Memórias póstumas de Brás Cubas* ou o *Dom Casmurro*, não; mas os da primeira fase: *Ressurreição*, *Helena*, *Iaiá Garcia*?) Ou será mais prudente persistir no Alencar? Um romance como o *Le Bal chez le Comte D'Orgel* de Radiguet, onde paira um tão delicado perfume de adolescência, será sentido, compreendido por uma menina de quinze anos?

Há alguns anos atrás, propus o problema a um ilustre professor da Escola Normal, que certa vez me falara com entusiasmo de uma turma a que lecionava português e na qual se encontravam muitas meninas com o gosto literário e o talento de composição. Se se lhes desse como tema de redação esse de "impressões de leitura", recomendando que assinalassem os livros prediletos?

Meu amigo aceitou a idéia e o *test* se fez. Há dias, mexendo nas minhas gavetas, dei com as notas que escrevi a respeito desse inquérito com o fim de desenvolvê-las mais tarde. Os anos correram e hoje vejo, com pesar, que confiei demais na memória e fui

---

27 Em francês, "fora da literatura". [N.E.]

quase estenográfico nos meus apontamentos. Em todo o caso, salva-se ainda alguma matéria, que dê para ajuizar dos pendores literários da adolescência feminina brasileira. E há depoimentos interessantes, que guardei na própria redação original.

◆

Não resta dúvida que o doce Júlio Dinis é ainda o preferido. *Os fidalgos da casa mourisca*, *A família inglesa*, *A morgadinha dos canaviais* foram assinalados pela maioria das meninas, às vezes com algum comentário repassado da gratidão suscitada pela delícia da leitura. Diz uma assim do autor da *Morgadinha*: "É tão meigo nas suas frases, tão simples, que agrada logo à primeira vista". Outra escreve a propósito da *Família inglesa*: "O tipo estouvado e ao mesmo tempo meigo de Carlos, o seu caráter arrebatado, o seu coração generoso, constituem uma figura original e profundamente simpática". *Os fidalgos da casa mourisca*, que parece ser o mais querido dos romances de Dinis, arrancou de um coraçãozinho de quinze anos este profundo e grave suspiro de íntimo deleite: "Sinto-me satisfeita e orgulhosa por já ter lido este tão apreciado livro".

Helena de Machado de Assis era também muito admirado da turma. A maioria fala nele. "É um romance não só delicado como também triste", escreve uma normalistazinha que evidentemente pensa, como meu amigo Augusto Frederico Schmidt, que a beleza é sempre triste. Outra, que também acha Machado de Assis "muito triste", impressionou-se bastante com os *Papéis avulsos*, do qual destacou este trecho: "Temos duas almas: uma que olha de fora para dentro e outra que olha de dentro para fora". Admirava também o Eça, todavia sem prejuízo do Dinis da *Família inglesa*, que também cita e louva. Essa menina era um dos temperamentos mais interessantes pela naturalidade da expressão. Foi assim que começou as suas impressões: "O livro de que mais gostei? Ah! professor, na minha idade gosta-se de tudo, e gosta-se de tudo com o mesmo ardor e entusiasmo".

Houve uma que salientou o *Abade Constantino* "pela simplicidade". E acrescentou: "Não se encontram nele essas histórias fantásticas e impossíveis que são geralmente próprias de romances, não. O autor, cujo nome não me recordo" – ah! ingrata – "escreveu-o com grande simplicidade. Admiro um romance quando o enredo é simples e natural".

Outra ingrata é a que não se lembra também do nome do autor de *Os dois garotos*.

De Alencar, aparecem citados *O Guarani*, *O sertanejo*, *O tronco do ipê*. Do primeiro escreve uma menina o comentário seguinte:

> A princípio não fiquei muito entusiasmada, pois achei muito diferente das histórias que até então havia lido – Carochinha – mas continuando a leitura, comecei a interessar-me e muito entusiasmada fiquei ao ler as páginas em que o autor tão bem descreve a beleza das selvas brasileiras. Depois de *O Guarani*, quantos romances não tenho lido! Entretanto, posso dizer que foi ele o romance de que mais gostei. Não poderei esquecê-lo!

Desta o predileto é o romance *Magali*: "Quando não tenho que estudar, tomo o livro e releio, tendo-o sempre na imaginação." Daquela é o *Pêcheur d'Islande*: "Nenhum me deixou mais grata impressão do que *Pêcheur d'Islande*".

Não posso mais atinar pelas minhas notas a que romance se refere a seguinte impressão, de tão tocante espontaneidade:

> Há descrições lindas de passeios campestres, narrações de uma noite de luar em alto mar, verdadeira maravilha. O arrependimento da

filha, o perdão do pai. Este pedaço, o fim do romance, é comovedor. Quando o li, confesso que chorei, é verdadeiramente triste. Não mais me esquecerei deste livro, pois é o meu consolo nas horas tristes da minha vida.

A moreninha, *Inocência*, *Salammbô* e o *Fabulário* de Coelho Neto também foram lembrados.

Dos autores vivos só Coelho Neto e Guilherme de Almeida apareceram citados, e a respeito do último no *Messidor* fizeram este comentário: "Poeta inspiradíssimo, de uma leveza de estilo, graça, sentimento verdadeiramente notáveis".

Agora, para acabar com chave de ouro, transcrevo *ipsis litteris* esta adorável confissão de infância:

> Dentre os livros de estudo que tenho lido, o que mais me agradou até hoje foi a História do Brasil. Porque nela é que aprendemos os fatos relatados no mundo e por meio desta conhecemos de nome os principais homens heróicos daquele tempo. Assim como José Bonifácio de Andrade e Silva, por alcunha Tiradentes, foi um dos maiores vultos da Inconfidência Mineira. Tinha esse apelido devido ter a mania de arrancar dentes. Além deste, tem muitos outros como Pedro Álvares Cabral, Cristóvão Colombo, etc. O que sabemos de Pedro Álvares Cabral, é que o Brasil foi descoberto por ele no ano de 1500; e de Cristóvão Colombo, que foi ele o principal vulto da descoberta da América, sendo esta descoberta no dia 12 de outubro de 1492. Além deste, tenho lido muitos outros, como: *Os fidalgos da casa mourisca*, *Os morgadinhos dos canaviais* e um álbum que trazia as fotografias dos estados. Deste último livro que li, a fotografia que mais me agradou foi a do estado de Minas Gerais, onde temos muitas minas de ouro e, além disto, a famosa cachoeira de Paulo Afonso.

Impressões de um cristão-novo do regionalismo

O Regionalista Aprendiz vivia muito envergonhado de só conhecer de livros o sabor regional da vida de engenho. Não sabia como era um bangüê. Em menino esteve em Muribara. Mas naquele tempo não era ainda regionalista. Da casa de engenho só lhe ficou como lembrança uma mancha escura de almanjarra, a que estava ligada a recordação sinistra de um primo esfacelado na moenda. O que o atraía então era a grande piscina de cimento onde se podia nadar... E o vulto encolhidinho da bisavó de noventa anos, cujos dentes perfeitos começavam a cair.

O Regionalista Aprendiz fazia muitas perguntas sobre os bangüês. Tinha medo que eles se acabassem de todo. Queria sentir de verdade o famoso cheiro das tachadas que respirado na infância, dizia Nabuco, embriagava para o resto da vida. E perguntava a si mesmo se seria ainda possível embriagar-se agora.

Não era só em matéria de engenhos que lhe faltava o contato vivificador da realidade. Ignorava tudo da alma profunda do Nordeste. Tinha um amor grande por todas essas coisas. Mas era um amor sem nenhuma experiência, muito desinfeliz, embora cheio de ternura.

Na genealogia de certo tronco ilustre da velha aristocracia rural, a "brava gente" das crônicas não sabia distinguir o ramo espanhol, que se assinava com *y*, do português que se assinava com *i*.

Lembrava-se bem como lhe apontou o gosto pelas tradições de sua província. O pai possuía na biblioteca uns livros grossos de lombada azul onde havia um título que o Regionalista Aprendiz, aos treze anos, não entendia bem (nem procurava entender): *Miscelânea*. Esses tomos de *Miscelânea* representavam um mundo para ele. Desse mundo um dos cantos mais cheios de delícia eram umas páginas de folclore de Sílvio Romero. As histórias de jabutis e de onças encantavam-no. Havia detalhes perturbadores em certas quadrinhas que ele lia e relia sem se aborrecer. Por causa mesmo de uma quadrinha dessas meteu-se em cabeça que aquela leitura devia de ser coisa proibida e por isso lia sempre às escondidas a tal *Miscelânea*.

> Há duas coisas no mundo
> Que são da minha paixão:
> Perna grossa e cabeluda,
> Peito em pé no cabeção.

Que era *cabeção*? Uma vez, depois de muitos dias de medo e hesitação, perguntou à mãe: "Mamãe, que é cabeção?". A mãe perguntou onde ele tinha lido a palavra. Então ele desconversou e saiu correndo.

Disse que ele ignorava tudo da vida do Nordeste. Não é verdade. Ao menos a cozinha conhecia bem. Tinha viva a recordação das grandes tachas de cobre onde pelas festas a avó fazia preparar a canjica de coco. (O encarnado do cobre polido era a cor mais nítida de toda a sua infância.) Não só conhecia, como se deliciava sinceramente no paladar de todos aqueles pratos, de que ficou privado a partir dos nove anos.

Essa a única superioridade que podia alegar sobre o ex-Regionalista, o que propriamente o diferençava do outro. Com efeito, o ex-Regionalista era um sujeito enfastiado que todas as manhãs, em frente de uma mesa repleta de cuscuz, tapioca molhada, angu de milho e outras gostosuras, bebia um copo de leite condensado de Horlick, a que misturava uma colher de um pó esquisito feito com ovo, malte e cacau, tudo coisa de fábrica.

Esse ex-Regionalista fora como ele. Escrevera sobre cozinha pernambucana, sobre os descendentes dos fidalgos vianeses que vieram com Duarte Coelho, sobre os negociantes portugueses que comiam nas calçadas da rua Nova em porcelana azul de Macau, sobre as sinhás que as mucamas espiolhavam na modorra das sestas, tudo com abundantes citações de Koster e Tollenare. Para acabar tomando leite condensado de Horlick...

Ele tinha que defender o seu amor periclitante contra o ruim pessimismo do ex-Regionalista. E foi sob os apupos do outro que partiu para o bangüê de Vitória, a pequena cidade do interior pernambucano. A viagem correu difícil. Automóvel empacado na lama, empurrado a braço, cordas enroladas nos pneumáticos. Mas no engenho o fresquinho de Petrópolis; a hospitalidade confirmando as tradições rurais; a varanda acolhedora; a capelinha tão amorável, restaurada por um curioso mais dentro das linhas do estilo que tanta coisa que há por aí afora com pretensão a arquitetura tradicional; e finalmente o bangüê.

A maquinaria complicada da descrição de Antonil estava ali com a grande roda de água, a moenda, as tachas, a fornalha, a bagaceira, as formas de purgar, tudo tão simples, fácil, acessível.

A expectativa sarcástica do ex-Regionalista ficou lograda. O Regionalista só tinha encontrado motivos de prazer. É verdade que não contou para o outro a sua impressão do famoso cheiro que embriaga para a vida inteira quando respirado na infância. Pareceu-lhe que pode ser sentido numa simples xícara de mel de engenho e dispensa a infância. O que não dispensa é o dom de poesia, como existiu em Nabuco.

Portinari

Filho de um casal florentino que se fixou em Brodowsky e nunca mais tornou à pátria, Cândido Portinari não tem uma só gota de sangue brasileiro. Todavia Brodowsky — malgrado o nome eslavo, que era de um engenheiro de origem polonesa, rompedor de estradas no noroeste paulista — naturalizou de tal sorte o pequeno florentino, que, com lhe respeitar a finura dos traços fisionômicos, o fez quase caipira.

Sempre tive para mim que o matuto, no seu jeito e no seu espírito, pode dar nas artes as obras mais características do Brasil. O mineiro sonso será o nosso grande humorista: na massa anônima da população de Minas Gerais, tenho certeza, existe em potencial a força de um Swift.

Creio poder discernir em Portinari esse espírito do interior brasileiro — tímido, acanhado, mas observador, e, com todo o seu medo de ser debicado, debicador de primeira. Brodowsky é paulista, mas já fica perto de Minas. Nos mapas é de São Paulo, mas em Portinari já é Minas.

Foi, me parece, esse espírito de Brodowsky que situou Portinari na posição singular que ele ocupa hoje na pintura brasileira. O brilho dos modernos, que a agressividade paulista, a boca mole do Norte e a mordacidade divertida do carioca exageraram, com prejuízo das qualidades de fundo, viu-se de repente em Portinari corrigido por esse instinto de cautela, tão forte em nossos caipiras.

No pintor de hoje está o menino de Brodowsky, que passava os dias armando arapucas nos capões e destroncou a coxa jogando *football* no largo da Matriz — o amigo de Palanim, figura notável de Brodowsky e o grande mestre de Portinari, influência subterrânea, porém mais decisiva que as de Chagall, Modigliani, De Chirico *oder wie sie alle heissen.*[28]

Como o menino de Brodowsky tinha o olho exato e a mão precisa, o amor do trabalho e a paixão exclusiva da pintura – eis que o movimento moderno produziu nele o pintor mais completo do Brasil de hoje, o mais bem-equipado e com apoio mais sólido na tradição e na técnica. A estada na Europa fez-lhe um bem enorme. A volta ao Brasil também. Os conselhos de Fujita também: quando o japonês andou por aqui, pareciam, ele e Portinari, dois cozinheiros da pintura a se comunicarem receitas e processos. Estudo de cozinha ótimo para o brasileiro, que meteu no papo, firme e de vez, aquele senso da matéria, hoje um dos atributos mais persuasivos das suas obras.

---

28 Em alemão, "ou como se chamem". [N.E.]

Tarsila antropófaga

Os senhores já repararam na força de certas palavras? O adjetivo *abstrato* é uma delas. O sujeito está estupefato diante de uma figura mais deformada do que o Macobeba. Pede socorro:

— Como se deve entender esta pintura?

— No sentido abstrato, meu caro.

Abstrato? Ah, sim! A palavra, por não explicar nada, esclarece tudo.

Muitas vezes, e com as pinturas de Tarsila é assim, não há mesmo nada que explicar. Não há nada que explicar nas formas, nas cores, na composição do delicioso quadro intitulado *Religião brasileira*. Parece que quem já viu igrejas, capelinhas, oratórios domésticos da nossa terra deveria sentir à primeira vista o encanto e a poesia daquela pintura. O brasileiro então traz na memória da meninice a devoção das ladainhas nos serões caseiros, das noites cheias de luzes nas naves festivas. A *Família de caipira*, esse ainda é mais fácil de entender. São tipos tomados da realidade com um mínimo de deformação plástica. E que observação a um tempo sutil e profunda se revela em cada figura e nos menores detalhes! Até nos animais: nunca vi nada mais caipira do que aquele cachorrinho de roça (decerto ele se chama Brinquinho ou tem nome de peixe pra não danar).

São quadros assim — *Anjos*, um coro de anjinhos mulatos, *Pastoral* — os que acho verdadeiramente difíceis de explicar, porque a intervenção da inteligência atrapalha.

Entretanto os que provocam o riso ou o ranger de dentes são os da última fase da pintura. O título de um deles, o mais considerável como dimensão e como intenção, define a diretriz em que

Tarsila acompanha Oswald de Andrade, pajé da tribo interessada na transformação do tabu em totem: *Antropofagia*. As idéias antropofágicas foram expostas com um sabor imprevisto pelo franciú Waldemar George em nota transcrita no catálogo da exposição. Vamos ler juntos, provincianos:

> O sr. Oswald de Andrade quer remontar as fontes de uma civilização para sempre desaparecida, a do Brasil, anterior à cruel invasão portuguesa. Escavações e trabalhos de etnologia recentes lhe permitiram estudar a cultura, primitiva mas grandiosa, de um povo que satisfazia ao ideal do nosso Jacques Rousseau. Esse povo vivia feliz no seio da natureza e ignorava as coerções da lei. O rito católico e romano lhe foi imposto pela força. O sr. de Andrade não pretende sem dúvida voltar ao paganismo, nem mesmo à vida natural. Mas quer induzir as constantes de uma civilização local e autóctone. Essa civilização opõe-se nitidamente às do Ocidente e do Oriente. Comporta uma ética e uma visão do mundo adequada às leis psicológicas dos povos equatoriais. Combate na doutrina pagã e no latinismo as marcas de uma servidão.

Nos quadros recentes de Tarsila a estética antropofágica se manifesta na escolha dos assuntos tanto quanto no processo de expressão. Por exemplo: um sapo apresentado em solidão monstruosa, urutu enrolada num ovo, mandacarus assombrativos. O processo é despojado em extremo de todas as sensualidades da pintura. Tem-se a impressão que a rica Tarsila desfez-se de tudo e fez voto de pobreza. Oswald e os antropófagos estão radiantes.

Eu não estou radiante. Não gosto de Tarsila antropófaga. Preferia a Tarsila até dois anos atrás, a Tarsila cristã pela graça de Deus, em cujos olhos morava (sosseguem, ainda mora) "a preguiça paulista", em cujos quadros, de gosto e técnica bem ocidental, "locomotivas e bichos nacionais geometrizam as atmosferas nítidas" (cito um poema do *Pau-Brasil*) e onde há "um cheiro de café no silêncio emoldurado"; a Tarsila que pintava com o azul e cor-de-rosa dos bauzinhos e das flores de papel, que são as cores católicas e tão comoventes da caipirada.

O “nosso” Saint-Hilaire

A fama de Auguste Saint-Hilaire não teve a projeção da de seu irmão Geoffroy, o continuador de Lamarck; o seu nome não figura, como o do outro, em todas as enciclopédias. Para nós, entretanto, a memória que importa, a que nos deve ser sobremodo cara é a do irmão menos ilustre. Nenhum estrangeiro deixou entre nós lembrança mais simpática.

Roquete Pinto narra o encantado interesse com que na fazenda dos seus avós devorava, adolescente, as páginas das *Viagens*.

“Os livros de Auguste Saint-Hilaire”, diz ele, “lêem-se aos quinze anos como se fossem romances de aventuras, tão pitorescos são os aspectos e a linguagem que neles se encontram.” E assinala o grande carinho, a bondade, a tão justa medida no louvor e na crítica das nossas coisas.

“Quando falamos de Saint-Hilaire, de Martius, de Freire Alemão e tantos outros, o fazemos com tanta emoção como se falássemos de companheiros atuais”, disse o sr. César Diogo, botânico do Museu Nacional, relembrando com emoção a obra formidável do sábio francês.

Essa obra representa seis anos de viagens pelo nosso interior através de regiões muitas vezes inóspitas. Pelo desconforto dos nossos dias, apesar das estradas de ferro e do automóvel, podemos avaliar as dificuldades e fadigas de uma jornada a Goiás em 1816! Saint-Hilaire fez quatro desses *raids* surpreendentes. Em dezembro de 1816 partiu para Minas, que atravessou de sul a norte, furando depois até Boa Vista, então capital de Goiás. Foram quinze meses de estudos e pesquisas em sertão brabo. Voltou de lá cheio de reconhecimento por um povo no seio do qual encontrou "a hospitalidade mais amável, um povo que a natureza dotou de um caráter brando e comunicativo, do sentimento das artes, de uma rara inteligência, de uma facilidade extraordinária para aprender o que se lhe ensina".

Três vezes voltou Saint-Hilaire ao interior do Brasil: em 1818 ao Espírito Santo, onde percorreu as regiões mal-afamadas do rio Doce; em 1819 através de São Paulo, Paraná e Santa Catarina, até a Cisplatina; finalmente em 1822 a São Paulo por uma larga digressão ao sul de Minas. Ao todo 2500 léguas!

Duas vezes esteve em risco de morrer, uma feita envenenado pelo mel da vespa lecheguana, em pleno território das antigas Missões. Os frutos dessas longas e penosas jornadas foram enormes. Quando regressou à França levava Saint-Hilaire 7 mil espécies novas de plantas, 2005 pássaros, 16 mil insetos, 129 quadrúpedes e 21 espécies de peixes, quase tudo desconhecido dos europeus. Ao voltar à pátria, depois de tão consideráveis trabalhos, e com a saúde seriamente abalada em conseqüência do envenenamento, o voto mais caro do seu coração exprimiu-o ele nestas palavras tão bonitas pela sua simplicidade: "Feliz de mim se me for permitido lançar os primeiros fundamentos da Flora do Brasil Meridional e se puder não ficar inútil para a ciência".

Esta simplicidade, esta modéstia é aliás um traço característico constante na obra do sábio francês. Embora a sua especialidade fosse a botânica, as suas pesquisas estenderam-se colateralmente a todos os domínios da cultura. A estatística dos países que visitou, o estado do comércio, da agricultura, da indústria, os usos e costumes dos habitantes, religião, administração civil e judiciária, tudo examinou com sagacidade e simpatia, tomando notas, "tanto quanto o permitiam os seus fracos conhecimentos", desculpava-se ele.

As suas faculdades artísticas não eram nem fortes nem incomuns, tanto que de passagem por Ouro Preto apenas assinalou as matrizes de Conceição de Antônio Dias e do Fundo de Ouro Preto, não dizendo uma palavra de São Francisco de Assis e Carmo, igrejas incomparavelmente mais belas e mais interessantes a todos os respeitos.

Teve, porém, bastante sentimento plástico para se comover diante das rudes estátuas dos profetas de Congonhas do Campo. Pode-se dizer que foi ele quem descobriu o Aleijadinho nessas páginas em que comentou as figuras que emprestam tanta grandiosidade ao adro do Santuário de Bom Jesus:

> Não quis deixar Congonhas sem visitar a igreja do Bom Jesus, que é para esta região, como observa Luccock, o que é para a Itália Nossa Senhora do Loreto. Esta igreja foi construída no alto de um morro, no centro de uma plataforma, calçada de largos lajedos e cercada de um muro de arrimo. Diante dela colocaram sobre os poiais da escadaria estátuas de pedra que representam os profetas. Estas estátuas não são obras-primas, sem dúvida; mas nota-se na maneira por que foram esculpidas alguma coisa de largo que prova no artista um talento bem pronunciado.

A seguir deu uma ligeira notícia sobre o Aleijadinho, provavelmente as primeiras palavras de louvor que se escreveram sobre o nosso grande primitivo.

Por tudo isso, por tantos trabalhos e privações, por tanta bondade, tanta abnegação, tão lúcido afeto e simpatia e para diferenciá-lo do irmão, mais mundialmente glorioso, podemos chamar Auguste Saint-Hilaire o "nosso" Saint-Hilaire. Amou-nos com os nossos defeitos, deu-nos conselhos preciosos. A sua atividade entre nós e os seus escritos são duas lições das mais profundas e simples que já recebemos de estrangeiros.

Quero salientar aqui em especial a sua lição de estilo.

Escrevia sempre sem sombra de ênfase nem pedantismo. A propósito das suas *Lições de morfologia vegetal*, escreveu Payer, citado pelo sr. Tobias Monteiro: "Um dos característicos da obra de Saint-Hilaire é ser exposta com tanta clareza e simplicidade que a profundeza do julgamento parece apenas bom senso".

Essas palavras de Payer valem por todo um tratado de estilo. Entre nós é freqüente fazer-se o contrário: escrever de tal maneira, com tão ridículas imagens e tão falsa profundidade que as coisas de simples bom senso viram transcendências. Precisamos ler muitos homens como Auguste Saint-Hilaire.

Velórios

Mais de uma pessoa já me perguntou o que significa essa palavra "velório", que intitula o livro de contos de Rodrigo M. F. de Andrade. Não eram, está claro, cariocas. Creio, com efeito, que se trata de uma expressão do linguajar carioca, embora não tenha sido incluída pelo professor Nascentes na sua brochura relativa ao assunto.

Dizer-se que velório é a cerimônia de velar um defunto não basta para definir psicologicamente o ato. Em toda a parte do mundo se vela defunto. Mas talvez só no Rio se vele da maneira por que o descreve com tão fino senso de observação o malicioso mineiro que é o nosso Rodrigo. O estilo, se assim podemos dizer, do velório carioca é o que ele mesmo chama de "conversa mole". A conversa mole é irresistível. Veja-se por exemplo no conto "Seu Magalhães suicidou-se" a atitude, a conduta de seu Aderne. Estabelecida "a cordialidade efusiva" do pessoal do plantão mortuário, seu Aderne ouve uns fragmentos de conversa sobre uma rodinha de *poker*, e afasta-se irritado, perguntando a si próprio como se podia entreter ali uma conversa daquelas... No entanto, daí a pouco surge uma criada amável com uma bandeja:

— O senhor é servido?

Quase sempre é café que vem. Desta vez foi vinho do Porto e biscoitos Maria. Seu Aderne, que não tinha jantado, gostou do vinho e dos biscoitos, acendeu em seguida um cigarro, e "insensivelmente", diz o autor dos *Velórios,* "foi sendo atraído pela conversa" de um certo Vilaça, que contava num grupo as tratantadas de um mulato que passara a perna em todo o mundo e lascara na praça um prejuízo de mais de seiscentos contos...

Ninguém imagina a solércia envolvente da conversa mole de um "velorista" consumado. Há alguns que não se constrangem nem mesmo diante das pessoas mais diretamente afetadas pelo passamento. Lembro-me de que no velório de meu pai (foi no necrotério de uma casa de saúde – horrível) um sujeito – naturalmente com a caridosa intenção de aliviar o meu estado de espírito – tentou envolver-me na sua conversa mole.

Nem sempre o velório carioca fica circunscrito nesse terra-a-terra do ambiente familiar, como o descreve Rodrigo. Se aquele sujeito que poderia ter sido "o príncipe dos nossos prosadores" fosse realmente o príncipe dos prosadores, teríamos então o velório de proporções públicas, o grande velório, em que toda irreverência se desmancha num movimento de formidável lirismo. Foi assim o velório do Zeca Patrocínio na igreja do Rosário dos Pretos, e o de Sinhô, no necrotério do Hospital Hahnemaniano.

O livro de Rodrigo traz como epígrafe a frase de Montaigne: "*Et n'est rien de quoi je m'informe si volontiers que de la mort des hommes*".[29] Mas um crítico do Norte, Olívio Montenegro, já observou que o mineiro se interessa nestes contos menos pela morte em si do que pelas reações dos vivos em face da morte, as reações "dos que ficam"; não tanto por seu Ernesto, como pela viúva de seu Ernesto, pelas irmãs de seu Ernesto.

Por falar nisso: conheci este seu Ernesto. Há entre os contos de Rodrigo alguns que são inventados, como "O nortista" e "Seu Magalhães suicidou-se" (para mim o melhor do volume, o mais bem composto); outros são transposições da realidade, mas transposições executadas com uma segurança de mão que as equipara à invenção. "O enterro de seu Ernesto" é desta categoria. Seu

---

29 Em francês, "De nada me informo de mais bom grado que da morte dos homens". [N.E.]

Ernesto era na sua humildade de vida um sujeito admirável, mais herói do que a maioria dos heróis que enchem a boca de toda a gente. A morte de seu Ernesto deu para um conto; a vida daria para um romance. Rodrigo podia escrever esse romance.

Mas que não escreva esse: tem que escrever outro. Porque os contos dos *Velórios* revelam raros dons de observação e composição, de expressão também, tudo muito pessoal, muito diferente da maneira dos outros, principalmente da maneira atual. O tom, por exemplo, é reservado enquanto o escritor comete indiscrições ferinas sobre os mais íntimos ou mais escabrosos sentimentos que observou em si ou no próximo. A sua musa é a mesma de Machado de Assis – aquela d. Severina de braços perturbadores, mais perturbadores que o corpo inteiro das outras mulheres, mas uma d. Severina que vai um pouco mais longe, e deixa ver os braços até às axilas...

Fragmentos

Um aquário é um verdadeiro encantamento para os olhos de um menino. De um menino? Creio que para os de toda a gente. Eu por mim confesso que sou freqüentador assíduo do pequeno aquário do Passeio Público. E ainda da última vez que lá estive fui testemunha da alegria imensamente divertida que despertava num gurizinho de 27 meses apenas o espetáculo dos peixes cambalhotando atrás das paredes de vidro do aquário. A pesada tartaruga incutia-lhe um arzinho sério. Mas como ele se ria do cardume claro, ágil, nítido das pequeninas crocorocas! dos camarões batendo as patinhas dorsais incessantemente! O peixe-enxada, chato e quase redondo, com as duas listras escuras bem marcadas, parecia um brinquedo bonito – como os peixes que os índios do Amazonas fabricam para os filhos e que eu tive ocasião de ver no Museu do Pará. As moréias verdes, à semelhança de cobras e engolindo a água com os movimentos de deglutição dos ruminantes; os baiacus de espinho, nos quais as nadadeiras finíssimas contrastam com a bojuda armadura; as cabrinhas, andando no fundo da água e levando bem abertas, como leques, as nadadeiras peitorais; os feios mangangás, confundindo-se preguiçosos com as pedras, onde aderiam pequenas anêmonas azuis, estrelas-do-mar cinzentas e escarlates; os robalos bicudos; as minaguaias de barbinhas engraçadas debaixo da queixada; os caranhos gordos e chatos; o bagre-urutu; e o que deixei para o fim – o polvo! o polvo com os tentáculos tão macios e tão cruéis! olhos de gente, olhinhos malvados, inteiramente despreocupados no meio dos pobres siris e caranguejos apavorados, de patolas escancaradas mas sem ânimo de fechá-las nas pontas dos tentáculos do monstro inimigo...

◆

Há de haver muita gente que se lembre ainda da rua do Ouvidor de antigamente... Do agrupamento quase intransitável do canto da rua Gonçalves Dias, onde labregos floristas vendiam cravos e rosas espetados em mamões verdes... Do tumulto do velho Pascoal e do Café do Rio... Da porta de madame Dreyfus, a linda madame Dreyfus muito branca e muito loura, porta de grande significação política porque lá aparecia todas as tardes o senador Rosa e Silva cercado de seus amigos... Perto ficava a Confeitaria Castelões, onde se reunia a boêmia literária do tempo — Bilac, Coelho Neto, Guimarães Passos, Emílio de Meneses, Patrocínio, tantos outros, e mais vivo e mais surpreendente que todos, Paula Ney... Bem mais longe o sirgueiro e alfaiate militar, a cuja porta comparecia todos os dias o derrotado Custódio José de Melo, sempre de jaquetão e cartola — porque a cartola ainda era coisa de uso cotidiano e o almirante não relaxava...

◆

Todos os dias a poesia reponta onde menos se espera: numa notícia policial dos jornais, numa tabuleta de fábrica, num nome de hotel da rua Marechal Floriano, nos anúncios da Casa Matias... Poesia de todas as escolas. Parnasiana: "Fábrica Nacional de Artigos Japoneses" (não sei se ainda existe, era na praça da República). *Surréaliste*: "Hotel Península Fernandes" (ao meu primo Antoninho Bandeira, que perguntou ao proprietário português: "Por que *Península Fernandes*?", respondeu o homem: "*F'rnandes* porque é o meu nome, e *Península* porque é bonito!"). Por aí assim, românticos, simbolistas, futuristas, unanimistas, integralistas...

Faltava à minha coleção algum haicai. Acabo de achar vários

agora, e estupendos, onde menos esperava: num livro de fórmulas de *toilette* para mulheres.

Alguns exemplos:

Água de rosas
Glicerina
Bórax
Álcool

Que brilho verbal, que surpresa para o ouvido na sonoridade seca da palavra *álcool* depois da musicalidade um pouco solta dos dois primeiros versos e desfazendo num como acorde suspensivo a cadência perfeita do verso *bórax*!

Tintura de benjoim
Borato de sódio
Tintura de quilaia
Água de rosas

Água-de-colônia
Água de flores de laranjeira
Borato de sódio
Mentol

Óleo de rícino
Óleo de amêndoas doces
Álcool de 90°
Essência de rosas

Dirão que o haicai tem só três versos. Pois aqui vai um:

Pó-de-arroz
Talco
Subnitrato de bismuto

Outro:

Água de rosas
Ácido bórico
Essência de mel da Inglaterra

Há mesmo um que constitui um verdadeiro "epigrama irônico e sentimental". Senão, vejam:

Leite de amêndoas
Bicloreto de mercúrio

O livro de Marie d'Osny encerra, nestas e outras receitas, uma lição e um exemplo de poesia.

◆

O brasileiro da geração que fez a República era um sujeito que usava fraque e gostava de discursos. A mania do fraque passou, mas o gosto do discurso persiste, apesar da campanha de ridículo da nova geração de jogadores de *box*, *football*, verso livre e outros esportes estrangeirados.

Todavia não há motivo para desesperar. Houve alguma melhora, sensível em raros sinais que não terão escapado ao observador arguto. Por exemplo: o voluntário silêncio que se impuseram as vocações oratórias da geração que anda agora beirando os quarenta. O sr. Edmundo Luz Pinto é uma dessas vocações. Em outros tempos teria o renome de um grande orador. No entanto vive caladinho. Prefere fazer carreira por outras qualidades mais frias da inteligência. Assim os outros.

A geração anterior é que não entregou os pontos. Volta e meia, e quando menos se espera, surge uma metáfora das brabas, um efeito como aquele do dr. Sampaio Correia no enterro de Amoroso Costa, o nosso grande matemático vítima da catástrofe do Santos Dumont:

– Tão modesto na morte como o fora em vida, quis que o seu corpo fosse o último a aparecer...

OUTRAS CRÔNICAS

Casanova

Pues, señor, yo desde aquí
Buscando mayor espacio
Para mis hazañas, di
Sobre Italia, porque allí
Tiene el placer un palacio.

Assim fala o Don Juan de José Zorrilla da terra que seria berço de Giacomo Casanova. Itália, terra do prazer! O conceito é feliz e ilustra às mil maravilhas a diferença de caracteres entre o veneziano amável do século XVIII e o sombrio matador do comendador Ulloa. A libertinagem de Don Juan, por mais que se destempere em leviandades de coração e espírito, não consegue nunca reter na consciência um momento puro de felicidade. Antes de envenenar moralmente as mulheres que seduz, ele mesmo é envenenado pela própria franja, riquíssima de toda sorte de recalques cavalheirescos e religiosos. As experiências amorosas de Don Juan são apostas. Amor?... Antes raiva de perdição. O sedutor de Dona Inês é bem o libertino espanhol do século de Filipe II.

Ao passo que Casanova era filho do prazer, nascido na terra do prazer, naquela Veneza de setecentos em que a máscara foi acessório de disfarce tão comum que ninguém lhe punha reparo; onde até as monjas pecavam com deliciosa espontaneidade. Casanova não teve amante mais encantadora do que a freira M. M. e quem lê os dezesseis volumes das suas *Memórias* depressa esquecerá os atrativos físicos, em suma sempre os mesmos, sempre de uma qualidade acadêmica, a técnica erótica e os nomes de todas as conquistas – não esquecerá nunca as iniciais, a graça inventiva e misteriosa sedução da religiosa de Murano, um dos poucos retratos que marcam nessa estonteante galeria feminina.

Sim, Don Juan era o pecado: Casanova era o prazer. O amor do primeiro um tecido de angústias, uma longa expectativa de catástrofes; o segundo, pelo contrário, aliviava as mulheres, às vezes até os homens responsáveis dessas mulheres, de todo o peso dos imperativos morais; com ele a paixão virava coisa fácil, que se toma e larga, sem outras olheiras senão as dos excessos, inteiramente a salvo do suicídio, da tentativa de assassinato, da paranóia e até dos desarranjos do fígado. Há as vítimas de Don Juan; não as há de Casanova. Este sacrificador de virgindades e de virtudes possuía o dom incomparável da leviandade.

Don Juan era sinistro demais. Não admira, pois, que o símbolo sexual, de que parecia já ser a encarnação acabada e definitiva, esteja agora a descorar, a desagregar-se em favor da glória mais natural, mais animal, mais esportiva de Casanova. Casanova renovou o símbolo três vezes secular, coisa espantosa. E renovou-o num sentido saudável, antinobre, antiburguês. Ainda que não morra Don Juan, é certo que doravante não ficará mais no seu insolente isolamento: terá quando menos de compartir o pedestal com o filho da Buranella...

Por diferentes que sejam, numa coisa se parecem o espanhol e o veneziano (e creio que se parecerão todos os exemplares do homem irresistível): ambos lançam mão de todos os recursos para vencer a fortaleza feminina.

É ingenuidade supor que a beleza, a graça física, o *it* bastem a esses fins. Casanova tinha tudo isso no mais alto grau: era verdadeiramente um demônio, capaz de seduzir três irmãs em comum. Todavia não se fiava de tão raros recursos (nenhum verdadeiro sedutor se fiará jamais). Corrompia sempre pelo dinheiro, e confessa mais de uma vez nas *Memórias* que em noventa por cento das suas conquistas o dinheiro foi o instrumento mais eficaz de triunfo. O dinheiro, em si ou por tudo o que proporciona de fácil, amável. Assim o conselho dele é o mesmo de Iago a Rodrigo: "*Put money in thy purse... I say, put money in thy purse...*".[30] Primeira grande lição de Casanova.

Casanova usou de todos os recursos, todos os subterfúgios, todas as astúcias: chorou como uma cabra, fingiu-se doente, simulou desgraças, fez versinhos... Em nossos dias seria, podem estar certos, um temível propiciador de entorpecentes. Stefan Zweig escreveu um belo livro sobre o genial *homme à femmes*,[31] de quem traça um retrato inesquecível quando o pinta de chegada a uma pequena cidade, numa sala de ópera:

> Com um guapo movimento levanta a fronte que todo poeta invejaria e que assim se destaca sob a cabeleira castanha delicadamente cacheada; o nariz ressalta como um croque insolente e ousado, assim como o queixo de forte ossatura e, abaixo deste, o pomo-de-adão, duas vezes o tamanho de uma noz (o que aos olhos de mulheres simples é a melhor garantia de uma robusta virilidade); inegavelmente cada traço do rosto exprime a impetuosidade, a audácia, a resolução. Só o lábio, muito vermelho e sensual, se curva molemente e descobre a dentadura forte e impecável. Lentamente vira agora o perfil ao longo do sombrio anfiteatro; sob as pálpebras regulares, pestanudas e de uma linha perfeita, flameja nas pupilas negras um impaciente olhar de agitação, um verdadeiro olhar de caçador em busca da presa, pronto a se precipitar...

---

30 "Põe dinheiro em tua bolsa... Digo eu, põe dinheiro em tua bolsa" (Shakespeare, *Otelo*, I.3). [N.E.]

31 Em francês, "conquistador", "sedutor". [N.E.]

Não é verdade, porém, que tamanho esplendor físico dispensasse sempre a estratégia e a tática da conquista. Stefan Zweig esquece tanta página das *Memórias*, em verdade deliciosas de invenção, de *rouerie*,[32] de crapulice, quando afirma que "um ser como o de Casanova não tem necessidade de recorrer à simulação nem de elevar o diapasão; não precisa servir-se de artifícios líricos ou fraudulentos para seduzir". Como não! Servia-se de tudo isso. Há, sim, truques próprios de Casanova e os volumes das *Memórias* são a melhor *Ars amandi* que já se escreveu.

Arte de amar, bem entendido, nessa maneira. Stendhal dizia que o prazer dado por uma linda mulher que se desejou quinze dias e com quem se ficou três meses é *diferente* do prazer proporcionado por uma amante desejada três anos e possuída dez. Como quer que seja, foi este último um prazer que jamais Casanova conheceu. Mesmo porque não teria tempo de conhecer: três meses eram de ordinário o prazo suficiente para a polícia intervir nas atividades do Cavaliere de Seingalt. O ciúme mal mordia essa epiderme endurecida em tanta aventura de passagem. Não seria ele que tremeria nunca de repulsão e vergonha lendo o famoso teorema XXXV do Livro III da *Ética* de Spinoza ("Aquele que imagina que a mulher amada se entrega a outro, etc., etc.").

Afinal esse estupendo profissional do amor físico acabou cometendo uma gafe: envelheceu... E o espetáculo da sua aborrecida decadência no castelo de Waldstein, entre as lembranças das suas façanhas da mocidade e as impertinências do intendente Feltkirchner, dá que pensar... Não há amor físico que baste ao espírito. Três mil mulheres possuídas não consolam de não possuir três mil e uma... Segunda grande lição de Casanova.

---

32 Em francês, "esperteza", "falta de escrúpulos". [N.E.]

O heroísmo de Carlito

Não há hoje no mundo, em qualquer domínio de atividade artística, um artista cuja arte contenha maior universalidade que a de Charles Chaplin. A razão vem de que o tipo de Carlito é uma dessas criações que, salvo idiossincrasias muito raras, interessam e agradam a toda a gente. Como os heróis das lendas populares ou as personagens das velhas farsas de mamulengo.

Carlito é popular no sentido mais alto da palavra. Não saiu completo e definitivo da cabeça de Chaplin: foi uma criação em que o artista procedeu por uma sucessão de tentativas e erradas.

Chaplin observava sobre o público o efeito de cada detalhe.

Um dos traços mais característicos da pessoa física de Carlito foi achado casual. Chaplin certa vez lembrou-se de arremedar a marcha desgovernada de um tabético. O público riu: estava fixado o andar habitual de Carlito.

O vestuário da personagem – fraquezinho humorístico, calças lambazonas, botinas escarrapachadas, cartolinha – também se fixou pelo consenso do público.

Certa vez que Carlito trocou por outras as botinas escarrapachadas e a clássica cartolinha, o público não achou graça: estava desapontado. Chaplin eliminou imediatamente a variante. Sentiu com o público que ela destruía a unidade física do tipo. Podia ser jocosa também, mas não era mais Carlito.

Note-se que essa indumentária, que vem dos primeiros filmes do artista, não contém nada de especialmente extravagante. Agrada por não sei quê de elegante que há no seu ridículo de miséria. Pode-se dizer que Carlito possui o dandismo do grotesco.

Não será exagero afirmar que toda a humanidade viva colaborou nas salas de cinema para a realização da personagem de Carlito, como ela aparece nessas estupendas obras-primas de *humour* que são *O garoto*, *Ombro arma*, *Em busca do ouro* e *O circo*.

Isto por si só atestaria em Chaplin um extraordinário dom de discernimento psicológico. Não obstante, se não houvesse nele profundidade de pensamento, lirismo, ternura, seria levado por esse processo de criação à vulgaridade dos artistas medíocres que condescendem com o fácil gosto do público.

Aqui é que começa a genialidade de Chaplin. Descendo até o público, não só não se vulgarizou, mas ao contrário ganhou maior força de emoção e de poesia. A sua originalidade extremou-se. Ele soube isolar em seus dados pessoais, em sua inteligência e em sua sensibilidade de exceção, os elementos de irredutível humanidade. Como se diz em linguagem matemática, pôs em evidência o fator comum de todas as expressões humanas. O olhar de Carlito, no filme *O circo*, para a brioche do menino faz rir a criançada como um gesto de gulodice engraçada. Para um adulto pode sugerir da maneira mais dramática todas as categorias do desejo. A sua arte simplificou-se ao mesmo tempo que se aprofundou e alargou. Cada espectador pode encontrar nela o que procura: o riso, a crítica, o lirismo ou ainda o contrário de tudo isso.

Essas reflexões me acudiram ao espírito ao ler umas linhas da entrevista fornecida a Florent Fels pelo pintor Pascin, búlgaro naturalizado americano. Pascin não gosta de Carlito e explicou que uma fita de Carlito nos Estados Unidos tem uma significação muito diversa da que lhe dão fora de lá. Nos Estados Unidos Carlito é o sujeito que não sabe fazer as coisas como todo o mundo, que não sabe viver como os outros, não se acomoda em meio algum — em suma um inadaptável. O espectador americano ri satisfeito de se sentir tão diferente daquele sonhador ridículo. É isto que faz o sucesso de Chaplin nos Estados Unidos. Carlito com as suas lamentáveis aventuras constitui ali uma lição de moral para educação da mocidade no sentido de preparar uma geração de homens hábeis, práticos e bem quaisquer!

Por mais ao par que se esteja do caráter prático do americano, do seu critério de sucesso para julgamento das ações humanas, do seu gosto pela estandardização, não deixa de surpreender aquela interpretação moralista dos filmes de Chaplin. Bem examinadas as coisas, não havia motivo para surpresa. A interpretação cabe perfeitamente dentro do tipo e mais: o americano bem verdadeiramente americano, o que veda a entrada do seu território a doentes e estropiados, o que propõe o pacto contra a guerra e ao mesmo tempo assalta a Nicarágua, não poderia sentir de outro modo.

Não importa, não será menos legítima a concepção contrária, tanto é verdade que tudo cabe na humanidade vasta de Carlito. Em vez de um fraco, de um pulha, de um inadaptável, posso eu interpretar Carlito como um herói. Carlito passa por todas as misérias sem lágrimas nem queixas. Não é força isto? Não perde a bondade apesar de todas as experiências, e no meio das maiores privações acha um jeito de amparar a outras criaturas em aperto. Isto é pulhice?

Aceita com estoicismo as piores situações, dorme onde é possível ou não dorme, come sola de sapato cozida como se se tratasse de alguma língua do Rio Grande. É um inadaptável?

Sem dúvida não sabe se adaptar às condições de sucesso na vida. Mas haverá sucesso que valha a força de ânimo do sujeito sem nada neste mundo, sem dinheiro, sem amores, sem teto, quando ele pode agitar a bengalinha como Carlito com um gesto de quem vai tirar a felicidade do nada? Quando um ajuntamento se forma nos filmes, os transeuntes vão parando e acercando-se do grupo com um ar de curiosidade interesseira. Todos têm uma fisionomia preocupada. Carlito é o único que está certo do prazer ingênuo de olhar.

Neste sentido Carlito é um verdadeiro professor de heroísmo. Quem vive na solidão das grandes cidades não pode deixar de sentir intensamente o influxo da sua lição, e uma simpatia enorme nos prende ao boêmio nos seus gestos de aceitação tão simples.

Nada mais heróico, mais comovente do que a saída de Carlito no fim de *O circo*. Partida a companhia, em cuja *troupe* seguia a menina que ele ajudara a casar com outro, Carlito por alguns momentos se senta no círculo que ficou como último vestígio do picadeiro, refletindo sobre os dias de barriga cheia e relativa felicidade sentimental que acabava de desfrutar. Agora está de novo sem nada e inteiramente só. Mas os minutos de fraqueza duram pouco. Carlito levanta-se, dá um puxão na casaquinha para recuperar a linha, faz um molinete com a bengalinha e sai campo afora sem olhar para trás. Não tem um vintém, não tem uma afeição, não tem onde dormir nem o que comer. No entanto vai como um conquistador pisando em terra nova. Parece que o Universo é dele. E não tenham dúvida: o Universo é dele.

Com efeito, Carlito é poeta.

Elizabeth Barrett Browning

Em *Two or Three Graces* Aldous Huxley conta que, entrando certa vez num salão, ouviu um rapaz que dizia em alto e bom som: "Somos absolutamente modernos. Minha mulher pode se entregar a qualquer um, pelo que me toca. Não me importo. Ela é livre. E eu sou livre. Isto é o que eu chamo ser moderno". A Huxley, ao contrário, isso pareceu primevo, quase pré-humano, visto que o desejo promíscuo é geologicamente velho. "Modernos de fato", refletiu ele, "são os Brownings." O amor é a nova invenção, e nenhum casal de criaturas humanas foi jamais tão longe, mesmo nos domínios da fábula, como Elizabeth Barrett e Robert Browning, cujo grande e inalterável sentimento tem, pelas circunstâncias e vicissitudes em que se formou e cresceu, a beleza cíclica e indestrutível dos mitos. Pertence às coisas ideais da vida, disse um comentador.

Tanto mais curioso é por isso que em nossa época de tamanho favor para as biografias romanceadas pouco se tenha escrito sobre a vida daquela que nos *Sonnets from the Portuguese* deixou as mais altas inspirações que o amor de um homem já inspirou a uma mulher. Creio que até agora só existia o livro de Germaine-Marie Marlette (*La Vie et l'oeuvre de Elizabeth Barrett Browning*), publicado em 1905. Agora nos chega de Nova York a obra de Dormer Creston *Andromeda in Wimpole Street*. Wimpole, 50 foi a casa onde Elizabeth passou os seis anos de sua vida anteriormente ao casamento. Ali conheceu as horas mais tristes e desoladas, quando voltou das praias de Torquay, onde perdera o irmão afogado. Ali visitou-a Robert Browning pela primeira vez. E dali a tirou para levá-la à Itália. Mas isso depois de um tormentoso namoro de muitos anos, cujos episódios e carinhos podemos muito bem acompanhar, porque se fez sobretudo por cartas. E todas essas cartas, exceto uma, queimada por Browning, foram conservadas.

◆

Elizabeth Barrett Browning nasceu em 1805 e foi a primogênita de uma garotada de onze irmãos, que todos sofreram, com ela, a tirania de um pai, sujeito esquisitíssimo, exercendo no ambiente da família os instintos ancestrais de filho e neto de senhores de escravos na Jamaica. Harrow e Cambridge, toda uma existência na metrópole, não conseguiram extirpar do coração de Edward Barrett a paixão hereditária do mando incontrastável. E a sua intransigência se manifestou sobretudo na oposição com que sempre contrariava qualquer casamento na família, não só das meninas (o que é freqüente da parte de pais extremosos e ciumentos), mas também dos rapazes. Sem nenhum motivo de conveniência material ou moral: não queria e pronto! Veremos com que excessos de dureza agiu no caso da pobre Elizabeth.

Desde os mais tenros anos que a futura autora dos *Sonnets from the Portuguese* revelou gosto e talento para a poesia. Lia Homero como as demais crianças lêem as histórias da Gata Borralheira e do Pequeno Polegar. Como seu pai a proibisse de ler um certo rincão da biblioteca onde havia livros de moral e linguagem duvidosas, claro que Elizabeth obedeceu. Tempos depois veio ele a descobrir que a menina estava devorando com ardente paixão as obras de Voltaire, Goethe e Rousseau.

Aos dez anos já era autora de várias tragédias em inglês e francês representadas na *nursery*[33] pelos irmãozinhos. Imagine-se a cena do fedelho exclamando com ar aniquilado:

---

33 Em inglês, "quarto de crianças". [N.E.]

Qui suis-je ? Autrefois un général romain,
Maintenant, esclave de Carthage, je souffre en vain ![34]

Aos treze anos escreveu um poema épico intitulado "A batalha de Maratona". Elizabeth criança convivia familiarmente no mundo dos deuses e dos heróis. Pobrezinha! com pouco teria que exercer a seu mau grado uma das formas mais duras e mais difíceis do heroísmo — o que resulta do contraste entre uma natureza ardente e rica e a situação de inválido.

◆

Elizabeth sofreu um acidente por volta dos quinze anos, quando selava o *poney* em que gostava de montar na propriedade de seu pai, em Herefordshire. Algumas notícias biográficas aludem a uma lesão na espinha. É difícil distinguir a verdadeira causa da quase completa invalidez de Elizabeth, em virtude desse pudor esquisito que mostra a gente de raça inglesa quando trata de coisas do físico. Haja vista este livro de Dormer Creston, onde nunca se pronuncia a palavra *tuberculose.* No entanto, o que ressalta de toda a narrativa é que essa misteriosa enfermidade foi, sem sombra de dúvida, a tuberculose. Falando de uma crise grave que a doentinha atravessou em Londres, Dormer Creston descreve-a como "o rompimento de um vaso sangüíneo", eufemismo bem da raça inglesa para apresentar delicadamente o que foi na realidade uma violenta hemoptise. O fato é que Elizabeth foi uma tuberculosa alinhadíssima. Na sua triste reclusão em Wimpole Street, no quartinho dos fundos da casa, sempre reclinada num sofá, sem ver os estranhos,

---

34 Em francês, "Quem sou? Outrora um general romano, / Agora, escravo de Cartago, sofro em vão!". [N.E.]

cuja curiosidade fora grandemente excitada pelos versos admiráveis de *The Seraphim and Other Poems*, o seu segundo livro, dava ela a impressão romântica de uma constituição apenas delicada e invalidada pelo acidente do *poney*.

A sua fama já tinha chegado à América com a publicação do "Cry of the children", poema de largo alcance social em que a poetisa protestava contra o trabalho das crianças nas fábricas. Dele disse Edgar Poe que respirava "uma indomável energia nervosa – um horror sublime em sua simplicidade – de que o próprio Dante se haveria de orgulhar".

Depois da perda do irmão, o destino de Elizabeth parecia definitivamente encerrado no solitário ambiente do seu quartinho de inválida. A mocidade passara e fora vazia de todo interesse sentimental. O raiozinho de sol em que se aquecia nos dias de inverno o seu cãozinho Flush ("meu companheiro constante, meu amigo, minha distração") dava-lhe inveja: na sua vida sem nenhuma esperança faltava o equivalente moral desse raiozinho de sol que era a delícia de Flush. Elizabeth já completara quarenta anos.

◆

Foi então que lhe baixou do céu aquela sombra mística de que fala no primeiro dos seus sonetos. Representou-a tomando-a de trás pelos cabelos:

> "Adivinha quem sou!" "A morte", eu falo.
> E a voz responde: "A Morte não, o Amor!"

Era de fato o amor. O mais forte, o mais puro, o mais completo que já foi dado a nenhuma mulher experimentar da parte de um homem. E que homem era esse!

Robert Browning não pensava em se casar. Sentia-se obrigado a uma obra poética que seria uma mensagem de otimismo e conforto moral para a espécie. Além disso julgava não poder nunca encontrar uma mulher que significasse bastante para ele. Os versos de Elizabeth, as notícias vagas que tinha dela despertaram a sua curiosidade. Escreveu-lhe pedindo-lhe autorização para uma visita. "*I love your verses with all my heart, dear miss Barrett.*" Ora, a "*dear miss Barrett*" viria a ser depois e para o resto da vida a sua "*dearest Ba*".

◆

Quem não esteve pelos autos foi o sinistro filho e neto de senhores de escravos da Jamaica. A doçura e a triste condição de sua primogênita não lograram nunca aplacar o natural tirânico de Edward Barrett. Mas embora tivesse pelo pai o afeto mais firme e mais respeitoso, Elizabeth deu provas de que nem só nos seus versos havia aquela "indomável energia nervosa" que Poe já notara no poema do "Cry of the children". O novo Perseu teve que arrebatar a sua pobre Andrômeda inválida. Fugiram para a Itália. Foram durante dezesseis anos inalteravelmente felizes, não tendo faltado a Elizabeth nem mesmo as delícias da maternidade. Só lhe faltou a bênção do pai que nunca a perdoou: nunca abriu nenhuma das cartas que a filha lhe escrevia regularmente da Itália. A felicidade dela em vez de o desarmar, irritava-o ainda mais. Morreu assim, fechado no seu rancor.

◆

E Elizabeth expirou como um passarinho. Foi quase de repente (na verdade vivera morrendo). Browning descreve-a no supremo momento: "Sempre sorrindo, feliz, e com um rosto de criança, e em poucos minutos morreu nos meus braços, encostando a cabeça em minha face".

Daquela vez era a Morte mesmo, mas de mãos dadas com o Amor.

O coração inumerável

– Sobre o que você vai escrever?

– Sobre a nossa querida amiga Ana.

– ?

– Ana-Elizabeth, princesa de Bessaraba de Brancovan...

– Depois condessa Mathieu de Noailles.

– A condessa não me interessa. O que sempre me interessou foi a princesinha de Bessaraba de Brancovan. Desta é que vem toda a poesia de *Le Coeur innombrable* e de *L'Ombre des jours*. O que veio depois foi eco amortecido ou variação virtuosística sobre o incomparável tema da adolescência.

Afonso Arinos de Melo Franco mostrou-me há alguns anos o retrato com dedicatória que recebera de mme. de Noailles. Olhei retrato e dedicatória sem inveja nem cobiça. Como a vida nos faz cínicos! Um mês antes da morte de Ana de Noailles eu vendera num sebo o exemplar do *Coeur innombrable* que me acompanhava há mais de vinte anos.

Há mais de vinte anos Ana de Noailles foi também a minha paixão. Ah se eu tivesse recebido então o retrato com dedicatória que Afonsinho ganhou! Eu estava morrendo, literalmente morrendo, e imaginem que caixa acústica não era a minha cabeça para versos como estes:

Ah! faut-il que mes yeux s'emplissent d'ombre un jour,
Et que j'aille au pays sans vent et sans verdure
Que ne visitent pas la lumière et l'amour ...

Ou este outro:

Je suis morte déjà, puisque je dois mourir.[35]

Mas eu traí o destino romântico dos poetas brasileiros e não morri do peito aos vinte e poucos anos, como me impunham os exemplos ilustres de Álvares de Azevedo, Castro Alves e Casimiro de Abreu.

A vida foi passando. Mme. de Noailles escreveu uma porção de livros em que não era mais aquela que escrevia para que no dia em que não existisse mais, os rapazes que a lessem,

Sentant par moi leur coeur ému, troublé, surpris,
Ayant tout oublié des épouses réelles[36]

a acolhessem n'alma e a preferissem a elas.

Os *Éblouissements*, mau grado belezas inegáveis, não tinham mais o encanto ingênuo da adolescência. Já era obra de escritora de fama que todo o mundo admirava. Os editores a assediavam. As encomendas choviam. O coração tinha virado máquina. A minha paixão acabou-se. A vida faz-nos uns cínicos.

Mas mme. de Noailles continuou a ter adoradores de vinte anos até o momento da guerra. Quando esta rebentou, mme. de Noailles completara 38 anos. Uma brasileira de 38 anos já está pronta para vovó. Na Europa é bem diferente, e todo o mundo sabe que a famosa mulher de trinta anos de Balzac tem de fato quarenta bem puxados. É a hora em que as mulheres como mme. de Noailles podem fazer os rapazes esquecer tudo das esposas reais.

---

35 Em francês, respectivamente, "Ah! É preciso que meus olhos se inundem de sombra um dia, / E que eu vá à região sem vento e sem vegetação / Que a luz e o amor não visitam..." e "Já estou morta, pois devo morrer". [N.E.]

36 Em francês, "Sentindo o coração deles por mim emocionado, atordoado, surpreso, / Tendo tudo esquecido das esposas reais". [N.E.]

Podem? Podiam! Podiam na geração de antes da guerra. A guerra foi um cataclismo que abalou a sensibilidade dos rapazes mais fundo do que a economia internacional. Um na mão, melhor que cem voando. A esposa real. De um dia, de uma hora, seja!, mas real, bem real. Seriam vãs todas as mensagens da mãe-d'água distante:

Tu leur diras que je m'endors,
Mes bras nus pliés sur ma tête,
Que ma chair est comme de l'or
Autour des veines violettes;

Dis-leur comme ils sont doux à voir,
Mes cheveux bleus comme des prunes,
Mes pieds pareils à des miroirs
Et mes doux yeux couleur de lune.[37]

Os versos são deliciosos, dos mais sutis e suaves que a princesinha escreveu para "comover, perturbar, surpreender" os rapazes. E são perfeitamente verídicos, a julgar pelo depoimento dos que a conheceram ao tempo em que apareceu o seu primeiro livro. Edmond Jaloux disse que os que vieram depois deles

> não podem fazer uma idéia daquela sedutora aparição e da surpresa encantada, da admiração, do estupor por ela causados. Com o rosto mate, que tinha qualquer coisa do mármore, os grandes olhos ardentes,

---

37 Em francês, "Tu lhes dirás que adormeço, / Meus braços nus dobrados sobre a cabeça, / Que minha carne é como ouro / Ao redor das veias violeta; // Dize-lhes como são suaves aos olhos, / Meus cabelos azuis como ameixas, / Meus pés iguais a espelhos / E meus doces olhos cor de lua". [N.E.]

o nariz aquilino, mme. de Noailles quando aparecia em qualquer parte obtinha logo de todos um *empressement*[38] maravilhado.

Mas a geração que surgiu depois da guerra tinha outra coisa a fazer do que suspirar pela esposa imaginária. A esposa real – a vida – com os seus deveres difíceis mas caros afinal aos homens de verdade, estava bem junto deles. *Et ils ont tout oublié,*[39] quando ela ainda vivia, da musa que escrevia para quando fosse morta... A musa sofreu com a deserção dos rapazes.

Afinal a traição não foi tão grande assim. Propriamente não houve traição. A lição do "coração inumerável" foi o mesmo *carpe diem*[40] antigo dada não com a serenidade risonha do poeta latino, mas com o frenesi de um condenado que não aceita a idéia de morte e que já se sente morto só porque tem que morrer. Os rapazes desdenharam do mestre mas aceitaram a lição.

---

38 Em francês, "zelo", "solicitude". [N.E.]

39 Em francês, "E eles esqueceram tudo". [N.E.]

40 Em latim, "colhe o dia", "aproveita o dia" (Horácio). [N.E.]

No mundo de Proust

Uma das delícias do romance de Proust é que ele é cheio de surpresas. O fato de a surpresa ser às vezes moralmente desagradável não lhe tira o sabor de delícia, porque em toda surpresa há o elemento intelectual de conhecimento que resulta em gozo para a inteligência. Qual é o traído, por exemplo, que embora sofrendo mil mortes do coração não procure essa satisfação do conhecimento inquirindo as circunstâncias e pormenores da traição?

Para quem conheceu o Legrandin do *Du côté de chez Swann* é coisa inteiramente inesperada vir a saber em *Albertine disparue* que ele fosse dado desde sempre ao mesmo vício, digamos antes aos mesmos gostos que o barão de Charlus. Legrandin mudara bastante fisicamente e eis como Proust explica essa transformação:

> Como as mulheres que sacrificam resolutamente o rosto à esbeltez do talhe e não deixam mais Marienbad, Legrandin tinha tomado o aspecto desenvolto de um oficial de cavalaria. À proporção que M. de Charlus se tornara pesado e embrutecido, Legrandin estava mais esbelto e rápido, efeito contrário de uma mesma causa. Ele tinha o hábito de freqüentar certos lugares de má fama, onde não gostava que o vissem entrar ou sair: sovertia-se neles.

Essas palavras quando as li em *Albertine disparue* se gravaram em minha memória, para que eu as reconhecesse adiante em *Le Temps retrouvé*, aplicadas então a outra personagem, o simpático Robert de Saint-Loup, coitado, tão *charlus* quanto o outro. Saint-Loup sofrera a mesma transformação que Legrandin:

> Estava bem diferente daquele que eu conhecera. A sua vida não o tinha engrossado, como a M. de Charlus, muito ao contrário, operando nele uma mudança inversa, tinha-lhe dado o aspecto desenvolto de um oficial de cavalaria — e embora houvesse dado a sua demissão por ocasião do casamento — a um ponto como jamais o tivera. À proporção que M. de Charlus se tornara pesado, Robert, como certas mulheres que sacrificam resolutamente o rosto ao talhe e a partir de um certo momento não deixam mais Marienbad, se tornara mais esbelto, mais rápido, efeito contrário de um mesmo vício. Essa velocidade tinha de resto diversas razões psicológicas, o receio de ser visto, o desejo de não parecer ter esse receio, a febrilidade nascida do descontentamento de si e do tédio. Ele tinha o hábito de freqüentar certos lugares de má fama, onde, como não gostava que o vissem entrar ou sair, sovertia-se para oferecer aos transeuntes malévolos o menos possível de superfície, como se procede a um assalto.

Proust não reviu as provas tipográficas da sua obra a partir de *La Prisonnière.* Se o tivesse feito, haveria certamente de notar a repetição e tê-la-ia suprimido. Para nós essa inadvertência foi preciosa, por ilustrar a técnica do romancista. As personagens de Proust parecem tão vivas, a vida anedótica delas é tão embastida, tão rica de detalhes que se diria copiadas do natural. Entretanto Proust no *Le Temps retrouvé* e em carta a Astruc afirma não haver nenhum tipo *à clef*, nem mesmo nenhum detalhe de ação não-fictício no seu romance, onde diz ele que não fez nenhum retrato, exceto os monóculos da *soirée* em casa de mme. de Saint-Euverte.

A um leitor superficial Proust parecerá um sujeito extremamente preocupado com os detalhes. A verdade é que os detalhes só lhe interessavam como elementos para a indução das grandes leis. Ele observou os mesmos detalhes — um olhar, um gesto, uma frase, em muitos dos seus conhecidos, e tomando em consideração as circunstâncias inquiria os móveis de tal ou qual forma de expressão, chegando assim a uma verdade geral, onde cabiam não só os seus conhecidos, como todos os semelhantes a eles, por ocasião de reações análogas.

Todo esse riquíssimo *stock* de observações recolhido nos longos anos de aparente inatividade literária do "tempo perdido" veio depois a servir, segundo as necessidades de sua demonstração. As personagens foram desenvolvidas segundo a lógica dos seus temperamentos, dos seus hábitos, acabando por dar uma tal ilusão de vida que os amigos do escritor viam fulano no barão de Charlus, sicrana em Odete, embora nunca tivesse havido intenção de retrato.

No caso da repetição de que nos ocupamos, havia anterior à criação dos tipos de Legrandin e Saint-Loup a observação de certos "charlus" que com o tempo tomam o aspecto desenvolto de oficiais de cavalaria. Esse detalhe físico estava associado no pensamento de Proust à idéia de certos hábitos, certa maneira de ser. Porque estes fossem comuns a Legrandin e a Saint-Loup, o detalhe gravitou para as pessoas deles, obedecendo em um e outro caso ao mesmo princípio de lógica criadora.

POSFÁCIO

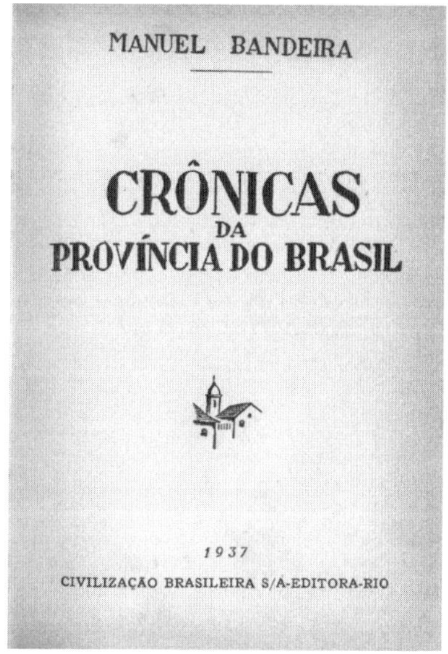
MANUEL BANDEIRA
CRÔNICAS
DA
PROVÍNCIA DO BRASIL
1937
CIVILIZAÇÃO BRASILEIRA S/A-EDITORA-RIO

Crônica das *Crônicas da província do Brasil*

Júlio Castañon Guimarães

Em 1924, um grupo que incluía Tarsila do Amaral, Oswald de Andrade e Mário de Andrade, entre outros, acompanhou o escritor franco-suíço Blaise Cendrars numa viagem por cidades históricas de Minas Gerais "que seria um marco na redescoberta do passado brasileiro pelos modernistas, em termos de revisão de nosso acervo de tradições até então menosprezadas"[1] – uma caravana paulista fazendo a "viagem da descoberta do Brasil" e que "inscreve o marco inaugural do laço entre a poética modernista e a tradição da arte barroca".[2] Manuel Bandeira não participou dessa viagem, assim como antes não estivera presente na Semana de Arte Moderna, embora desta tivesse participado por meio da leitura que Ronald de Carvalho fez de seu poema "Os sapos". De modo semelhante, Bandeira como que se associou ao grupo que acompanhava Cendrars quando, meses depois, foi publicada na revista *A Idéia Ilustrada* (nº 35, de 30 de setembro de 1924) sua tradução de "Três poemas de Blaise Cendrars":[3]

---

1 AMARAL, Aracy A. *Tarsila – Sua obra e seu tempo*. São Paulo: Perspectiva / Ed. da Universidade de São Paulo, 1975, vol. 1, p. 119.

2 SOUZA, Eneida Maria de; SCHMIDT, Paulo (org.). *Mário de Andrade – Carta aos mineiros*. Belo Horizonte: Editora da UFMG, 1997, p. 18.

3 Essas traduções não foram aproveitadas por Bandeira em seu livro *Poemas traduzidos* (Rio de Janeiro: R. A. Editora, 1945).

I — PEQUENO JARDIM

Lírios crisantemos
Cicas e bananeiras
Cerejeiras em flor
Palmeiras laranjeiras e soberbos coqueiros pejados de frutos.

II — KEEPSAKE

O céu e o mar
As vagas vêm afagar as raízes dos coqueiros e dos grandes
[tamarindos de folhagem metálica.

III — LEVE E SUTIL

Ar embalsamado
Almíscar âmbar e flor de limoeiro
Só o fato de existir é uma felicidade.

Em alguns outros momentos que deixou fora de seus livros, Bandeira prosseguiu sua ligação com essas viagens. Um pouco na linha da anotação ou do flagrante dos poemas traduzidos, está o poema "Cidade do interior", publicado na revista *Terra Roxa e Outras Terras* (nº 4, de 3 de março de 1926) e também não incorporado à obra de Bandeira:

O largo
O ribeirão
A matriz
E a poesia dos casarões quadrados
(A LUZ ELÉTRICA É FORASTEIRA)

A mera enumeração, que no máximo chega a uma descrição sumária, e a extração da poesia a partir do que está reduzido a seus elementos mínimos são procedimentos que marcariam a poesia de Bandeira justamente a partir desse período. Assim como é o desenvolvimento da relação entre o interior e o forasteiro que constitui uma possibilidade de resultados para as incursões exploratórias.

O conjunto da obra de Bandeira já tinha como uma de suas perspectivas de trabalho esse empenho de conhecimento, que se mostra também nessa produção menos divulgada. Mais um exemplo disso é a letra de Bandeira para uma das partes, "L'enfant et le Youroupari (tragédie)", de uma peça de Villa-Lobos, *Suite suggestive* (*cinémas*):[4]

> *Une femme et son fils dormaient dans un hamac. Le Youroupari retira l'enfant des bras de sa mère et le déposa sous le hamac. Puis il appela avec la voix du petit : maman ! maman ! regarde sous le hamac le Youroupari ! La femme saisit un bâton et tapa sur son fils. Alors le Youroupari sauta derrière et s'éloigna en criant : Je l'ai eue ! Je l'ai eue ! Je l'ai eue ! Je l'ai eue ! Je l'ai eue ! Je l'ai eue ! Je l'ai eue ! Je l'ai eue ! Je l'ai eue !*[5]

A letra na verdade constitui apenas uma transcrição em francês de uma lenda amazônica, mas se aproxima de alguns poemas de Bandeira seja pela forma em prosa narrativa, seja pelo uso de elementos folclóricos. Em *Libertinagem*, que é dessa época, podem ser lembrados poemas como "Lenda brasileira", em prosa, e "Cunhantã", em versos.

---

4 A peça, datada de Paris, 1929, é para duas vozes (soprano e barítono) e conjunto de câmara (que inclui três metrônomos).

5 "Uma mulher e seu filho dormiam em uma rede. O Jurupari tirou o filho dos braços da mãe e o pôs sob a rede. Depois chamou com a voz do filho: mamãe! mamãe! olha debaixo da rede o Jurupari! A mulher pegou um pau e bateu no filho. Então o Jurupari saltou atrás e se afastou gritando: eu a enganei! eu a enganei! eu a enganei! eu a enganei! eu a enganei! eu a enganei! eu a enganei! eu a enganei! eu a enganei!"

Bandeira, no entanto, também fez viagens efetivas de descoberta, a que se referiu, por exemplo, em vários momentos de sua correspondência com Mário de Andrade.[6] Dessas viagens dão conta cartas de início de 1927, como esta de 3 de janeiro, em que menciona uma viagem a serviço de uma agência de notícias:

> Vou daqui a Bahia, paro. O tempo de arranjar o correspondente pra Agência. Depois Pernambuco. Paraíba. Natal. Fortaleza (Deus m'a tirou, Deus m'a dê!). S. Luís. Belém do Pará. De volta, tirarei pelo menos uns dez dias pro Recife (Não a Mauritsstad dos armadores das Índias Ocidentais!).

Em novembro de 1928, viajaria novamente a Recife por um mês, como inspetor de bancas examinadoras, trabalho obtido por interferência de Gilberto Freyre. Nessa ocasião, Mário de Andrade estava em Recife e fez um passeio de lancha pelo Capiberibe ao lado de Bandeira e Gilberto Freyre, que relatou saborosamente esse passeio.[7] E no começo de 1928, uma carta de 2 de janeiro para Mário, mais uma vez com a participação de Gilberto Freyre e do próprio Mário, anunciava uma viagem a Minas:

> O Gilberto está assanhado pra fazer uma viagem comigo às velhas cidades mineiras que nem eu nem ele conhecemos. É provável que a idéia pegue. Iremos a São João d'El Rei, Ouro Preto, Mariana, Congonhas, Sabará, Belo Horizonte e talvez Lagoa Santa. Se você tem algum

---

6 Todas as citações das cartas são feitas a partir de ANDRADE, Mário de; BANDEIRA, Manuel. *Correspondência*. Org. Marcos Antonio de Moraes. São Paulo: Edusp/ IEB, 2000.

7 FREYRE, Gilberto. *Perfil de Euclydes e outros perfis*. Rio de Janeiro: José Olympio, 1944, p. 180.

> conselho ou sugestão a fazer, me escreva logo porque é possível que partamos a 10 mais ou menos.

De fato, na sucessão das cartas, Mário vai dando algumas sugestões para as viagens: "Acho imprescindível vocês irem também a São José d'El Rei que fica pertinho de São João d'El Rei. A matriz de lá é magnífica por dentro e das mais luxuosas" (carta para Bandeira de 5 de janeiro de 1928).

Nesse sentido, Francisco de Assis Barbosa observou que, embora Bandeira já tivesse viajado muito pelo Brasil, em busca de climas mais adequados a seus problemas de saúde, "foi com o modernismo que passou a sentir o Brasil", e sua "iniciação nativista" se deu em grande parte sob a influência de Mário de Andrade, que já fizera viagens com esse propósito.[8] Mas as cartas vão delineando também outras associações, tanto entre pessoas como entre seus trabalhos, conforme se lê na mesma carta citada anteriormente:

> Olhe, pergunte como coisa de você, pro Gilberto se ele sabe o nome de alguma rendeira célebre de Pernambuco ou do Nordeste qualquer. Se não for de Pernambuco ele que diga donde ela é. É pro *Macunaíma*. [...] Vou procurar a música do Sinhô de que você fala.

No tocante a Mário, este estava às voltas com *Macunaíma*, que seria publicado em maio seguinte, enquanto Bandeira dois anos e pouco depois escreveria uma crônica sobre Sinhô.

Em carta de 24 de fevereiro de 1928, Bandeira finalmente anuncia a Mário a viagem às cidades históricas:

---

8 Cf. BARBOSA, Francisco de Assis. "Milagre de uma vida". In: BANDEIRA, Manuel. *Poesia e prosa*. Rio de Janeiro: Aguilar, 1958, I vol., pp. LXXXIX e XC.

> Amanhã parto pelo noturno para Belo Horizonte. Vou, eu também, gozar da jovialidade infantil do friozinho. Passarei lá uns quatro ou cinco dias, depois voltarei parando nas cidades velhas: Sabará, Ouro Preto, Mariana, etc. Pretendo me demorar ao todo uns quinze dias, depois do que seguirei, sem voltar ao Rio, para Pouso Alto, onde ficarei um mês com o Ribeiro Couto.

Já em carta ao mesmo Mário, datada de Pouso Alto, 5 de abril de 1928, dizia:

> A minha viagem pelas velhas cidades mineiras me deixou maravilhado. Hei de voltar com vagar a Ouro Preto e São João d'El Rei, – Deus permita! – para rever e contemplar à vontade toda aquela beleza que tive de ver de carreira, porque o cobre era pouco.

É no contexto desses interesses culturais que em 1937 Bandeira publica *Crônicas da província do Brasil.* E certamente o livro também está dentro da rede de relações de que dão sinais as cartas referidas, pois boa parte das crônicas foram escritas para publicação no jornal pernambucano *A Província*, a convite de Gilberto Freyre, e no jornal paulista *Diário Nacional*, num convite de que Mário foi o intermediário. O fato de até hoje a primeira edição do livro ter sido a única autônoma (foi republicado apenas algumas vezes em volumes de obra reunida) provavelmente terá contribuído para que fosse lido como mero elemento da obra em prosa, sem que sua singularidade fosse devidamente ressaltada. Se em boa medida está associado às viagens como elemento propiciador de conhecimento (os textos sobre Ouro Preto, Aleijadinho e Bahia – naquele "laço entre a poética modernista e a tradição da arte barroca" – se valeram da possibilidade de observações locais), está associado também ao profundo envolvimento do autor com a produção cultural de sua época. Foi publicado quinze anos depois da Semana de Arte Moderna, quando o modernismo já ultrapassara a "fase heróica" e já havia uma consistente produção a ele associada, como a do próprio Bandeira, que lançara *Libertinagem* no excepcional ano de 1930 – em que também foram publicados *Alguma poesia*, de Carlos Drummond de Andrade, *Poemas*, de Murilo Mendes, *Pássaro cego*, de Augusto Frederico Schmidt, e *Remate de males*, de Mário de Andrade (que sobre os quatro primeiros publicara um artigo definidor, "A poesia em 1930", mais tarde incluído em *Aspectos da literatura brasileira*).

Outro exemplo do espaço de atualização em que Bandeira se inseria pode ser encontrado em sua participação na comissão organizadora da XXXVIII Exposição Geral de Belas-Artes, conhecida como Salão de 31. O diretor da Escola Nacional de Belas-Artes era Lucio Costa, que convidou para a comissão, além de Bandeira, Anita Malfatti, Portinari e o escultor Celso Antônio. Sobre o salão muito se escreveu na imprensa da época, pois foi grande a polêmica que provocou. Peregrino Júnior dá uma idéia de sua repercussão:

> O Rio ainda não está refeito do susto, do espanto e da surpresa que lhe causou a inauguração do Salão oficial deste ano. É que o sr. Lucio Costa nos deu, com a XXXVIII Exposição Geral de Belas-Artes, um autêntico espetáculo revolucionário – o primeiro espetáculo revolucionário, talvez, a que o país assiste depois da Revolução de Outubro. E de tal sorte predominaram, no critério e gosto da sua organização, as tendências subversivas da extrema esquerda modernista, que a malícia anônima do carioca resolveu denominá-lo, por uma analogia da mais palpitante atualidade, o "Salão dos Tenentes".[9]

---

9 PEREGRINO JÚNIOR, "O Salão nº 38". *O Cruzeiro*, Rio de Janeiro, 12 de setembro de 1931. Cf. VIEIRA, Lucia Gouvêa. *Salão de 1931 – Marco da revelação da arte moderna em nível nacional*. Rio de Janeiro: Funarte, 1984.

O resultado mais imediato da reação contrária ao salão, somando-se a outras questões, foi ela ter contribuído em grande medida para a demissão de Lucio Costa, ainda durante sua realização. A reação contrária também não aceitava a participação de um poeta na comissão organizadora. Com a recusa de grandes nomes da arte conservadora em participar, houve maior destaque para a "vanguarda". Bandeira escreveu algumas vezes sobre o salão, em especial na crônica "O salão dos tenentes",[10] em que chama a atenção para essa denominação, que considera equivocada, e para o fato de o salão não ter tido o propósito de afastar determinadas áreas da produção; além disso, ao mesmo tempo que ressalta a importância renovadora de Lucio Costa à frente da escola, antevê sua saída, tendo em vista o contexto conservador. Embora não seja contemporizador, o artigo também não assume posição excludente, radical, em relação à produção mais conservadora, mas o tom equilibrado não esconde as opções do autor. A presença de Bandeira no núcleo de uma polêmica desse tipo salienta o papel que ele exerceu, com a atuação na imprensa, para essa renovação.

Em 1936, Bandeira chegava aos cinqüenta anos de idade, o que ele relembra em seu *Itinerário de Pasárgada*:

> Em 1936, aos cinqüent'anos de idade pois, não tinha eu ainda público que me proporcionasse editor para os meus versos. A *Estrela da manhã* saiu a lume em papel doado por meu amigo Luís Camillo de Oliveira Neto, e a sua impressão foi custeada por subscritores. Declarou-se uma tiragem de 57 exemplares, mas a verdade é que o papel só deu para 50.[11]

---

10 *Diário Nacional*, São Paulo, 5 de setembro de 1931.

11 BANDEIRA, Manuel. *Itinerário de Pasárgada*. In: ____. *Poesia e prosa*. Rio de Janeiro: Aguilar, 1958, vol. II, p. 85.

No entanto, se a situação editorial para sua poesia era assim precária, o reconhecimento do autor, pelo menos no mundo intelectual, era inegável. Tanto que seus cinqüenta anos abriram espaço para outras publicações, como o volume *Homenagem a Manuel Bandeira*, uma coletânea de textos (artigos, poemas, depoimentos) de nomes como Mário de Andrade, Carlos Drummond de Andrade, Abgar Renault, Sérgio Buarque de Holanda. Esse livro foi iniciativa de Rodrigo Melo Franco de Andrade, conforme Bandeira relata, não sem associar a iniciativa à amizade que os unia[12] – não só as *Crônicas da província do Brasil* são dedicadas ao amigo, como em várias oportunidades Bandeira realizou trabalhos por intermédio de Rodrigo.

As homenagens, porém, não se limitaram a esse volume. Fez parte delas a publicação do primeiro livro de prosa de Bandeira, como ele mesmo relata:

> A editora Civilização Brasileira, para a qual havia eu traduzido abundantemente, quis também prestar-me a sua homenagem, e fê-lo editando um livro meu de prosa – as *Crônicas da província do Brasil*, seleção de artigos que escrevi para o *Diário Nacional*, de São Paulo, e *A Província*, do Recife.[13]

Ao mesmo tempo que reconhece a homenagem que a editora lhe prestava, Bandeira reconhece também que essa homenagem ficava restrita a um campo menos arriscado: "Editou-me a Civilização um livro de prosa: não ousaria editar um de versos. Como as minhas pequenas edições estivessem esgotadas, resolvi lançar por

---

12 Cf. *Itinerário de Pasárgada*, p. 85.

13 *Itinerário de Pasárgada*, p. 86.

conta própria um volume de *Poesias escolhidas*. Imprimiram-no os Irmãos Pongetti em 1937."[14]

Essa pequena história editorial faz parte também do processo cultural de que se ocupa Bandeira em sua colaboração na imprensa e cujos percalços são muitas vezes objeto de seus comentários. Se a publicação de *Crônicas da província do Brasil* é apresentada como algo fortuito, quase parte desses percalços, pela origem circunstancial de seus textos, o livro em sua conformação e em sua substância tem de fato outra dimensão.

As *Crônicas da província do Brasil* surgem no âmbito da publicação, quatro anos antes, em 1933, de *Casa-grande & senzala*, de Gilberto Freyre, e um ano antes, em 1936, de *Raízes do Brasil*, de Sérgio Buarque de Holanda.[15] Não é o caso de modo algum de aproximar destes livros o de Bandeira, que não constitui estudo sistemático nem tem a mesma abrangência e alcance. Mas se trata de chamar a atenção para o fato de que ele está inserido no âmbito de uma preocupação comum. O conhecimento de todo o conjunto de textos publicados por Bandeira na imprensa nessa época permite avaliar melhor, por contraposição, o tipo de seleção feita para o livro. Ou seja, a verificação do que não foi selecionado informa também sobre o intuito da escolha. E é claro que a própria organização do livro indica o caminho dessa seleção. Os cinco últimos textos do volume foram agrupados numa divisão intitulada "outras crônicas" – são as que não tratam de temas brasileiros. Examinando o conjunto do livro em relação ao conjunto mais amplo das publicações de Bandeira na imprensa, ressalta que, na

---

14 Idem.

15 Homero Senna, ao resenhar em 1937 *Crônicas da província do Brasil*, já o aproximava de textos de imprensa de Gilberto Freyre. Cf. SENNA, Homero. "Dois livros parecidos". *Diário de Notícias*, Rio de Janeiro, 11 de abril de 1937.

dispersão dessas publicações, o livro, em sua seleção, privilegia textos mais extensos do que aqueles habitualmente denominados "crônicas", ou seja, textos em que o tema é abordado mais detalhadamente; e textos voltados em especial para o patrimônio histórico, para a reconstituição histórica e para as manifestações do modernismo em poesia e artes plásticas. De fato, alguns dos textos do livro são estudos minuciosos, enquanto outros têm uma perspectiva crítica. Mesmo que em chave menor, mas isto no sentido peculiar (como o abandono da ênfase ou a atenção às coisas humildes) que cabe a toda a produção de Bandeira, encontra-se nas *Crônicas da província do Brasil* um empenho, se não exatamente de interpretação, pelo menos de conhecimento do Brasil. Bandeira foi um leitor, por exemplo, de viajantes europeus, como se verifica em alguns dos textos do livro. Leu também os antigos cronistas, como Fernão Lopes. Numa carta a Mário, de 5 de maio de 1928, diz ter lido

> a *História antiga de Minas* do Diogo de Vasconcelos e aqui agora estou lendo a crônica do distrito diamantino do Joaquim Felício dos Santos. Trouxe também uns tomos da *Revista do Arquivo Público Mineiro*, onde deparei com coisas que me interessam, entre outras a descrição do Triunfo Eucarístico, a notícia sobre o Brasil de Antonil, etc.

A esse acúmulo de documentação histórica, acrescenta-se a pesquisa local, como por ocasião da redação do trabalho sobre Ouro Preto, quando escreve a Mário, em 13 de janeiro de 1929: "Não vai sair nada que preste, pra sair bom eu teria que voltar a Ouro Preto".

Nesse sentido, as relações com Gilberto Freyre, por exemplo, fornecem outras pequenas, mas proveitosas, indicações. No prefácio de *Casa-grande & senzala*, lê-se: "Na revisão do ms. e das provas ajudou-me principalmente Manuel Bandeira".[16] Todavia, o auxílio de Bandeira na verdade já vinha de antes, como ele dizia em carta a Mário (de 30 de novembro de 1932): "Já devia ter respondido à sua carta, mas é que ando num trabalho danado, passando à máquina um capítulo do livro do Gilberto, cujos originais é um cipoal brabo. E como o livro me parece que vai sair batata, estou fazendo o trabalho de *grand coeur*". Ao lado desse auxílio, por assim dizer material, Bandeira também ofereceu outro tipo de colaboração, como se lê a certa altura do livro: "O mesmo processo do efó em que foi perita a grande preta Eva, descoberta na Bahia por Manuel Bandeira, poeta".[17] Além disso, na correspondência de Gilberto Freyre para Bandeira se encontram vários pedidos de informação, inclusive bibliográfica.

Da mesma forma, foi graças à insistência de Gilberto Freyre ("ele o escreveu porque eu pedi que ele o escrevesse"),[18] que Bandeira escreveu o poema "Evocação do Recife", publicado pela primeira vez em 1925 no *Livro do Nordeste*, álbum comemorativo do centenário do *Diário de Pernambuco*, organizado pelo próprio Gilberto Freyre. Além disso, no texto em que este o comenta (e aqui os interesses se cruzam) fica claro seu entusiasmo pelo aspecto documental do poema, que se encontra em outros momentos da poesia de Bandeira e pelo qual este tinha especial apreço, como se pode perceber pelos ajustes e correções nas diferentes versões dos poemas.[19]

É no espaço dessa atenção às coisas brasileiras, por exemplo,

---

16 FREYRE, Gilberto. *Casa-grande & senzala*. 12ª ed. Brasília: Editora Universidade de Brasília, 1963, p. 28.

17 Idem, p. 488.

18 FREYRE, Gilberto. *Perfil de Euclydes e outros perfis*. Rio de Janeiro: José Olympio, 1944, p. 175.

19 Veja-se, a propósito, a edição crítica de *Libertinagem* e *Estrela da manhã*, adiante referida.

que se inclui a preocupação com o patrimônio histórico. Em 1937 foi criado (com base em anteprojeto de Mário de Andrade) o Serviço do Patrimônio Histórico e Artístico Nacional (SPHAN), depois Instituto do Patrimônio Histórico e Artístico Nacional (IPHAN). Tinha a missão de "promover, em todo o território nacional e de modo permanente, o tombamento, a conservação, o enriquecimento e o conhecimento do patrimônio histórico e artístico nacional", conforme formulado na lei de sua criação. No mesmo ano foi criada a *Revista do Serviço do Patrimônio Histórico e Artístico Nacional*, em cujo número 2, de 1938, Bandeira colaborou com um pequeno texto, "Manuel da Costa Ataíde, dourador", classificado como "comunicação", vindo ele a colaborar ainda no número 6, de 1942, com outro pequeno texto, "D. Sebastião Leme". Na área das publicações, o primeiro livro lançado pelo SPHAN, em 1937, foi *Mocambos do Nordeste*, de Gilberto Freyre, e o segundo, em 1938, foi o *Guia de Ouro Preto*, de Manuel Bandeira, solicitado por Rodrigo M. F. de Andrade. Ainda em 1938, Bandeira foi nomeado membro do Conselho consultivo do SPHAN, de cujas reuniões participava regularmente, conforme atestam as atas.

Nesse mesmo período, também na área do patrimônio literário Bandeira realiza alguns importantes trabalhos: a série de antologias da poesia brasileira por ele organizadas a pedido do ministro da Educação, Gustavo Capanema. A idéia inicial era a elaboração de cinco antologias, reunindo, por escolas, o melhor da poesia brasileira. Bandeira julgou melhor que o período colonial ficasse com Sérgio Buarque de Holanda e o simbolismo com Andrade Muricy, referindo-se ao modernismo como "cumbuca onde eu, macaco velho, não me atrevia a meter, já não digo a mão, mas sequer a primeira falange do dedo mindinho".[20]

---

20 *Itinerário de Pasárgada*, p. 88-9

Além da *Antologia dos poetas brasileiros da fase romântica*[21] e da *Antologia dos poetas brasileiros da fase parnasiana*,[22] Bandeira viria a fazer várias outras, inclusive do simbolismo e do modernismo. Esse trabalho está estreitamente associado tanto a outros tipos de edição, como a da poesia de Alphonsus de Guimaraens e a edição crítica da poesia de Gonçalves Dias, quanto aos seus vários textos críticos, como *A autoria das Cartas Chilenas*, *Apresentação da poesia brasileira* ou "A versificação em língua portuguesa".[23]

Se as *Crônicas da província do Brasil* se inserem nessa linha de atuação, o modo como Bandeira encara seus artigos, minimizando-os, explica que mesmo os textos mais longos e minuciosos do livro tenham se encaixado na categoria "crônica". Em carta de 22 de maio de 1930 para Mário, diz ele:

> Sempre me anima ouvir dos amigos como você uma palavra sobre a minha prosa. Vivo desconfiado sempre. Desconfiado que estou dizendo bestidades, bobagens, lugares-comuns. Não tenho o mesmo sentimento com os meus versos, talvez porque não os considere muito como matéria artística. Os meus poemas em certo sentido me satisfazem porque sempre os fiz para atender uma necessidade imperiosa de expressão. Secreção orgânica. Urina da gente pode feder que é sempre urina. A minha poesia pode não prestar mas tenho impressão que é sempre poesia. Já com os artigos não. Acho que artigo pede inteligência, pede cultura, pede reflexão e eu me sinto muito mal preparado e cheio de deficiências e sem saúde nem coragem para me preparar.

---

21 Rio de Janeiro: Ministério da Educação e Saúde, 1937.

22 Rio de Janeiro: Ministério da Educação e Saúde, 1938.

23 O texto "A versificação em língua portuguesa" foi escrito como verbete para a enciclopédia Delta Larousse em 1960; foi republicado na *Seleta de prosa* (org. Júlio Castañon Guimarães. Rio de Janeiro: Nova Fronteira, 1997). Os outros dois textos integram diferentes edições da obra.

O fato, porém, é que, apesar dessa autocrítica, Bandeira teve intensa produção na imprensa. Se, por um lado, a seleção para as *Crônicas da província do Brasil* tem o mérito de ter produzido o livro que produziu, deixou de fora dele, por outro, uma produção bastante extensa e distinta. Mas produziu o livro que produziu justamente porque escapa à condição de mera reunião ocasional. Originalmente esparsos e em alguns casos escritos em épocas muito diferentes, os textos selecionados revelam a persistência não só de alguns objetos, mas também de formas de abordagem. Nesse sentido, observou Otávio Tarquínio de Sousa:

> A primeira qualidade deste livro, que constitui até certo ponto uma surpresa e lhe dá o maior encanto — é a sua unidade. Coleção de crônicas, estudos e pequenos ensaios, não tem nunca o leitor a impressão de colcha de retalhos. [...] Tudo se concilia, tudo se ajusta, tudo se harmoniza e o resultado é uma cor única, a cor do livro, a sua expressão definitiva — o tom Provincial do Brasil, o Brasil todo província, ou melhor, o Brasil visto sem solenidade, sem generalizações, visto na realidade mais direta e profunda de suas peculiaridades regionais e visto com "a quarta dimensão do passado", como Afonso Arinos viu Ouro Preto na sua *Atalaia bandeirante*, segundo observa o sr. Manuel Bandeira.[24]

Nessa observação, interessa, além da verificação da coesão dos textos, a ênfase no resultado obtido no tocante à percepção da realidade brasileira. Talvez seja um tanto excessiva a harmonia aí apontada, mas ela fica ainda ressaltada quando se verifica a variada proveniência dos textos das *Crônicas da província do Brasil*. Além

---

24 SOUSA, Otávio Tarquínio de. "Nota preliminar". In: BANDEIRA, Manuel. *Poesia e prosa*. Rio de Janeiro: Aguilar, 1958, vol. II, p. 115.

dos três jornais mencionados por Bandeira na "Advertência" – *A Província*, *Diário Nacional* e *Estado de Minas* –, os textos deste livro provêm ainda de outros periódicos: *O Jornal*, *Ilustração Brasileira*, *Revista Souza Cruz*, *Boletim de Ariel*, *Literatura* e *Bazar*. Em *A Província*, de Recife, Bandeira colaborou de 19 de agosto de 1928 a 28 de setembro de 1930. A colaboração era semanal, mas com irregularidades. No *Diário Nacional*, Bandeira colaborou de 10 de maio de 1930 a 17 de outubro de 1931, também semanalmente, mas com um longo intervalo no primeiro semestre de 1931. No *Estado de Minas*, a colaboração, também semanal, durou menos tempo, estendendo-se por apenas alguns meses de 1933. No mesmo período, Bandeira estava escrevendo quinzenalmente para o *Diário de Notícias*, o que o levou a abandonar o *Estado de Minas*, conforme relata a Mário em carta de 29 de novembro de 1933. Nos outros periódicos mencionados a colaboração era esporádica, embora freqüente.

Percorrer a colaboração de Bandeira nesses periódicos constitui também uma oportunidade de acompanhar um pouco a história da imprensa no Brasil. O *Diário Nacional*, que circulou de 1927 a 1932, era um jornal de oposição, ligado ao Partido Democrático, combatia o Partido Republicano Paulista (PRP) e apoiou a Revolução de 1930. *A Província*, por sua vez, era ligado ao PRP e defendia a República Velha,[25] tendo sido criado em 1872 e circulado até 1933. Já entre os outros periódicos de cuja colaboração esparsa também se originaram textos das *Crônicas da província do Brasil*, a *Revista Souza Cruz*, por exemplo, era mantida pela indústria de cigarros e circulou por quase duas décadas a partir de 1916, com periodicidade mensal, sendo dedicada sobretudo à colabo-

---

25 Cf. BARBOSA, Francisco de Assis, "Milagre de uma vida", p. XC, e DIMAS, Antônio. "Manuel Bandeira no *Diário Nacional*". In *Revista de Língua e Literatura*, nº 6, FFLCH/USP, 1977, p. 25.

ração literária, enquanto *Bazar* (que teve breve duração no ano de 1931) era uma revista de surpreendente e refinado apuro gráfico, voltada para acontecimentos da alta sociedade e para a divulgação da arte contemporânea.

A essa diversidade dos periódicos estará ligada a diversidade da prosa de Bandeira, ou seja, a natureza bem distinta de muitos textos tem a ver com as solicitações dos diferentes periódicos. Assim, o que hoje se entende consensualmente por crônica não dá conta dessa diversidade. Esta na verdade é uma característica do gênero, de modo que, mesmo sob esse rótulo, a crônica de Bandeira avança pelo campo do estudo, da crítica literária, da história. Já se tentou classificá-la – Stefan Baciu procurou agrupá-la em cinco conjuntos: sobre costumes e paisagens locais; crítica de literatura, artes plásticas e música; memórias; de viagem; e fatos diversos.[26] Sem tentar esse tipo de classificação, mas salientando sua diversidade, Giovanni Pontiero estabelece algumas distinções para ressaltar que "a série de conhecimentos e interesses nesses escritos em prosa toca as raias do prodigioso"[27] e que, entre os vários tipos de texto, "alguns dos seus mais importantes escritos são, em última análise, aqueles que dizem respeito ao interior do Brasil e ao passado colonial da Nação".[28] Num outro extremo, algumas das crônicas confinam com a ficção, para o que o próprio Bandeira tratou de chamar a atenção, quando no *Itinerário de Pasárgada* observa que diante de certos textos das *Crônicas da província do Brasil* – "Reis vagabundos" e "Golpe do chapéu" –, amigos seus pensaram que

---

26 BACIU, Stefan. *Manuel Bandeira de corpo inteiro*. Rio de Janeiro: José Olympio, 1966, pp. 78-80.

27 PONTIERO, Giovanni. *Manuel Bandeira (visão geral de sua obra)*. Trad. Terezinha Prado Galante. Rio de Janeiro: José Olympio, 1986, p. 270.

28 Idem.

ele pudesse escrever ficção.[29] Ao referir essa dimensão ficcional de seu trabalho de cronista, Bandeira descartou a possibilidade de um texto efetivamente ficcional.

No entanto, a tentativa de afastar essa dimensão não corresponde à realidade de vários de seus textos. E aí podem ser encontrados alguns elos entre sua prosa e sua poesia. Assim, Davi Arrigucci Jr. chama a atenção para o fato de que a prosa desempenha um papel auxiliar de "sustentação desse mundo poético, pelas persistentes referências cruzadas, pelo comentário paralelo, pelo sopro confessional".[30] Em direção oposta, não apenas nesse sentido das concepções dos textos, mas no de sua conformação, a poesia algumas vezes fornece material para a prosa.

Há, pois, outras artimanhas no jogo entre relato factual, ficção e poesia. Por exemplo, ao omitir o nome Ovalle e transformá-lo em "O místico", na crônica com este título, Bandeira afasta o vínculo referencial e entra no espaço da ficção. Já o "Poema do beco" foi publicado pela primeira vez dentro da crônica "Romance do beco", onde surge escrito pelo personagem Marinheiro Triste. Na mesma época da publicação da crônica em jornal, o poema de Bandeira também saiu na imprensa. E "Marinheiro triste" era o título de outro poema seu. Nesses casos, os vínculos entre relato factual, ficção e poesia se estreitam bastante. A propósito desse entrelaçamento, Davi Arrigucci Jr. observa, referindo-se, no caso, a personagens de poemas, que

> Ovalle tanto quanto Irene, Rosa, Dona Aninha Viegas, Totônio Rodrigues e várias outras pessoas da roda familiar e do círculo de amizades

---

29 *Itinerário de Pasárgada*, p. 86.

30 ARRIGUCCI JR., Davi. *Humildade, paixão e morte – A poesia de Manuel Bandeira*. São Paulo: Companhia das Letras, 1990, p. 51.

> do poeta, por ele sempre evocadas na poesia, tem a consistência ambígua dos seres feitos de palavras e imaginação. Ovalle, como os outros, mesmo mais do que eles, conseguiu desvencilhar-se do excesso de peso da realidade factual, para pairar suspenso no ar como o quarto do poeta.[31]

Se, por um lado, o crítico salienta o aspecto ficcional desses personagens de poemas, indica, por outro, que não chegam a ser efetivamente personagens de ficção, pois para tal teriam que "habitar um mundo autônomo" em relação ao sujeito lírico. No caso de Bandeira, teríamos num extremo textos inteiramente factuais, como o que estuda o Aleijadinho, e no outro os poemas, mas ainda uma outra área em que esses extremos trocam suas possibilidades. Arrigucci observa que

> o processo de passagem, delicado e sutil, de um dado factual para a esfera lírica supõe uma afinidade profunda entre o poeta e o aspecto da realidade próxima a que se liga, para que se produza uma escolha tão significativa e ao mesmo tempo tão pessoal e íntima. Mas supõe também o reconhecimento da potencialidade literária da circunstância real, de onde se tira o elemento incorporado à construção poética.[32]

Seria possível admitir que certas crônicas se configurariam exatamente por conterem os elementos desse processo de passagem ou até mesmo, o próprio processo. O deslocamento de um texto ora para um livro de poesia ora para um de prosa, ou a troca de nomes reais por fictícios, ou ainda o poema que ora está na obra do poeta ora na obra de um personagem fictício podem ser lidos como sinais desse processo.

---

31 Idem, p. 50.

32 Idem, p. 52

O próprio título *Crônicas da província do Brasil* já conjuga várias passagens. No caso de "província", tal como salientado no trecho citado de Otávio Tarquínio de Sousa, estão unidas tanto a divisão territorial administrativa quanto a caracterização de um modo de ser, numa situação que pode chegar a um estado de espírito. Já no caso de "crônica", pode-se ler a um só tempo o pequeno texto imaginativo que parte de um fato corriqueiro do cotidiano e o registro sistemático de acontecimentos históricos – no conjunto, o título permite ver pelo menos uma reminiscência das antigas crônicas quinhentistas portuguesas. Mas o que faz o encanto deste livro é tanto toda a sua preciosa carga de informação, quanto a elegância e o afeto que revestem seus textos, passando pelos momentos, ora mais, ora menos perceptíveis, em que ele envereda por trilhas que levam seja a um ou outro momento da poesia do autor, seja ainda a instantes da própria formação de sua poética.

NOTA SOBRE ESTA EDIÇÃO

Quando, vinte anos depois da primeira edição de *Crônicas da província do Brasil*, Bandeira publicou *Flauta de papel*,[33] uma "Advertência" (onde há um engano na data do livro anterior, 1937, e não 1936) explicava a composição do novo livro de crônicas:

> As minhas *Crônicas da província do Brasil*, cuja edição, que é de 1936, se achava de há muito esgotada, não mereceriam reimpressão: alguma coisa delas foi aproveitada em outros livros, como, por exemplo, o que se referia a Ouro Preto e ao Aleijadinho; muita coisa perdeu a oportunidade. Decidi, pois reeditar apenas o que nelas me pareceu menos cadu-

---

33 Rio de Janeiro: Alvorada, 1957.

> co, juntando-lhe numerosas crônicas escritas posteriormente, a maioria para o *Jornal do Brasil*. Chamei ao volume *Flauta de papel*, querendo significar, com tal título, que se trata de prosa para o jornal, escrita em cima da hora, simples bate-papo com amigos. Não lhes dou, a estes escritos, outra importância senão a de ver em alguns deles o registro de fatos que desapareceriam comigo, se eu não os lançasse ao papel.

A par da avaliação que aí faz de seu trabalho de cronista, ou melhor, da própria concepção de crônica aí exposta, essa nota interessa pelas informações sobre a organização dos livros. De fato, pode-se mesmo entender que essa organização resulta em boa dose dessa concepção, pois, na medida em que relativiza a importância dos textos, deixa preponderar um critério apenas editorial. A seguir, quando da reunião da obra de Bandeira no volume *Poesia e prosa*,[34] uma nota sobre a organização das *Crônicas da província do Brasil* explicava:

> Suprimiram-se nesta edição as crônicas "De Vila Rica de Albuquerque a Ouro Preto dos estudantes", "O Aleijadinho" e "Carlos Drummond de Andrade". O motivo da supressão é que a matéria delas foi aproveitada quase *ipsis litteris* em outras obras do autor.

Na mesma edição da *Poesia e prosa*, uma "Nota preliminar"[35] a *Flauta de papel* chamava a atenção para o fato de que essa edição do livro era substancialmente diferente da primeira (1957):

> As crônicas incluídas nesta seção ultrapassam de tal modo as enfeixadas no volume de igual nome, anteriormente dado a lume, que se pode afirmar que só o título se conserva.

---

34 Rio de Janeiro: Aguilar, 1958.

35 Assinada pelo diretor literário da coleção, Afrânio Coutinho.

Assim, as alterações na composição desses livros de crônicas foram motivadas sobretudo por questões editoriais – ora uma edição anula parte de outra, ora os livros se complementam. O fato é que a reunião dos livros no volume de obra completa levou a que textos de *Crônicas da província do Brasil* que haviam sido transferidos para *Flauta de papel* voltassem para o primeiro livro,[36] ao mesmo tempo que deste eram eliminados três textos que haviam sido utilizados em outros livros presentes na obra completa – o *Guia de Ouro Preto*,[37] no caso dos textos sobre Ouro Preto e o Aleijadinho, e *Apresentação da poesia brasileira*,[38] no caso do texto sobre Carlos Drummond de Andrade. Assim, essas alterações feitas em *Crônicas da província do Brasil* se devem ao fato de o livro não estar sendo publicado de forma autônoma.

Alguns anos depois, houve nova edição de obra reunida,[39] a partir da qual foi reduzida a seção de prosa, nas sucessivas edições que reuniam a obra de Bandeira, sendo *Crônicas da província do Brasil* representado apenas por alguns textos. Além disso, embora seja a última em vida do autor e, assim, supostamente aquela em que estaria manifesta sua vontade última no tocante aos textos, a edição de 1967 não tem sido considerada como base para edições da obra de Bandeira. Na edição crítica dos livros *A cinza das horas*,

---

36 Na primeira edição de *Flauta de papel*, encontram-se os seguintes textos de *Crônicas da província do Brasil*: "O místico", "Lenine", "Candomblé", "Golpe do chapéu", "Reis vabagundos", "Mário de Andrade", "A trinca do Curvelo", "Impressões de um cristão-novo do regionalismo", "O enterro de Sinhô", "Pequenino", "Graça Aranha", "A Nova Gnomonia" e "Na câmara-ardente de José do Patrocínio Filho".

37 Rio de Janeiro: Ministério da Educação e Cultura, 1938. Publicações do Serviço do Patrimônio Histórico e Artístico Nacional nº 2.

38 Rio de Janeiro: Casa do Estudante do Brasil, 1946.

39 *Poesia completa e prosa*. Rio de Janeiro: Aguilar, 1967.

Carnaval e *O ritmo dissoluto*, os responsáveis pelo trabalho optaram por tomar como texto-base não a edição de 1967, mas uma edição das poesias de 1966.[40] A seguir, a responsável pela edição crítica de *Libertinagem* e *Estrela da manhã* optou pelo mesmo procedimento.[41] A justificativa, em linhas gerais, é a de que na edição de 1967 haveria certo descuido editorial.

No caso da edição de 1958, a eliminação de três textos de *Crônicas da província do Brasil* justifica-se pela presença na edição dos novos livros que haviam aproveitado esses três textos. No caso de uma edição autônoma de *Crônicas da província do Brasil*, não há a motivação editorial que levou a essa eliminação. Assim, na presente edição o livro é publicado em sua integridade (incluindo os três textos eliminados na edição de 1958), ou seja, tal como na primeira edição, a única autônoma até a presente.[42]

Para o estabelecimento do texto, seguindo o princípio de buscar a versão que representa a etapa última a que o autor chegou na produção de seu texto, tomou-se como base a edição de 1958, por todos os motivos já referidos, como aquela em que os textos estariam mais conformes à intenção do autor. No caso dos três trabalhos ausentes dessa edição, tomou-se por base a primeira edição

---

40 Cf. GUIMARÃES, Júlio Castañon e VALENÇA, Rachel T. "Introdução crítico-filológica". In: BANDEIRA, Manuel. *A cinza das horas*; *Carnaval*; *O ritmo dissoluto*. Ed. crítica de Júlio Castañon Guimarães e Rachel T. Valença. Rio de Janeiro: Nova Fronteira, 1994.

41 Cf. LANCIANI, Giulia. "Nota filológica". In: BANDEIRA, Manuel. *Libertinagem. Estrela da manhã*. Edição crítica de Giulia Lanciani. Madri: ALLCA XX, Coleção Archivos, 1998.

42 Cabe referir que, depois da primeira edição, o livro *Crônicas da província do Brasil* veio a ser republicado pela primeira vez em sua integridade, embora não de modo autônomo, dentro do volume *Seleta de prosa* (org. Júlio Castañon Guimarães. Rio de Janeiro: Nova Fronteira, 1997).

das *Crônicas da província do Brasil*, única edição em livro que eles tiveram em vida do autor. O fato de haver muitas mudanças entre as versões publicadas na imprensa e as versões da primeira edição em livro indica que o volume não era uma simples coletânea, mas que era norteado por um critério de escrita e uma intenção geral da organização. O autor, nesse caso, à diferença de edições posteriores, não coletou simplesmente textos ou os redistribuiu. Já entre a edição de 1937 e a de 1958, há pouquíssimas alterações, muito delimitadas, em geral correções de equívocos, um ou outro relevante. Para a presente edição, fez-se a atualização ortográfica, respeitando-se em tudo o mais os textos tomados como base, inclusive certas opções do autor. Estão neste caso o vocábulo "dição" — embora hoje a forma mais usual seja "dicção", respeitou-se a preferência de Bandeira, que usa sistematicamente a forma "dição", registrada pelos dicionários; a forma "oiteiro", também registrada pelos dicionários, ainda que a mais usual atualmente seja "outeiro"; e a forma São João d'El-Rei, usada regularmente por Bandeira. Note-se que às vezes há oscilação no uso de Bandeira, que também emprega, por exemplo, a forma "outeiro", o que foi respeitado. Respeitou-se também o uso de formas estrangeiras, mesmo nos casos em que há aportuguesamento para elas. Assim, mantiveram-se, por exemplo, as formas em inglês *football* ("futebol"), *whisky* ("uísque"), *bars* ("bares") e *stock* ("estoque"). Todas essas formas representam ou um uso pessoal ou um uso de época, fato que merece ser preservado. Corrigiram-se alguns erros evidentes, como o erro tipográfico na expressão *parce diem* (que aparece assim nas três publicações do texto "O coração inumerável") em lugar de *carpe diem*. Corrigiu-se ainda, logo no início do texto "De Vila Rica de Albuquerque a Ouro Preto dos estudantes", a menção a "São João d'El Rei" (tal como se lê na edição de 1937), substituída na presente edição por "São José d'el Rei". Ocorre de fato que, na primeira publicação do texto, que se deu em periódico, em 1929, se lê "São José d'el Rei", o mesmo se verificando no reaproveitamento desse trecho por Bandeira em 1938 no *Guia de Ouro Preto*. Julgou-se, portanto, que se devia fazer a correção, já que de fato o comentário de Bandeira é mais pertinente a São José d'el Rei, atual Tiradentes (a detecção desse fato se deu graças à informação de que Paulo Rónai chamou a atenção para ele em uma anotação em exemplar da edição de 1937 pertencente a uma coleção particular).

Em pé de página, além de algumas notas do autor, encontram-se notas da edição em que se traduzem passagens do texto em outras línguas. A seguir, apresentam-se notas que procuram contribuir para uma melhor compreensão da composição do livro. Fornecem, sempre que possível, o local da publicação ou publicações na imprensa, as modificações de maior interesse por que o texto passou (como não se trata de uma edição crítica, são referidas apenas as modificações consideradas significativas para a composição dos textos), além de outras informações eventuais que possam ter utilidade para o conhecimento do contexto das crônicas.

Notas

DE VILA RICA DE ALBUQUERQUE A OURO PRETO DOS ESTUDANTES

Esse texto foi publicado em um número especial de *O Jornal*, dedicado a Minas Gerais. O jornal não tem data, mas provavelmente é de 24 de junho de 1929 (cf. PY, Fernando. *Bibliografia comentada de Carlos Drummond de Andrade 1918-1934*. 2ª ed. Rio de Janeiro: Fundação Casa de Rui Barbosa, 2002, p. III), pois na edição do dia 19 de junho de 1929 há um aviso anunciando o lançamento do número especial para o dia 24 de junho de 1929. A propósito desse trabalho, Bandeira, em carta para Mário de Andrade, de 29 de setembro de 1928, escreve: "Agora o Rodrigo, que me quer muito bem, me chamou pra fazer com ele o nº de Minas do *O Jornal*, ocasião de ganhar uns cobres bons". E em carta datada do Rio de Janeiro, 13 de janeiro de 1929, também para Mário, refere sua intensa atividade na imprensa e, em especial, a circunstância de redação desse texto:

> Ando numa afobação bruta com a escrevinhação. Toda a semana artigo pra *Província*, de vez em quando crônica pra *Para Todos* (pra defender cincoentão) e o artigo que tenho de escarrapichar até depois de amanhã para a edição mineira do *Jornal*. Não vai sair nada que preste, pra sair bom eu teria que voltar a Ouro Preto e não há tempo. Mas felizmente pra Rodrigo tem chegado boas coisas. O seu artigo sobre o Aleijadinho está muito bom. Diz Rodrigo que o Paulo Prado mandou uma coisa ótima sobre "Caminhos de Minas". João Alphonsus safado fez umas páginas sobre Mariana de deixarem a gente entalado no fim; vai fazendo pilhéria, fazendo pilhéria, de repente fala no pai como quem não tem nada com ele e quando menos se espera embatuca.

> Do Carlos Drummond sai além da crônica sobre Sabará um poema magnífico sobre Romaria. E outras coisas boas vão assim chegando.

O suplemento traz, entre outros textos, o soneto "Ouro Preto", de Manuel Bandeira, funcionando como epígrafe do texto "De Vila Rica de Alburquerque a Ouro Preto dos Estudantes", "Itinerário de Mariana", de João Alphonsus, "O caminho das Minas", de Paulo Prado, "Viagem de Sabará", crônica de Carlos Drummond de Andrade, e "Romaria", poema de Carlos Drummond de Andrade, além de textos de Lucio Costa, Yan de Almeida Prado, Antenor Nascentes, Tristão de Athayde, Antônio de Alcântara Machado, Ronald de Carvalho, entre outros. O soneto de Bandeira já havia sido publicado na *Ilustração Brasileira*, em junho de 1928.

O texto, como indicado na nota de advertência da reedição de *Crônicas da província do Brasil* no volume de obra reunida *Poesia e prosa* (Rio de Janeiro: Aguilar, 1958. 2 vols.), foi aí eliminado por ter sido reaproveitado no *Guia de Ouro Preto.* Ao longo de sua obra, Bandeira faria numerosas referências a Ouro Preto. O poema "Ouro Preto" só viria a ser incluído em livro em 1940, em *Lira dos cinqüent'anos*, publicado no volume *Poesias completas*. Escreveu também o poema "Minha gente, salvemos Ouro Preto", incluído no livro *Opus 10*, de 1955, integrado à edição de *Poesias completas*. Publicou, em 20 de julho de 1933, no *Estado de Minas*, a crônica "Ouro Preto, monumento nacional", a propósito da seguinte notícia: "Decreto nº 22.928, erigindo em Monumento Nacional a cidade de Ouro Preto, sem ônus para a União Federal e dentro do que determina a legislação vigente". Publicou na *Ilustração Brasileira*, em setembro de 1928, "Defesa de Ouro Preto".

Ao publicar o texto em livro, Bandeira eliminou os seguintes três parágrafos iniciais que tratam de seu poema "Ouro Preto", estampado no suplemento como epígrafe do trabalho:

Que soneto fingido... Eu que sei: é meu. Perguntar-me-ão o motivo que me levou a pô-lo como epígrafe deste artigo, se o tenho assim por tão fingido? Responderei que em parte por política literária. Quatorze alexandrinos razoavelmente parnasianos, aquela imagem da renda, já um tanto amarelada pelo tempo, a chave de ouro da mão deformada do Aleijadinho posta embaixo como um monstruoso *cul-de-lampe* - achei que predispunham a generalidade dos leitores para as nobres emoções da grandeza extinta...

Depois o soneto me serve exatamente no que tem de mais defeituoso, que é ser fingido. Mas onde está o fingimento? O fingimento está no tom de lástima que ele respira.

É evidente que procurei insinuar uma impressão de decadência e melancolia. Essa impressão é exata. O que eu deveria acentuar dizer é que nessa impressão de tristeza e desolada antiguidade está a razão de ser de Ouro Preto. Foi a decadência que a salvou para a nossa comovida admiração.

A propósito do *Guia de Ouro Preto*, em que se aproveitaram os textos "De Vila Rica de Albuquerque a Ouro Preto dos estudantes" e "Aleijadinho", vale a pena lembrar o comentário de Rodrigo M. F. de Andrade e em *Brasil — Monumentos históricos e arqueológicos* (México, D.F.: Instituto Panamericano de Geografia e Historia, 1952, p. 140):

> Este belo volume — segunda monografia anual patrocinada pelo SPHAN — é uma história bem construída da ex-capital de Minas Gerais, com todos os seus monumentos cuidadosamente arrolados e classificados. Nada contribui de novo aos problemas de autoria e documentação com que se defronta o observador técnico, mas atrai sobretudo o leigo.

Na correspondência entre Bandeira e Mário, entre as muitas menções às cidades históricas em função de viagens, há algumas que revelam interesses bem específicos, como nesta carta de Bandeira, de 5 de maio de 1928:

> Em Pouso [Alto] li com grande curiosidade a *História antiga de Minas* do Diogo de Vasconcelos, e aqui agora estou lendo a crônica do distrito diamantino do Joaquim Felício dos Santos. Trouxe também uns tomos da *Revista do Arquivo Público Mineiro*, onde deparei com coisas que me interessam, entre outras a descrição do Triunfo Eucarístico, a notícia sobre o Brasil de Antonil, etc. O [Ribeiro] Couto tem uma boa biblioteca desses assuntos.

A estrofe em francês citada no início do texto é de um poema do livro *Les Solitudes* (1869), do poeta francês Sully Prudhomme (1839-1907). Numa das crônicas sob o título "Resposta a Eneida", Bandeira cita um verso de Prudhomme entre os versos que o perseguem – "que ele fez olhando a Ursa Maior, mas que eu repito olhando o Sete-estrelo" (*Poesia e prosa*). Na crônica "Bilhete a Benjamin Costallat" (*Poesia e prosa*), cita de novo a mesma estrofe do texto sobre Ouro Preto.

BAHIA

Com o título "Impressões da Bahia", esse texto foi publicado em um suplemento especial de *O Jornal* dedicado à Bahia, em 30 de abril de 1927.

Em carta para Mário de Andrade, de 9 de abril de 1927, diz Bandeira sobre a encomenda do texto:

O Chateaubriand me encomendou uma página do *O Jornal* sobre igrejas e casas da Bahia para o nº de 17 do corrente consagrado à boa terra, e eu pra ganhar o duzentão vou me desunhar nesta *fountain-pen*. Não farei nada que preste. Direi besteiras, farei reportagem. Vou encher lingüiça com bosta de boi, conto histórias da carochinha, a guerra dos cem anos e pronto.

Já sobre a viagem à Bahia, escreve, em carta a Mário de Andrade, de 3 de janeiro de 1927:

Vou daqui a Bahia, paro. O tempo de arranjar o correspondente pra Agência. Depois Pernambuco. Paraíba, Natal. Fortaleza (Deus m'a tirou, Deus m'a dê!). S. Luís. Belém do Pará. De volta tirarei pelo menos uns dez dias pro Recife.

E em carta escrita já da Bahia, em 18 de janeiro de 1927, lê-se:

Mário estou apaixonadíssimo pela Bahia! É uma terra estupenda a cidade brasileira. Centenas centenas centenas de baitas sobradões de 4 andares e sotéia. Se eu pudesse levava um pra mim outro pra você. Solares de forte e sóbria linha senhoril com portas de pedra lavrada e brasonadas, batentes de madeira de lei com almofadões – onde moram pretinhas meretrizes e a gente pobre mais pobre deste mundo! Você espia por um óculo de porão onde imagina que só vive rato e vê um oratoriozinho com a lamparina de azeite queimando.

O Largo do Pelourinho é a vista urbana que um brasileiro pode mostrar a um francês sem ter nenhuma dor de corno pela perspectiva dos Campos Elíseos ou da Avenida da Ópera. Quanta casa velha bonita! Estes oitões imensos dos sobrados de duas águas. A gente não se farta de olhar. Há três dias que ando com um rapaz encantador. Godofredo Filho, fazendo a corte a todas as casas velhas da Bahia.

> Esse Godofredo tem 23 anos e é um poetão. Hoje vou com ele ver a Sé, a Catedral e os conventos do Carmo e de S. Francisco. Neste último estive de relance: uma maravilha. Ah, Mário, você não pode demorar mais a sua viagem ao Norte. Você precisa urgentemente ver a Bahia.

Godofredo Rebelo de Figueiredo Filho (1904-92) foi funcionário do Instituto do Patrimônio Histórico e Artístico Nacional (IPHAN) e professor da Universidade Federal da Bahia. Poeta, escreveu também trabalhos ligados ao estudo do patrimônio histórico. Está incluído na *Antologia dos poetas brasileiros: fase moderna*, organizada por Manuel Bandeira e Walmir Ayala.

FALA BRASILEIRA

Com o título "O verdadeiro idioma nacional", esse texto foi publicado em *A Província*, em 6 de setembro de 1929. Vinha acompanhado de um retrato de Manuel Bandeira de autoria do desenhista homônimo Manuel Bandeira, desenho que foi reproduzido em vários outros artigos. Sobre o mesmo livro de Antenor Nascentes, lançado em 1926, Bandeira já escrevera breve resenha na *Revista do Brasil* de 15 de novembro de 1926. O assunto era de grande interesse para os modernistas, em especial para Mário de Andrade, tendo Bandeira escrito também textos como "Alencar e a linguagem brasileira" (*A Província*, 12 de maio de 1929), não incluído em livro, e "Mário de Andrade e a questão da língua" (incluído em *De poetas e de poesia*. Rio de Janeiro: Ministério da Educação e Cultura, 1954. Coleção Cadernos de Cultura, 64).

O ALEIJADINHO

Esse texto foi publicado na revista *Ilustração Brasileira*, em julho de 1928. Foi publicado também no *Diário Nacional*, em 30 de agosto de 1930, com cortes consideráveis. Tal como "De Vila Rica de Albuquerque a Ouro Preto dos estudantes", foi excluído da reedição de *Crônicas da província do Brasil* na edição da obra completa de 1958 (*Poesia e prosa*), com a explicação de ter sido reaproveitado em outro texto, o *Guia de Ouro Preto*. Em carta para Mário de Andrade, de 8 de setembro de 1930, dizia Bandeira:

> Não sei se você não estranhou o que escrevi sobre o Aleijadinho. Aquilo na realidade era um artigo que eu destinava à *Província*, mas na hora me deu a preguiça de escrever outra coisa para o *Diário* e mandei para este.

Bandeira publicou ainda uma crônica com o título "Os Profetas e os Passos de Congonhas do Campo", na *Revista Souza Cruz* de dezembro de 1932 e janeiro de 1933.

A nota da primeira edição de *Crônicas da província do Brasil* que refere outros trabalhos surgidos sobre Aleijadinho entre a redação do texto, antes de 1930, e a inclusão em livro, em 1937, permite lembrar que alguns desse trabalhos foram os de Mário de Andrade: "Aleijadinho", artigo saído no *Diário Nacional*, em 30 de maio de 1930; "O Aleijadinho e sua posição nacional", no livro *O Aleijadinho e Álvares de Azevedo* (Rio de Janeiro: R. A., 1935); e "O gênio e a obra do Aleijadinho", no primeiro número da revista *Atlântico*, de 1942. A propósito desses trabalhos de Mário, representativos dos interesses modernistas, veja-se esta passagem de uma de suas cartas (de 22 de outubro de 1928) para Drummond:

> Mais cacetada! Inda desejava saber datas de construção, possivelmente início e fim das igrejas São Bom Jesus de Matosinhos, e Nossa Senhora das Mercês, de Ouro Preto, e São Miguel Arcanjo, de Ouro Preto. Também se possível foto fachada de São Miguel Arcanjo, de Ouro Preto. Me desculpe por tudo. São as últimas caceteações. Pára aí, em Belo Horizonte, um senhor Feu de Carvalho, diretor do Arquivo Mineiro. Esse nos pode ser útil. Vou me dirigir diretamente a ele, porém você também se dirija pra esquentar o homem. Penso que vou fazer um trabalho interessante.

A correspondência entre Bandeira e Mário tem muitas referências ao Aleijadinho e às cidades históricas de Minas, sobretudo em função de algumas viagens. A respeito do Aleijadinho, em carta de 5 de abril de 1928, dizia Bandeira: "Para mim ninguém encosta no Brasil com o Aleijadinho nem em artes plásticas nem nas outras. É sem a menor dúvida o artista de mais força que tivemos".

UM PURISTA DO ESTILO COLONIAL

Esse texto foi publicado em *A Província*, em 4 de novembro de 1928.

Sobre a derrubada do solar de Megaípe, Bandeira escreveu também o texto não incluído em livro "A casa de Megaípe", publicado na revista *Para Todos*, em 13 de outubro de 1928; aí, refere-se à "mais linda casa de engenho de todo o Brasil", datada de 1696, mas certamente mais antiga.

José Mariano Carneiro da Cunha Filho, nascido em Pernambuco na segunda metade do século XIX e falecido no Rio de Janeiro em 1946, era médico, mas se dedicou também à história e à crítica de arte, tendo sido professor da Escola Nacional de Belas-Artes. Defensor do estilo neocolonial, assinou artigos na imprensa com o pseudônimo Diogo de Muribara, como "Le Pilote de requin" (*O Jornal*, 15 de julho de 1928), assinado "Diogo de Muribara (arquiteto ex-officio)". O solar Monjope era uma casa por ele construída, e hoje já demolida, em estilo neocolonial, no bairro carioca do Jardim Botânico.

AS CÂMARAS MUNICIPAIS NO BRASIL

Esse texto foi publicado em *A Província*, em 21 de outubro de 1928. A alteração mais significativa entre as versões em jornal e em livro é o pequeno trecho que no jornal se segue ao fim que o texto tem em livro:

> Os problemas do tráfego e das enchentes é que estão exigindo agora um plano de conjunto, tornado inadiável pela perspectiva do novo e formidável bairro dos arranha-céus do Castelo. O Rio de 1928, com os seus 170.000:000$000 [170 mil contos de réis] de renda, prepara-se com o sr. Prado Júnior e Agache para disputar o campeonato de turismo.

Prado Júnior foi prefeito do Rio de Janeiro (1926-30) e contratou o urbanista francês Agache para um plano de remodelação do Centro da cidade.

VELHAS IGREJAS

Com o título "Salvemos a Madre Deus", o texto foi publicado em *A Província*, em 1º de dezembro de 1928, tendo sofrido pequenas modificações quando da publicação em livro.

O QUE ERA O PERNAMBUCO DE 1821

Esse texto foi publicado em *A Província*, em 10 de fevereiro de 1929. O título completo do livro da viajante inglesa Maria Graham (1785-1842) é *Journal of a voyage to Brazil and Residence there during part of the years 1821, 1822 and 1823* (London: Longman, Hurst, Rees, Orme, Brown and Green, 1824), de que há tradução: *Diário de uma viagem ao Brasil e de uma estada nesse país durante parte dos anos de 1821, 1822 e 1823*. Trad. Américo Jacobina Lacombe (São Paulo: Nacional, 1956).

A FESTA DE N. S. DA GLÓRIA DO OITEIRO

Com o título "Uma grande festa popular", além de outras pequenas diferenças, o texto foi publicado em *A Província*, em 18 de setembro de 1928. A diferença mais significativa foi o corte, no parágrafo que se inicia por "Fora, no adro", de um pequeno trecho do último período do parágrafo, que no jornal assim se lia: "A festa é hoje exclusivamente do povo *ou de um raro artista ou não tão raro amador de negras e quadruns*" (está em *itálico* aqui o trecho suprimido). Vale lembrar que "quadrum" é sinônimo de "quadrarão" e " quarterão", ou seja "aquele que tem um quarto de sangue negro".

A igreja de Nossa Senhora da Glória do Outeiro, no bairro carioca da Glória, situa-se numa elevação que no passado ficava à beira-mar, tendo sucessivos aterros afastado o mar. Trata-se de importante obra da arquitetura colonial religiosa brasileira. Tem projeto arquitetônico muito peculiar e raro, sendo formada por dois octógonos irregulares. Sua construção foi concluída em 1739. Desfigurada por sucessivas intervenções, retomou sua configuração original depois de tombada e restaurada pelo Serviço do Patrimônio Histórico e Artístico Nacional. Constitui elemento digno de nota na paisagem carioca, como revela sua presença na iconografia da cidade desde o século XVIII. De seu adro tem-se admirável vista, que também já despertava interesse, como atestam algumas peças iconográficas. Além da iconografia, a igreja da Glória tem pelo menos uma representação musical, na obra de um compositor também oriundo do modernismo, Francisco Mignone — na peça orquestral *Festa das igrejas* (1940), a terceira parte se intitula "Outerinho da Glória" (gravada em 2005 pela Orquestra Sinfônica do Estado de São Paulo, no CD *Francisco Mignone*).

No jornal *A Manhã*, em 25 de agosto de 1942, em sua coluna "Artes plásticas", Bandeira publicou um texto precedido por esta nota editorial: "Manuel Bandeira fala nesta crônica da igrejinha de N. S. da Glória do Outeiro". Trata-se de um pequeno texto em que a primeira parte, que fala da igreja, constitui uma introdução para a segunda parte, em que se fala de uma exposição organizada pela irmandade da igreja, num prédio anexo, com a iconografia do outeiro.

No volume *Colóquio unilateralmente sentimental* (Rio de Janeiro: Record, 1968), que reúne crônicas de Bandeira lidas no programa *Quadrante*, da Rádio Ministério da Educação e Cultura, em 1962 e 1963, a crônica foi reproduzida, em versão simplificada. No entanto, o final da crônica acrescenta o seguinte pequeno trecho que faz referência à persistência da festa e à forma arquitetônica da igreja:

> Contudo, a solenidade ainda não decaiu à categoria de festa de bairro. Ainda é uma das raras festas populares da cidade. Meus amigos, estamos em agosto, é o mês de Nossa Senhora da Glória: vamos ao oiteiro octógono, vamos sentir nos olhos o gosto do Brasil.

ARQUITETURA BRASILEIRA

Com o título "A moderna architectura brasileira", o texto foi publicado em *A Província*, em 4 de janeiro de 1930.

"Os Calheiros e Alpoins" aí referidos são respectivamente Antônio de Sousa Calheiros e José Fernandes Pinto Alpoim, mencionados no texto "De Vila Rica de Albuquerque a Ouro Preto dos estudantes". Foram responsáveis pelo projeto de algumas edificações em Ouro Preto no século XVIII. Alpoim teve ainda importante atuação no panorama arquitetônico do Rio de Janeiro.

Ricardo Severo (Porto, 1869 – São Paulo, 1940), arquiteto português, exilou-se, instalando-se em São Paulo, onde foi sócio do arquiteto Ramos de Azevedo. É considerado o responsável pelo estilo neocolonial na arquitetura brasileira.

CRÔNICA DE 1880

Tendo como título "Quando valia a pena ser gênio nesta terra", o texto saiu na *Revista Souza Cruz* de agosto de 1932. Foi republicado no *Boletim de Ariel*, em agosto de 1936. Apóia-se minuciosamente em matéria estampada na seção "Gazetilha" do *Jornal do Commercio* de 19 de julho de 1880, onde já se encontra a menção talvez imprecisa ao "escravo Tito", que seria alforriado, e adiante ao "alforriando Lino". Na *Revista Souza Cruz*, havia no penúltimo parágrafo uma referência de data: "Quando Villa Lobos voltou da Europa, *há dois anos atrás*, não teve nada disso" (o trecho eliminado está em *itálico*). A referência é, portanto, ao ano de 1930, quando Villa-Lobos voltou ao Brasil, depois de longa e bem-sucedida temporada na Europa.

NA CÂMARA-ARDENTE DE JOSÉ DO PATROCÍNIO FILHO

Esse texto foi publicado em *A Província*, em 12 de outubro de 1929. José do Patrocínio Filho, o Zeca Patrocínio, jornalista e escritor, filho do abolicionista José do Patrocínio, nasceu no Rio de Janeiro, em 1885, e morreu em Paris, em 1929.

O Trololó mencionado numa fala de José do Patrocínio Filho é provavelmente o nome de uma companhia teatral, a Companhia Trololó, de Jardel Jércolis, com a qual Patrocínio chegou a trabalhar.

A menção no texto à "sinistra aventura" muito provavelmente tem a ver com o livro *A sinistra aventura* (1923), em que Patrocínio narra o episódio de sua prisão na Inglaterra, por espionagem, durante a Primeira Guerra Mundial. A referência à data de 28 de setembro diz respeito à Lei do Ventre Livre, aprovada nesse dia em 1871.

Na menção à contratação de "negros", essa palavra é empregada no sentido daquele que escreve um texto que vai ser assinado por outra pessoa (o mesmo uso ocorre em francês com *nègre*).

O ENTERRO DE SINHÔ

Esse texto foi publicado no *Diário Nacional*, em 9 de agosto de 1930. O músico popular José Barbosa da Silva, conhecido como Sinhô, nasceu em 1888 no Rio de Janeiro, onde morreu em 1930.

PEQUENINO

Esse texto foi publicado no *Estado de Minas*, em 21 de junho de 1933.

Na Semana de Arte Moderna, peças para canto e piano de Villa-Lobos foram apresentadas por sua mulher, a pianista Lucília Villa-Lobos, e pelo cantor Frederico Nascimento Filho.

UM GRANDE ARTISTA PERNAMBUCANO

Com o título "Minas Geraes no lápis de Manoel Bandeira", o texto foi publicado em *A Província*, em 26 de janeiro de 1929. A parte inicial do texto foi aproveitada da segunda metade de crônica publicada no mesmo jornal em 30 de dezembro de 1928, como indicado na próxima nota. Com o título "Um grande artista pernambucano – Manuel Bandeira o desenhista", foi publicado no jornal carioca *Diário de Notícias*, em 16 de junho de 1933. Com o mesmo título com que aparece em livro, foi reproduzido na revista *Vamos Ler*, em 2 de dezembro de 1937. Os desenhos de Manuel Bandeira (1900-64) podem ser encontrados no volume *Desenhos de Manoel Bandeira – Originais do Arquivo Público Estadual Jordão Emerenciano* (Recife: Secretaria de Turismo, Cultura e Esportes, 1983). Há alguns de seus trabalhos na coleção de artes plásticas de Mário de Andrade (cf. BATISTA, Marta Rossetti; LIMA, Yone Soares de. *Coleção Mário de Andrade – Artes plásticas*. São Paulo: IEB/USP, 1984).

RECIFE

Com o título "Urbanistas, cuidado! o Recife é uma cidade magra", o texto foi publicado em *A Província*, em 30 de dezembro de 1928.

Bandeira aproveitou em livro apenas a metade inicial do texto do jornal. A segunda metade foi aproveitada como parte inicial da crônica "Um grande artista pernambucano". Várias das referências a locais e pessoas remetem em especial ao poema de Bandeira "Evocação do Recife".

O SONHO DE FRANÇA JÚNIOR

Com o título "Qual foi o sonho de França Junior", esse texto foi publicado em *A Província*, em 27 de setembro de 1929, e no *Boletim de Ariel*, em outubro de 1934. Em carta de 23 de outubro de 1934 para Mário de Andrade, diz Bandeira:

> A minha crônica sobre o França Júnior [1838-1890] já tinha aparecido na *Província* do Recife, quando o Gilberto a dirigia. Quer dizer que tem mais de quatro anos, pois a *Província* foi empastelada por ocasião da gloriosa revolução de 30. Foi realmente um descuido meu não a ter mandado então a você, havendo nela aquele detalhe que lhe interessaria. Li os folhetins do França Júnior na edição de 1926 (4ª edição) do Jacinto. O pedaço do maxixe vem à página 395.

Em nota a essa passagem, Marcos Antonio Moraes, editor da correspondência, informa: "MA juntou o recorte da crônica [...] no envelope 'Maxixe', do manuscrito *Dicionário musical brasileiro*".

Pedro Dantas era o pseudônimo do escritor Prudente de Morais, Neto (1904-77), que em 1924 publicou com Sérgio Buarque de Holanda a revista modernista *Estética*. O texto de Pedro Dantas mencionado na crônica de Bandeira é o artigo "França Júnior é um nome injustamente esquecido", publicado em *A Província*, em 16 de agosto de 1929.

PRESENTE!

Esse texto foi publicado no *Diário Nacional*, em 20 de dezembro de 1930.

"A última corrida de touros em Salvaterra" (este é o título correto) é um conto do escritor português Rebelo da Silva (1822-71) do qual é personagem o marquês de Marialva. Esse conto era tradicionalmente encontrado nas antologias literárias de língua portuguesa.

GRAÇA ARANHA

Esse texto foi publicado no *Diário Nacional*, em 31 de janeiro de 1931. Rosa e Silva, político pernambucano (1857-1929), mencionado neste livro também no texto "Fragmentos", foi objeto de uma crônica de Bandeira intitulada "Rosa e Silva" (incluída em *Poesia e prosa*).

CARLOS DRUMMOND DE ANDRADE

Com o título "Alguma poesia", o texto foi publicado no *Diário Nacional*, em 24 de maio de 1930. Em 25 de maio do mesmo ano, saiu em *A Província* crônica de Bandeira intitulada "Um poeta de rara sensibilidade", também sobre a estréia de Drummond em livro. Em carta a Drummond, de 8 de maio de 1930 (reproduzida em *Poesia e prosa*), Bandeira dizia:

> Mande [o livro *Alguma poesia*] também para o Recife ao Gilberto Freire com dedicatória seca (A G. F. of. o autor). O Gilberto é diretor da *A Província*, Av. Marquês de Olinda, 273, e eu vou dar notícia do livro na seção crítica do jornal.

> Escreverei também um artigo para o *Diário Nacional* de São Paulo onde comecei a colaborar semanalmente, aos sábados. Provavelmente o artigo sobre o seu livro virá no número de sábado 10. Mas não espere grande coisa, pois não sou crítico; será apenas uma declaração de amor, naturalmente bem goche (como as mulheres gostam).

Observe-se que ao citar um trecho do "Poema de sete faces", do livro *Alguma poesia,* de Carlos Drummond de Andrade, Bandeira o cita imprecisamente – "Carlos, vai ser *goche* na vida", em lugar de "Vai, Carlos, ser *gauche* na vida". Bandeira usa um aportuguesamento da palavra francesa *gauche* (no caso, com a acepção de "desajeitado"). Na primeira edição de *Alguma poesia* Drummond não usou a forma francesa, mas o aportuguesamento; só nas edições posteriores é que adotou em definitivo a forma francesa. Bandeira escreveu a crônica a partir da primeira edição do livro de Drummond, o que justifica a manutenção do aportuguesamento.

AUGUSTO FREDERICO SCHMIDT

Esse texto foi publicado no *Diário Nacional*, em 20 de setembro de 1930, com o título "Reflexões sobre o poeta Augusto Frederico Schmidt". Em carta a Mário de Andrade, de 19 de novembro de 1930, Bandeira fez o seguinte comentário, que, ao lado de vários outros, revela não somente as diferenças literárias, mas também as dificuldades de convívio com Schmidt:

> Quando foi do *Navio perdido* escrevi todo esmanchado sobre ele, como só tinha feito antes com o Couto, com você e com o Augusto Meyer, e depois com o Carlos Drummond. Somente escrevi de maneira irônica (artigo para *A Província*), fazendo brincadeira, chamando de Gordi-

nho Sinistro, etc. Schmidt quis transcrever o artigo nos a pedidos do *O Jornal*, o que eu proibi, mas no fundo ficou magoadíssimo comigo pelo tom do artigo. Quando soube disso por terceiro, principiei de tomar nojo do Schmidt. O livro do Carlos trouxe novo elemento de julgamento. Schmidt não gosta, não pode gostar de poesia assim; de fato se referiu aos poemas do livro do Carlos com superior displicência.

GUILHERME DE ALMEIDA

Com o título "Poetas por poetas", o texto foi publicado no *Diário Nacional*, em 21 de junho de 1930, tendo sofrido muitas alterações ao ser incluído no livro.

MÁRIO DE ANDRADE

Esse texto foi publicado no *Diário Nacional*, em 10 de janeiro de 1931, com o título "Mestre Mário de Andrade". Ao ser aproveitado em livro, o texto do jornal sofreu algumas modificações. A principal delas foi a eliminação dos dois parágrafos iniciais:

> Conhecem Chênedollé? Vide *Larousse* pequeno: "Chênedollé (Charles-Julien de), poeta francês, nascido em Vire (1769-1833); autor de fábulas agradáveis". Ao que acrescento: autor desta reflexão penetrante: "Gostamos de afagar o talento em sua aurora: mais tarde vingamo-nos, em uma reputação estabelecida, do entusiasmo e da admiração que empregamos em fazê-la".
>
> Mário de Andrade acaba de publicar o seu quinto volume de poemas. Lembrei-me das palavras de Chênedollé ao considerar na atitude

> de certa gente (amigos!) para com a obra poética de Mário. A *Paulicéia desvairada* perdeu o poeta na consideração dos espíritos convencionais; em compensação deu-lhe o posto de chefe na vanguarda moderna. Mas os admiradores da vanguarda não tardaram em estranhar a evolução daquele que muito pretensiosamente acreditavam criatura deles...

Em carta a Mário, de 7 de janeiro de 1931, informava Bandeira:

> Acabo de escrever para o *Diário* uma crônica sobre você. Li e reli o seu livro várias vezes, sobretudo os 'Poemas da negra' e os 'da amiga'. Mas não fiz crítica do livro, fiz crônica sobre a evolução da sua poesia para a forma serena e bem construída, para a calma espiritualidade das suas últimas coisas. E só isso deu o palmo necessário da colaboração.

A reação de Mário ao artigo está em carta de 12 de janeiro de 1931:

> Ora, afinal de contas você tava meio besta. Ou eu não entendi o ar reservado de você a respeito dos "Poemas da negra". Seu artigo, em quanto se refere à compreensão amorosa do livro, é um prodígio de compreensão bem íntima, quero dizer, também sentida, também vivida.

RAUL DE LEONI

O poeta Raul de Leoni (1895-1926), tendo publicado em vida apenas *Ode a um poeta morto* (1919) e *Luz mediterrânea* (1922), deixou uma obra que Rodrigo Melo Franco de Andrade, no prefácio referido por Bandeira, julga "uma das obras mais consideráveis da nossa poesia".

POESIA DO SERTÃO

Esse texto foi publicado em *A Província*, em 14 de abril de 1929, com o título "Zé Pedro, o poeta do Nordeste" e com os seguintes parágrafos finais:

> Felizmente um pouco de acaso e a amizade que me liga a Luís do Rego me levaram a conhecer o preto Zé Pedro, nome ao que suponho desconhecido de toda a gente mesmo no Recife. Zé Pedro exerce a profissão de cozinheiro, um cozinheiro diferente dos outros porque ficou sempre adstrito à cozinha regional do Nordeste. Não que lhe falte habilidade para preparar uma panelada de *spaghetti alla parmigiana* ou um complicado *filet à la Chateaubriand*. Zé Pedro só faz o de que gosta. Não há ninguém capaz de cozinhar um cuscuz de coco tão macio e tão leve. Para só falar do cuscuz...
>
> Mas Zé Pedro não é só cozinheiro. Zé Pedro é poeta, e é precisamente aquele poeta brasileiro que eu procurava há tanto tempo. Foi uma revelação para nós todos que estávamos em casa de um amigo na Estrada do Encanamento quando Luís do Rego apareceu depois do almoço acompanhado da sua descoberta. Zé Pedro começou a conversa, contou-nos a sua vida nos engenhos, a sua viagem a Paris, os seus anos no Recife, em Maceió, na Paraíba e no Rio

O MÍSTICO

Com o título "Ovalle", o texto foi publicado no *Estado de Minas*, em 31 de agosto de 1933.

Jaime Ovalle (Belém, 1894 – Rio de Janeiro, 1955), autodidata no piano e no violão, ainda adolescente mudou-se para o Rio de Janeiro, onde entrou em contato com Villa-Lobos, Luciano Gallet e outros compositores. Fez concurso para a Fazenda Nacional, vindo a trabalhar em delegacias do Tesouro Nacional em Londres e em Nova York. Como poeta, teria deixado três livros inéditos: *The foolish bird* (em inglês), *Santo sujo* e *Poemas*. Foi também compositor, tendo produzido algumas peças que o tornaram célebre, com letra de Manuel Bandeira: "Azulão", "Modinha" e "Berimbau". Compôs também uma peça para piano intitulada "Manuel Bandeira". Ao longo da obra de Bandeira há freqüentes referências a Ovalle. Entre os poemas, encontram-se "Poema só para Jaime Ovalle", do livro *Belo belo* (publicado em 1948 em uma edição de *Poesias completas*), devendo-se notar que o poema fora publicado ainda em 1931 na *Revista Souza Cruz*, em fevereiro; "Ovalle", poema do livro *Estrela da tarde*, de 1960; e "Elegia de Londres", também de *Estrela da tarde*. Há uma série de três crônicas, sob o título geral de "Ovalle", datadas de 14, 18 e 21 de setembro de 1955 e reproduzidas em *Poesia e prosa* (1958). Nos *Poemas traduzidos*, encontra-se a tradução de "Três poemas" de Jaime Ovalle. O Núcleo de Arte da Universidade Federal do Pará produziu em 2002 um CD com 21 composições de Ovalle. Uma entrevista concedida por Ovalle a Vinicius de Moraes e publicada na revista *Flan* (de 24 a 30 de maio de 1953) foi republicada pela revista *Azougue* (nº 8, abril de 2003).

A TRINCA DO CURVELO

Esse texto foi publicado na *Revista Souza Cruz* de novembro de 1932. O bairro carioca referido nesse texto é o de Santa Teresa, onde Bandeira morou por muitos anos. Itapiru, Hermenegildo de Barros e Curvelo (hoje Dias de Barros) são nomes de ruas, mas uma área do bairro é conhecida como Curvelo.

SAMBISTAS

Esse texto foi publicado na *Revista Souza Cruz* de dezembro de 1930 e janeiro de 1931.

A NOVA GNOMONIA

Esse texto foi publicado no *Diário Nacional*, em 17 de outubro de 1931. O *Boletim de Ariel* nº 6, de março de 1932, publicou "Antigua & nova gnomonia", paródia de textos antigos assinada pelo pseudônimo "Baram d'Ascurra", tendo como referência o texto de Bandeira. Não dicionarizado, o vocábulo "gnomonia" provavelmente tem como base o elemento de origem grega "gnom" (que conhece, discerne, interpreta), encontrado em vocábulos como "gnomônico" e "fisiognomonia". Sobre a referência "charlus", no final do texto, veja-se, neste volume, "O mundo de Proust".

REIS VAGABUNDOS

Esse texto foi publicado no *Diário Nacional*, em 8 de novembro de 1930. No *Itinerário de Pasárgada*, comentando as *Crônicas da província do Brasil*, Bandeira diz:

> Há ali episódios, como "Reis vagabundos" e "Golpe do chapéu", que deram a alguns amigos meus a impressão de que eu poderia escrever contos e romances. Mas eu é que sei que não nasci com bossa para isso. Bem que o tentei várias vezes. Um dia, em Campos do Jordão, há mais de vinte anos, Ribeiro Couto, que me hospedava, teve de viajar para São Bento de Sapucaí, e eu fiquei sozinho na casa da triste rua

> do Sapo, onde, para matar o tempo, comecei a escrever um conto de sabor regionalista. Escrevi umas três páginas. Quando Ribeiro Couto voltou, mostrei-lhas, pedindo-lhe a opinião. O autor de *Baianinha e outras mulheres* tirou-me de golpes as ilusões, dizendo-me: "Tudo isso podia ser dito em três ou quatro linhas". Não escrevi as três ou quatro linhas. E nunca mais me meti a tralhão na arte de José Lins do Rego e de Marques Rebelo.

Entre as tentativas referidas, pode-se incluir o texto "Romance quase sem palavras", publicado na *Revista Souza Cruz* de outubro e novembro de 1933. A apresentação editorial, encimada pelo título "Um Inédito de Manuel Bandeira", dizia: "Foi um volume inteiro de novelas e uns dez volumes de psicologia que Manuel Bandeira condensou nessas lindas e agradáveis linhas".

A passagem em inglês no primeiro parágrafo da crônica é um verso do poema "To Night" (também referido como "Mysterious night"), do poeta inglês de origem espanhola Joseph Blanco-White (1774-1841), conhecido ainda como José María Blanco. Bandeira menciona-o também no *Itinerário de Pasárgada*:

> Possuo no meu arquivo algumas de suas cartas [de Alberto Childe] com uma meia dúzia de sonetos, dois originais e os outros traduções – uma de "Sete anos de pastor" de Camões, outra do "Mysterious night" de José María Blanco, outra do meu soneto "A ceia".

GOLPE DO CHAPÉU

Esse texto foi publicado no *Diário Nacional*, em 13 de dezembro de 1930.

Com o título "O marinheiro triste", o texto foi publicado no *Estado de Minas*, em 28 de junho de 1933. O "Poema do beco", citado na crônica, foi incluído no volume de poemas *Estrela da manhã*, de 1936. O poema foi também publicado com o título "Outro poema do beco" no jornal carioca *Literatura*, em 5 de julho de 1933, juntamente com outros cinco poemas ("O amor, a poesia, as viagens", "A filha do rei", "O desmemoriado de Vigário Geral", "Canção das duas Índias" e "Estrela da manhã") incluídos também em *Estrela da manhã,* e um outro intitulado "Poema do beco", que não foi aproveitado em livro pelo poeta:

POEMA DO BECO

Hoje vi um gato tão distinto na sujeira do beco!
Parecia Greta Garbo.
Não, Greta Garbo é vulgar.
Pois não agrada a toda a gente?
Parecia o meu amor,
Que não agrada a ninguém.
Infelizmente eu não sou distinto.
I'm sorry.

Ao longo de sua obra poética, Bandeira produziu outros poemas sobre o beco: "Última canção do beco", de *Lira dos cinqüent'anos*, de 1940; "Primeira canção do beco" e "Segunda canção do beco", na seção "Duas canções do tempo do beco", em *Estrela da tarde*, na edição de 1963. "Marinheiro triste" veio a ser também título de um poema incluído no livro *Estrela da manhã*, de 1936, valendo observar que foi publicado, antes da crônica de mesmo título, na *Revista Souza Cruz* de dezembro 1931 e janeiro 1932. O personagem

Cicinho da Batateira é o pintor Cícero Dias. "O bom Gigante" é o engenheiro Geraldo Barroso do Amaral, às vezes também referido como Dodô – é mencionado em algumas cartas para Mário e no *Itinerário de Pasárgada* (*Poesia e Prosa*, vol. 1, p. 75):

> O que no entanto poucos verão é que muita coisa que ali [em *Libertinagem*] parece modernismo, não era senão o espírito do grupo alegre de meus companheiros diários naquele tempo. Jaime Ovalle, Dante Milano, Osvaldo Costa, Geraldo Barroso do Amaral.

CANDOMBLÉ

Esse texto foi publicado no *Diário Nacional*, em 3 de outubro de 1931.

A comparação entre a forma que assumiu no livro e a que tinha no jornal revela, para além das diferenças de redação, dados importantes para perceber a definição-ficcionalização dos personagens. As principais diferenças encontram-se no começo do texto, que no jornal é o seguinte:

> O grupo, comitê, baderna, ou que melhor nome tenha, se compunha de quatro sujeitos, todos vestidos nos piores alfaiates, mas suficientemente díspares: o modesto sociólogo, o poeta Domingos, o pintor Dias Santos e o antena Antenor (era vago um lugar em torno à mesa do bar Simpatia – o teu, discípulo dileto, Paulo de São Paulo, herói piracicabano, redistribuidor de chapas de gramofone e trânsfuga da palafita!).
>
> O poeta Domingos explicou ao *garçon* mais inteligente a condição, em verdade modestíssima, do sociólogo – homem sem nenhuma técnica, incapaz de tomar um bonde certo, provinciano em ostracismo, Oxfordman, vagamente sindicalista. Por que lhe chama-

vam "o modesto sociólogo"? O nome lhe viera de uma anedota fescenina: um esteta considerável da cidade, urbanista, escritor e incorporador de sociedades anônimas, recebendo certa vez uma saraivada de elogios a queima-roupa, desculpou-se, apagou-se nestas palavras: "– Bondade sua... Eu não sou urbanista, nem poeta, nem incorporador de sociedades anônimas: sou apenas um modesto sociólogo..." Pois o provinciano era também *anche lui* um modesto sociólogo. E ninguém o chamava senão assim. O *garçon* compreendeu e o grupo, comitê, baderna, ou que melhor nome tenha, saiu em demanda do candomblé, que durava havia já três dias, segundo informou o pintor Dias Santos.

Era na rua Bambina, e quem passasse por ali não suspeitaria jamais que houvesse na cidade um cortiço daquele feitio.

LENINE

Esse texto foi publicado no *Diário Nacional*, em 8 de agosto de 1931.

Em carta a Mário de Andrade, datada de 29 de julho de 1931, escreve Bandeira:

> Ainda estimulado por ele [Paulo Ribeiro de Magalhães] escrevi a segunda crônica, sobre um garotinho da rua do Curvelo chamado Lenine. Ele acha uma graça enorme na gurizada do Curvelo, que não larga a minha janela, ssu Manuel Bandeira praqui, ssu Manuel Bandeira pra lá, pedindo papel de jornal, fieira de pião, biscoito, escada pra tirar bola do telhado, etc.

OS QUE MARCAM *RENDEZ-VOUS* COM A MORTE

Esse texto foi publicado em *A Província*, em 1º de fevereiro de 1929. No jornal, o texto começava com a frase "A morte de Tex Rickard surpreendeu-me". E tinha dois outros parágrafos finais:

> Como Rodolfo Valentino, esse Tex Rickard me parecia também dos invulneráveis por muito tempo. Um homem que em dez anos fez do *box* uma profissão de interesses tão consideráveis como a grande loteria da Espanha, mas sujeito que em algumas semanas fazia levantar estúdios colossais para uma simples luta de murros (eu tinha mais admiração por ele do que pelos *fighters*), um tipo assim com uma fortuna enorme e esse nome preciso, breve, magnético — Tex Rickard, era crível que morresse de surpresa, por efeito de uma apendicite supurada?
>
> Mas dona Morte, como diziam os simbolistas, dera-lhe *rendez-vous* para agora e com ela não há senão cumprir a palavra empenhada.

Rodolfo Valentino (1895-1926), ator italiano que se naturalizou norte-americano, foi um grande astro cinematográfico de sua época. Tex Rickard (1870-1929), norte-americano, foi um grande empresário de lutas de boxe.

Alan Seeger (1886-1916), poeta norte-americano, foi para a França pouco antes da eclosão da Primeira Guerra Mundial (Bandeira passou pela França em 1913, em sua viagem para o sanatório suíço de Clavadel) e morreu em combate, depois de se ter alistado na Legião Estrangeira. São do início de seu poema "Rendez-vous" (do livro póstumo *Poems*) os versos citados por Bandeira:

> *I have a rendezvous with Death*
> *At some disputed barricade,*

When Spring comes back with rustling shade
And apple-blossoms fill the air —
I have a rendezvous with Death
When Spring brings back blue days and fair.

[Tenho um encontro com a Morte / Em alguma barricada em disputa, / Quando a Primavera retorna com sua sombra sussurrante / E flores de macieira enchem o ar — / Tenho um encontro com a Morte / Quando a Primavera traz de volta os belos dias azuis.]

Tobias Moscoso, engenheiro e professor da Escola Politécnica do Rio de Janeiro, morreu em 3 de dezembro de 1928, no acidente aéreo na baía de Guanabara com o hidroavião *Santos Dumont*, que, junto com outros aviões, recepcionava festivamente o navio em que Alberto Santos Dumont voltava da Europa.

LEITURAS DE MOCINHAS

Com o título "O que as mocinhas gostam de ler", o texto foi publicado na *Revista Souza Cruz* de abril de 1933. Foi republicado no *Boletim de Ariel*, em outubro de 1936.

IMPRESSÕES DE UM CRISTÃO-NOVO DO REGIONALISMO

Esse texto foi publicado em *A Província*, em 9 de dezembro de 1928, e no *Boletim de Ariel*, em julho de 1935. Na primeira publicação, a nota da redação que antecede o artigo não deixa dúvidas sobre a identidade do regionalista: "Em artigo para *A Província* o sr. Manuel Bandeira, que acaba de visitar um velho engenho bangüê, resume as suas impressões de cristão-novo do regionalismo". O termo "cabeção", tal como empregado na quadra citada, provavelmente tem a acepção, segundo o dicionário de Laudelino Freire, de "parte superior da camisa de mulher, que fica sobre o peito, e onde geralmente se fazem ou se aplicam bordados e rendas".

PORTINARI

O texto foi publicado no *Estado de Minas*, em 6 de julho de 1933, tendo como motivação exposição do artista inaugurada no Palace Hotel, no Rio de Janeiro, alguns dias antes. Ao ser aproveitado em *Crônicas da província do Brasil*, sofreu modificações, sobretudo cortes de passagens que se referiam a fatos da época. Alguns desses trechos fornecem informações importantes, constituindo documentos significativos. Mais tarde, o texto foi republicado integralmente em *Andorinha, andorinha* (1966). Saiu também na revista *Lanterna Verde – Boletim da Sociedade Felippe d'Oliveira*, nº 1, maio de 1934. Aí o texto está tal qual em *Crônicas da província do Brasil*, com exceção de um pequeno trecho final que faz referência ao retrato de Felipe de Oliveira de autoria de Portinari. Bandeira escreveu vários outros textos sobre Portinari, como "O retrato de Menuhin" (*Poesia e prosa*), em que relata como o pintor fez o retrato do grande violinista, e "Portinari", incluído na seção "Crítica de artes" de *Poesia e prosa*. Portinari, por sua vez, retratou Bandeira quatro vezes (cf. *Catálogo raisonné*. Rio de Janeiro: Projeto Portinari, 2003).

Esse texto foi publicado em *A Província*, em 15 de setembro de 1929, com o título "Como explicar a pintura de Tarsila do Amaral". A diferença substancial entre a versão no jornal e a versão em livro consiste em um trecho inicial e um parágrafo final, eliminados em livro. É provável que tenham sido eliminados por seu caráter mais circunstancial, mas talvez justamente por isso fornecem alguns dados importantes. Dizia o trecho inicial:

> No Palace Hotel, exposição da sra. Tarsila do Amaral. A sala imensa está completamente cheia. Desta vez sim estão presentes os trezentos de Gedeão. Várias vezes trezentos, porque há vários Gedeões: os trezentos da sociedade que só freqüenta o Lírico, os espetáculos de companhias francesas e os chás das embaixadas; os trezentos da arte moderna que admiram Villa-Lobos, Oswald de Andrade e Antônio Gomide; os trezentos enfim, que pedem explicações.
>
> Dos que pedem explicações há alguns que são bons amigos meus. Experimento explicar ao primeiro e verifico que é cansativo e inútil. Então adoto duas táticas, segundo o jeito do explicando: a de Picasso, se ele vem para mim rindo e acha que tudo aquilo é blague e mistificação (a uma americana que lhe falou assim o fundador do cubismo respondeu que sim, que era blague, está claro!); aos que estão sérios, preocupados e perplexos confesso desolado que também não entendo nada, e vou comentar com ele a minha incompreensão. Tem sucedido que estes acabam me explicando alguma cousa. Notei que com esta espécie uma palavra difícil usada a propósito resolve todas as dúvidas.

O final do texto dizia:

> Para dar-nos um pintor antropófago, Oswald terá que virar pintor, o que é fácil, uma vez que já virou poeta e dos melhores. O diabo é que em pintura não há verso livre.

A exposição de Tarsila no Palace Hotel, no Rio de Janeiro, foi aberta em 20 de julho de 1929, tendo sido anunciada em jornais do dia, como em *O Jornal* e *A Manhã*. A *Revista de Antropofagia*, em 1º de agosto de 1929, publicou uma página com o título: "A exposição de Tarsila do Amaral, no Palace Hotel, do Rio de Janeiro, foi a primeira grande batalha da Antropofagia". Sob o subtítulo "Nota interessante", lia-se:

> Correu sangue na exposição. Oswald de Andrade, agindo antropofagicamente, esborrachou o nariz de um admirador do sr. Amoedo. O sangue espirrou. Com imensa satisfação dos antropófagos presentes.

Tarsila fez um retrato de Bandeira dentro da série de ilustrações produzidas por ela entre 1947 e 1948 para *O Estado de S. Paulo*.

O "NOSSO" SAINT-HILAIRE

Esse texto foi publicado em *A Província*, em 28 de outubro de 1928, tendo sofrido pequenas alterações, no sentido de eliminar dados de época. No jornal, o texto se inicia com este parágrafo:

> O sr. Tobias Monteiro acaba de pagar pelo Brasil uma dívida de gratidão à memória de Auguste Saint-Hilaire (o nosso Saint-Hilaire), oferecendo ao Museu Nacional o busto do sábio francês, solenemente inaugurado há dias.

Ao final do primeiro parágrafo do texto em livro, seguia-se este trecho: "Ainda agora, a propósito desta cerimônia de consagração, alguns dos nossos mais notáveis naturalistas escreveram palavras de tocante simpatia e admiração pelo primeiro devassador da nossa flora". No último parágrafo em livro, após o fim do período que termina em "transcendências", segue-se, no jornal, o seguinte trecho:

> É com essa receita que se fabrica um filósofo como o sr. Pontes de Miranda. Ou um poeta como também o sr. Pontes de Miranda que, notícia alarmante e absolutamente verdadeira, acabou de virar poeta modernista.

Tobias Monteiro (1876-1952) foi jornalista e político, mas sobretudo importante historiador; Pontes de Miranda (1892-1979) foi um jurista de renome.

VELÓRIOS

Esse texto foi publicado no *Boletim de Ariel*, em dezembro de 1936, ano da primeira edição de *Velórios* (Belo Horizonte: Os Amigos do Livro), que só veio a ter uma segunda edição em 1974 (Rio de Janeiro: José Olympio). A terceira edição saiu em 2004 (São Paulo: Cosac Naify).

FRAGMENTOS

Como o título indica, o texto é composto de trechos de outros textos: "O Recife é uma cidade sem jardins", publicado em *A Pro-*

víncia, em 6 de outubro de 1929; "Como o Rio festejou o dia da Avenida", publicado em *A Província*, em 22 de março de 1929; uma resenha do livro *Como tornar-se e conservar-se bela*, de Marie d'Osny, publicada em *Literatura*, em 20 de julho de 1933; e "Ainda não acabou a mania do discurso bonito", publicado em *A Província*, em 11 de janeiro de 1929.

Um dos "haicais" achados por Bandeira nessa crônica foi novamente citado por ele quando, no *Itinerário de Pasárgada*, fala da "conquista difícil" do verso livre e de "estranhos dessensibilizantes" que contribuíram para essa conquista.

CASANOVA

Esse texto foi publicado na revista carioca *Bazar*, nº 1, de 17 de setembro de 1931. Tanto nessa publicação quanto na primeira edição das *Crônicas da província do Brasil*, apresentava uma informação errada, corrigida quando da reedição em 1958, no volume *Poesia e prosa*. Logo no início do texto, após a citação de abertura, esta é identificada como sendo do "Don Juan de Tirso de Molina", o que foi corrigido para "Don Juan de José Zorrilla". Anos mais tarde, Manuel Bandeira traduziria essa peça — *Don Juan*, de José Zorrilla (Rio de Janeiro: Serviço Nacional do Teatro, 1960). Em sua tradução, a peça foi representada no Teatro Municipal do Rio de Janeiro pelo Teatro Nacional de Comédia, com estréia em 2 de dezembro de 1959, numa montagem com cenários e figurinos de Salvador Dalí.

O primeiro número da elegante revista *Bazar*, cujo diretor artístico era Gilberto Trompovsky, assim introduzia e justificava seu tema principal: "A fidalga Embaixatriz da Itália abriu os seus magníficos salões para o *greatest event* da *saison* de 1931, 'a noite veneziana do século XVIII'". Boa parte da revista era ocupada tanto com notícias, acompanhadas de fotografias, sobre a festa a que compareceram as figuras da alta sociedade vestidas a caráter, quanto com artigos relacionados com a cultura italiana.

O HEROÍSMO DE CARLITO

Com o título "O heroísmo da vida de Carlito", o texto foi publicado em *A Província*, em 14 de outubro de 1928.

ELIZABETH BARRETT BROWNING

Esse texto foi publicado na revista carioca *Bazar* nº 5, de 21 de novembro de 1931, com o título "Andromeda em Wimpole Street". Bandeira havia publicado em *A Província* dois textos sobre Elizabeth Barrett Browning. O primeiro e mais extenso deles, "Os sonetos de amor de uma poetisa inglesa", data de 4 de abril de 1929. De caráter biográfico, apresenta a tradução de um soneto, "Amo-te quanto em largo...". O segundo texto, com o mesmo título, foi publicado em 20 de junho de 1929. Faz alguns comentários sobre características do soneto, em especial do soneto inglês, e sobre o trabalho de tradução, apresentando tradução de outro soneto, "As minhas cartas!...". Sobre a primeira tradução, diz o texto: "Não é tradução, mas uma apegada paráfrase apenas". Sobre a segunda, diz: "Como disse da primeira tradução, direi desta igualmente que é menos uma tradução do que uma paráfrase. De resto estou convencido que a paráfrase é a única forma viva de tradução". O primeiro dos artigos de *A Província* é acompanhado por um desenho de Joanita Blank representando E. B. Browning. Esse desenho também é estampado em *Bazar*, onde da mesma ilustradora há um retrato de Robert Browning. O segundo artigo da *Província* vem acompanhado de um desenho de Cícero Dias.

Essas traduções, a que Bandeira acrescentou a de um terceiro soneto, "Parte: não...", foram incluídas em *Libertinagem* (1930). Quando da publicação das *Poesias completas* (1940), as traduções continuaram integradas a *Libertinagem*. Já nas *Poesias completas* de 1948, houve o acréscimo de um quarto soneto, "Ama-me por amor...". Na edição das *Poesias completas* de 1951 e 1955, as quatro traduções continuavam integradas a *Libertinagem*. No entanto, em 1945, na primeira edição dos *Poemas traduzidos*, foram incluídas as três traduções que inicialmente estavam em *Libertinagem*. Já na segunda edição dos *Poemas traduzidos* (1948), foram incluídos os quatro sonetos.

A propósito dessas traduções há algumas referências em correspondência contemporânea dos artigos publicados em *A Província*. Em carta para Mário de Andrade, datada do Rio de Janeiro, 6 de maio de 1929, diz Bandeira: "Quanto a mim não fiz nada de novo, senão duas traduções de Elizabeth Barrett Browning – dois dos *Sonnets from the Portuguese*".

E em 17 de junho de 1929:

> Fiz, sim, mais duas traduções e estou esperando o livro dos *Sonnets from the portuguese* para fazer outras. [...] Essas traduções me agradam, porque creio que fiz coisa minha, não acha? Assim que gosto de tradução: como a mulher de Verlaine: 'ni tout à fait la même, ni tout à fait une autre'. E parece que dei um sabor do soneto clássico português, de onde a Elizabeth *soi-disant* traduziu, não acha?

Numa carta para Mário, de 2 de outubro de 1934, a propósito da organização de um volume de *Poesias escolhidas*, diz Bandeira: "Nunca achei jeito de refazer melhor o primeiro verso do poema

'Gesso'. No entanto fiz quase ao correr da pena um dos sonetos de Elizabeth Browning".

Embora no corpo do texto das *Crônicas da província do Brasil* faça apenas breve referência a um outro poema de E. B. Browning, "The cry of the children", Bandeira traduziu uma estrofe desse poema, trabalho que aparentemente permaneceu inédito e do qual se encontra versão datilografada (de 1952) no arquivo do poeta (depositado na Fundação Casa de Rui Barbosa):

> Giram as rodas... Contra as nossas faces
> O vento delas vem chocar,
> E a cabeça nos roda... E tudo gira
> Em torno de nós, sem parar.
> Giram os céus nos janelões, que giram,
> Giram no espesso ar as negras moscas,
> Gira a luz no alto muro, e como tudo
> Giramos nós também o dia todo!
> E todo o dia as rodas de aço zunem,
> Zunem, e quanta vez um ai
> Desesperado há em nossa boca: "Ó rodas,
> Parai! por hoje silenciai!"

O CORAÇÃO INUMERÁVEL

Esse texto foi publicado no *Estado de Minas*, em 8 de junho de 1933.

Anna de Noailles (1876-1933) foi uma poetisa francesa, de inspiração romântica, que esteve em grande voga nas primeiras décadas do século XX.

Esse texto foi publicado no *Diário Nacional*, em 25 de dezembro de 1930. Note-se que Bandeira escreve cerca de três anos depois da publicação póstuma, em 1927, de *Le Temps retrouvé*, último volume de *À La Recherche du temps perdu*, tendo Proust morrido em 1922. Em 1954, um dos volumes da primeira tradução brasileira de *À La Recherche du temps perdu*, *La Prisonnière* (*A prisioneira*), seria co-traduzido por Manuel Bandeira e Lourdes Sousa de Alencar (Porto Alegre: Globo, 1954).

Em carta a Carlos Drummond de Andrade, de 31 de agosto de 1925 (reproduzida em *Poesia e prosa*), em que comenta *A Revista*, o periódico dos modernistas mineiros, diz Bandeira: "C. que assina a nota crítica sobre o livro de Crémieux é você? Achei admirável e concordo em gênero, número e caso com o que diz do Proust". De fato foi Drummond que escreveu a nota referida por Bandeira, no número 2 de *A Revista*, em agosto de 1925:

> Eu também tenho uma opinião sobre Proust. Dois pontos: é o autor mais difícil do século 20. Não que ele seja obscuro, mallarmesco, isso não. Mas escreve mal. Os períodos não acabam nunca; arrastam-se por entre um cipoal de conjunções preposições pronomes pessoas o diabo. Vocês já leram *À L'Ombre des jeunes filles em fleurs*? Um sacrifício. O resultado paga o sacrifício. Mas este em si é duro demais.

Lembre-se que Drummond veio também a ser tradutor de Proust, tendo traduzido o volume *Albertine disparue* (com o título *A fugitiva* [Porto Alegre: Globo, 1956]), dentro da mesma edição de que Bandeira participou. Das numerosas referências em sua obra a Proust, a mais conhecida é justamente o título de um dos poemas de seu livro *Brejo das Almas*, "Sombra das moças em flor".

Em carta a Jorge de Lima datada do Rio de Janeiro, 9 de janeiro de 1930 (reproduzida em *Poesia e prosa*), escreve Manuel Bandeira:

> A respeito do Proust nada sei senão o pouco que tenho lido em alguns críticos. Confesso o meu aleijão: ainda não pude meter o dente no Proust. Quando ele ainda não estava em moda tentei lê-lo e desanimava achando-o monstruosamente cacete. Fiz várias investidas bem fracassadas. Se abria o livro ao acaso e lia um pedaço gostava bem, parecia-me tudo interessante, substancial e embastido. Continuando a leitura voltava sempre a impressão de cacetada. Mas agora tenho de tomar providências sérias porque não é mais possível continuar desconhecendo Proust. Vou "estudar" Proust. Como se faz com o primeiro romance que se lê numa língua que ainda se está aprendendo: lerei 20 páginas por dia como uma obrigação. Pode ser *que l'appétit vienne en mangeant*. Atribuo uma parte dos meus fracassos proustianos ao tipo ou antes formato da edição que acho antipaticíssimo: naquelas páginas largas a análise implacavelmente minuciosa do Proust ainda parece mais comprida, mais *délayée*. Sei que estou empregando mal o adjetivo, Proust não é *délayé*, todavia é a impressão que dá à minha impotência de atenção.

Meses depois, em carta para Mário de 24 de novembro de 1930, Bandeira já dizia o seguinte: "Estou uma fera no Proust. Puxa que é bom que é danado! Nunca me senti tão confortado nas minhas dores de corno. O bicho era especialista no assunto. Já li 11 volumes e falta só *Albertine disparue* e *Le Temps retrouvé*".

No mesmo ano de 1930, em novembro, Bandeira publicou também "Iniciação em Marcel Proust", na *Revista Souza Cruz*, onde se lê:

> Duas vezes tentei ler o Proust e fracassei. Foi no tempo em que o genial romancista ainda vivia, o que afinal é um bom ponto para

> mim: não se tinha formado ainda o mito-Proust [...] O livro que duas vezes me desanimou foi *À L'Ombre des jeunes filles em fleurs*. O que estou lendo agora e entendendo é o primeiro da série, o *Du Côté de chez Swann*. E estou como o Gide: não largo o livro, sobressaturando-me dele, espojando-me nele.
>
> Sem dúvida há sempre que vencer os arames farpados das incidentes proustianas. Será necessário ler duas ou três vezes períodos como este [...] Essa maneira de escrever e a remissão freqüente a quanto ficou atrás faz com que o Proust tenha de ser lido desde a primeira linha do primeiro tomo que começa o romance único que é a sua grande obra.

Na crônica "Declaração de amor", datada de 4 de setembro de 1957 (incluída em *Poesia e prosa*, vol. 2, p. 570), posterior, então, a sua tradução de Proust, diz Bandeira: "Delft cuja porcelana azul mediocrizou-se, mas que persiste linda como nos tempos de Vermeer. Não havia tempo para localizar a famosa vista do mestre, com o seu paninho de muro amarelo tão exaustivamente analisado por Proust em *La Prisonnière*".

Índice remisssivo

As entradas marcadas com n *e* p *remetem às notas do organizador e ao posfácio, respectivamente.*

À La Recherche du temps perdu (Marcel Proust), 301*n*
Abreu, Casimiro de, 230
Agostinho, discípulo do Aleijadinho, 55
Albertine disparue (Marcel Proust), 233, 301*n*
Albuquerque, Antônio de, 19
Albuquerque, José Maria de, 106
Alcântara Machado, Antônio de *ver* Machado, Antônio de Alcântara
Aleijadinho (Antônio Francisco Lisboa), 15, 23-4, 31, 49-50, 52, 54-5, 57-8, 60, 93, 201, 244*p*, 257-60*p*, 265*n*, 267*n*, 271-2*n*
Alencar, José de, 46-7, 80-1, 185, 187, 270*n*
Alencar, Lourdes Sousa de, 301*n*
Alguma poesia (Carlos Drummond de Andrade), 123, 245*p*, 280-1*n*
Ali, Manuel Said, 117
Almeida, Guilherme de, 131, 188
Almeida, Renato, 119
Alphonsus, João, 265-6*n*
Alpoim, José Fernandes Pinto, 25, 276*n*
Álvares de Azevedo, Manuel Antônio *ver* Azevedo, Álvares de
Alves, Castro, 230
Amaral, Geraldo Barroso do, 289*n*
Amaral, Tarsila do, 33, 195-7, 239*p*, 294-5*n*
Amoroso Costa, Manuel *ver* Costa, Manuel Amoroso
Anchieta, José de, 160
Andorinha, andorinha (Manuel Bandeira), 293*n*
"Andorinha" (Mário de Andrade), 143
Andrada e Silva, José Bonifácio de, 188
Andrade, Carlos Drummond de, 123-4, 245*p*, 247*p*, 259-60*p*, 265-6*n*, 271*n*, 280-1*n*, 301*n*
Andrade, Mário de, 46-9, 135-6, 143, 239*p*, 242-3*p*, 245*p*, 247*p*, 251*p*, 265*n*, 268-72*n*, 278-9*n*, 281-2*n*, 290*n*, 299*n*
Andrade, Oswald de, 60, 111, 137, 196, 239*p*, 294*n*, 295*n*
Andrade, Rodrigo Melo Franco de, 49, 119, 139, 203, 247*p*, 251*p*, 267*n*, 283*n*
Andreoni, André João Antônio *ver* Antonil, André João
Andromeda in Wimpole Street (Dormer Creston), 223
Anjos (quadro de Tarsila do Amaral), 195
Anjos, Augusto dos, 139
Antologia dos poetas brasileiros (Manuel Bandeira), 252*p*, 270*n*
Antonil, André João, 16, 19, 25, 191, 249
Antônio, Celso, 245*p*
Antropofagia (quadro de Tarsila do Amaral), 196
Apresentação da poesia brasileira (Manuel Bandeira), 252*p*, 260*p*
Aranha, Graça, 119-21
Ardel, 185
Arinos, Afonso, 31-2, 229, 253*p*
Arrigucci Jr., Davi, 256-7*p*
Aschof, Tilda, 101
Aspectos da literatura brasileira (Mário de Andrade), 245*p*
Assis, Machado de, 67, 168, 185-6, 205
Assumar, conde de, 20, 107
Ataíde, Manuel da Costa, 24, 59, 251*p*
Athayde, Tristão de, 266*n*
Atalaia bandeirante (Afonso Arinos), 32, 253*p*
Autoria das Cartas Chilenas, A (Manuel Bandeira), 252*p*
Avilez, Jorge de, 66

Azevedo, Aluísio, 175
Azevedo, Álvares de, 230, 271*n*
Azevedo, Artur, 79, 112
"Azulão" (Jaime Ovalle e Manuel Bandeira), 285*n*

Baciu, Stefan, 255*p*
Backeuser, Everardo, 159
Bahia, 14, 16, 24, 28, 33-6, 40-3, 58, 63, 69-71, 95, 105, 242*p*, 244*p*, 250*p*, 268-70*n*
Bal chez le Comte D'Orgel, Le (Raymond Radiguet), 185
"Balada do amor através das idades" (Carlos Drummond de Andrade), 123-4
Barbosa, Francisco de Assis, 243*p*
Barreiros, Antônio, 36
Barreto, Lima, 46, 48
Barreto, Tobias, 45
Barrett, Edward, 224, 227
Barros, Antônio Carlos Couto de, 160
"Batalha de Maratona, A" (Elizabeth Barrett Browning), 225
Batateira, Cicinho de *ver* Dias, Cícero
Bazar, 254-5*p*, 297-8*n*
Belém (PA), 105, 155, 242*p*, 269*n*
Belo belo (Manuel Bandeira), 285*n*
Belo Horizonte (MG), 242*p*, 244*p*, 272*n*, 296*n*
Belo, Júlio, 61-2
"Berimbau" (Jaime Ovalle e Manuel Bandeira), 285*n*
Bilac, Olavo, 208
"Bilhete a Benjamin Costallat" (Manuel Bandeira), 268*n*
Binati, Lia, 93
Blanco-White, Joseph, 287*n*
Blank, Joanita, 298*n*
Boa Vista (GO), 199
Boletim de Ariel, 254*p*, 276*n*, 279*n*, 286*n*, 292*n*, 296*n*
Bopp, Raul, 143
Bragança, Manuel Gonçalves, 24
Brancovan, Ana-Elizabeth Bessaraba de *ver* princesa de *ver* Noailles, Anna de
Brandão, Otávio, 150, 181
Brás, Bexiga e Barra Funda (Alcântara Machado), 112
Bretas, Rodrigo José Ferreira, 49-50, 52-3, 55-8
Brodowsky (SP), 193-4
Browning, Elizabeth Barrett, 223-4, 227, 298-300*n*
Browning, Robert, 223, 227, 299*n*
Buarque de Holanda, Sérgio *ver* Holanda, Sérgio Buarque de
Burton, Richard, 15, 31-2, 93
Byron, *lord*, 158

Cabral, Pedro Álvares, 188
Cabrita, professor, 117
Caldas, Sebastião de Castro, 65
Calheiros, Antônio de Sousa, 23, 25, 83, 276*n*
Campos, Humberto de, 47
Canaã (Graça Aranha), 121
"Canção do viúvo" (Carlos Drummond de Andrade), 124
Candu, *seu*, 154-5
Canto do brasileiro (Augusto Frederico Schmidt), 127
Cantos do liberto (Augusto Frederico Schmidt), 127
Capanema, Gustavo, 251*p*
Capiberibe, rio, 242*p*
Carlito *ver* Chaplin, Charles
Carnaval (Manuel Bandeira), 261*p*
Carneiro, Francisco Xavier, 59
Caron, Hipólito Boaventura, 113
Carvalho, Feu de, 25, 272*n*
Carvalho, Ronald de, 239*p*, 266*n*
Casa-grande & senzala (Gilberto Freyre), 248-50*p*
Casanova, Giacomo, 215
Castelnau, Francis de, 29-30
Castro Alves, Antônio Frederico de *ver* Alves, Castro
Cearense, Catulo da Paixão, 93-4, 97, 144

Cendrars, Blaise, 25, 239*p*
Chagall, Marc, 194
Chagas, Vicente das, 37
Chaplin, Charles, 219-22, 298*n*
"Cidade do interior" (Manuel Bandeira), 240*p*
"Cidadezinha qualquer" (Carlos Drummond de Andrade), 123
Cinza das horas, A (Manuel Bandeira), 260-1*p*
Circo, O (filme de Charles Chaplin), 220
Cobra Norato (Raul Bopp), 143
Coelho Neto, Henrique Maximiano, 188, 208
Coeur innombrable, Le (Anna de Noailles), 229
Colóquio unilateralmente sentimental (Manuel Bandeira), 275*n*
Como tornar-se e conservar-se bela (Marie d'Osny), 297*n*
"Confusão" (Raul de Leoni), 139
Congonhas do Campo (MG), 28, 49, 54, 83, 107, 201
Corbusier, Le (Charles-Édouard Jeanneret), 85, 119
Correia, Raimundo, 101
Correio Oficial de Minas, 49
Costa, Lucio, 85, 245-6*p*, 266*n*
Costa, Manuel Amoroso, 211
Costa, Manuel Inácio da, 39
Couto, Ribeiro, 143, 158, 184, 244*p*, 286*n*, 287*n*
Creston, Dormer, 223, 225
Cruz e Sousa, João da, 139
"Cry of the children, The" (Elizabeth Barrett Browning), 226-7, 300*n*
Cunha, Euclides da, 48
Cunha, Gastão da, 124
"Cunhantã" (Manuel Bandeira), 241*p*

"**D**. Sebastião Leme" (Manuel Bandeira), 251*p*
Dalí, Salvador, 297*n*
Dantas, Pedro *ver* Morais Neto, Prudente de
Darmesteter, Arsène, 47
De Chirico, Giorgio, 194
Debret, Jean-Baptiste, 65, 80
Debussy, Claude, 102
Delly, M., 185
Desenhos de Manoel Bandeira (Manuel Bandeira), 278*n*
Di Cavalcanti (Emiliano Augusto Cavalcanti de Albuquerque Melo), 119
Diário de Notícias, 248*p*, 254*p*, 278*n*
Diário de Pernambuco, 106, 250*p*
Diário Nacional, 153, 244*p*, 247*p*, 254*p*, 271*n*, 277*n*, 280-82*n*, 286-7*n*, 289-90*n*, 301*n*
Dias, Antônio, 15-9
Dias, Cícero, 119, 146, 159, 172, 175-6, 289*n*, 299*n*
Dias, Antônio Gonçalves, 252*p*
Dinis, Júlio, 186
Diogo, César, 199
Dirceu, 23
Dom Casmurro (Machado de Assis), 185
Domingues, Afonso, 117
Don Juan (José Zorrilla), 297*n*
Don Segundo Sombra (Ricardo Guiraldes), 159
Du côté de chez Swann (Marcel Proust), 233
"Duas canções do tempo do beco" (Manuel Bandeira), 288*n*
Dumont, Alberto Santos, 292*n*

É*blouissements* (Anna de Noailles), 230
Eça de Queirós, *ver* Queirós, Eça de
"Elegia de Londres" (Manuel Bandeira), 285*n*
Em busca do ouro (Charles Chaplin), 220
Em busca do tempo perdido, ver À La Recherche du temps perdu (Marcel Proust)
Engrácia, Júlio, 49, 59
Escola Nacional de Belas-Artes, 245*p*, 272*n*
Espírito Santo, 155, 200
Estado de Minas, 254*p*, 266*n*, 278*n*, 284*n*, 288*n*, 293*n*, 300*n*
Estado de S. Paulo, O, 295*n*

Estética, 158, 279*n*
Estrela da manhã (Manuel Bandeira), 246*p*, 250*p*, 261*p*, 288*n*
Estrela da tarde (Manuel Bandeira), 285*n*
Ética (Spinoza), 218
Europa, 27-8, 37-9, 50, 91, 169, 194, 230, 276*n*, 292*n*
"Evocação do Recife" (Manuel Bandeira), 73, 279*n*
"Explicação" (Carlos Drummond de Andrade), 123

Fabulário (Coelho Neto), 188
Família de caipira, A (quadro de Tarsila do Amaral), 195
Família inglesa, A (Júlio Dinis), 186
Fauré, Gabriel, 102
Ferreira, Ascenso, 144
Festa das igrejas (Francisco Mignone), 275*n*
Fialho, João de Faria, 18
Fidalgos da casa mourisca, Os (Júlio Dinis), 186, 188
Flauta de papel (Manuel Bandeira), 258-60*p*
Folhetins (França Júnior), 112, 113, 279*n*
Foolish bird, The (Jaime Ovalle), 285*n*
Fortaleza (CE), 105, 242*p*, 269*n*
França Júnior, Joaquim José da, 111-4, 279*n*
Franca, Leonel, 160
France, Anatole, 15, 47, 185
Francisco de Assis, São, 158
Freyre, Gilberto, 106, 124, 160-1, 242*p*, 244*p*, 248-51*p*

Gallet, Luciano, 284-5*n*
Galveias, conde das, 22
Garbo, Greta, 158, 288*n*
Garo, Nicola de (Nikolay Abrachev), 119
Garoto, O (filme de Charles Chaplin), 220
George, Waldemar, 196
Goethe, Johann Wolfgang von, 94, 224
Goiás, 199
Godofredo (Rebelo de Figueiredo) Filho, 34-5, 41, 270*n*
Gomes, Alfredo, 46
Gomes, Carlos, 87-8, 90
Gonçalves Dias, Antônio *ver* Dias, Gonçalves
Gonzaga, Tomás Antônio, 23
Gouveia, Nerval de, 117
Graça Aranha, José Pereira da *ver* Aranha, Graça
Graham, Maria, 73, 75-7, 274*n*
Gramatiquinha da fala brasileira (Mário de Andrade), 47
Grimm, Johann Georg, 113
Guarani, O (José de Alencar), 187
Guarani, O (Carlos Gomes), 87, 89
Guaratinguetá (SP), 18
Guedes, Mário, 159
Guia de Ouro Preto (Manuel Bandeira), 251*p*, 260*p*, 266-7*n*, 271*n*
Guimaraens, Alphonsus de, 252*p*
Guimaraens, Eduardo, 143
Güiraldes, Ricardo, 159

Há uma gota de sangue em cada poema (Mário de Andrade), 135
Heine, Christian Johann Heinrich, 63, 124, 160
Helena (Machado de Assis), 185-6
Herculano, Alexandre, 117
História antiga e média das Minas Gerais (Diogo de Vasconcelos), 31, 249*p*, 268*n*
Holanda, Sérgio Buarque de, 247-8*p*, 251*p*, 279*n*
Homenagem a Manuel Bandeira, 247*p*
Homero, 94, 224
Huxley, Aldous, 223

Iaiá Garcia (Machado de Assis), 185
Idéia Ilustrada, A, 239*p*
Idioma nacional, O (Antenor Nascentes), 45
"Igreja" (Carlos Drummond de Andrade), 123
Ilustração Brasileira, 254*p*, 266*n*, 271*n*
"Impressões da Bahia" (Manuel Bandeira), 268*n*

Inácio de Loiola, Santo, 160
"Infância" (Carlos Drummond de Andrade), 124
"Iniciação em Marcel Proust" (Manuel Bandeira), 302*n*
Inocência (Visconde de Taunay), 188
Instituto do Patrimônio Histórico e Artístico Nacional (IPHAN), 251*p*, 270*n*
Isabel, mãe do Aleijadinho, 53
Ismailovitch, Dimitri, 119
"Itabira" (Carlos Drummond de Andrade), 123
"Itinerário de Mariana" (João Alphonsus), 266*n*
Itinerário de Pasárgada (Manuel Bandeira), 246-7*p*, 251*p*, 255-6*p*, 286-7*n*, 289*n*, 297*n*

"**J**á é demais" (*seu* Candu), 154, 155
Jaboatão, Antônio de Santa Maria, 36, 38
Jaloux, Edmond, 231
Jércolis, Jardel, 277*n*
Jesus, Lucas de, 24
Jesus, Luís de *ver* Torneiro, Luís
João Pernambuco, músico, 93
João VI, d., 73
Johnson, Al, 99
Jornal do Brasil, 259*p*
Jornal do Commercio, 45, 67, 87, 89, 276*n*
Jornal, O, 65, 106, 107, 254*p*, 265*n*, 269*n*, 273*n*, 282*n*, 295*n*
Journal of a voyage to Brazil (Maria Graham), 73, 274*n*
Joyce, James, 145, 172
Justino, discípulo de Aleijadinho, 55, 60

"**K**eepsake" (Blaise Cendrars), 240*p*
Kerner, Ari, 158

"**L**'enfant et le Youroupari (tragédie)" (Heitor Villa-Lobos), 241*p*
Laet, Carlos de, 115
Laforgue, Jules, 124
Lamarck, Jean-Baptiste, 199
Lanterna Verde, 293*n*
Leitão, Antônio de Oliveira, 23
"Lenda brasileira" (Manuel Bandeira), 241*p*
Lenine, garoto de rua, 150, 179-81, 290*n*
Leoni, Raul de, 139, 172, 283*n*
Leseur, Elizabeth, 129, 158
"Leve e sutil" (Blaise Cendrars), 240*p*
Libertinagem (Manuel Bandeira), 241*p*, 245*p*, 250*p*, 261*p*, 289*n*, 299*n*
Lições de morfologia vegetal (Auguste Saint-Hilaire), 202
Lima Barreto, Afonso Henriques de *ver* Barreto, Lima
Lima, Alceu Amoroso *ver* Athayde, Tristão de
Lima, Jorge de, 302*n*
Lima, Oliveira, 73
Lindsay, Vachel, 143
Lira dos cinqüent'anos (Manuel Bandeira), 266*n*, 288*n*
Lisboa, Antônio Francisco *ver* Aleijadinho (Antônio Francisco Lisboa)
Lisboa, Manuel Francisco, 52-3
Literatura, 254*p*
Livro de Horas de Sóror Dolorosa (Guilherme de Almeida), 132
Livro do Nordeste (org. Gilberto Freyre), 250*p*
Livro dos guardiães, 36-7
Lobato, Monteiro, 48
Lopes, Fernão, 249
Lopes, Joana, 50, 55
Lopes, Paula, 117
"Louvação da tarde" (Mário de Andrade), 136
Luccock, John, 28, 201
Lucíola (José de Alencar), 80
Luz mediterrânea (Raul de Leoni), 139, 141, 283*n*

Machado, Antônio de Alcântara, 111-2, 266*n*
Machado, Simão Ferreira, 21-2
Machado de Assis, Joaquim Maria *ver* Assis, Machado de

Macunaíma (Mário de Andrade), 243*p*
Magalhães, Paulo Ribeiro de, 158-9, 290*n*
Malasarte (Graça Aranha), 121
Malfatti, Anita, 245*p*
Manhã, A, 275*n*, 295*n*
"Manhã" (Mário de Andrade), 136
"Manuel Bandeira" (Jaime Ovalle), 285*n*
"Manuel da Costa Ataíde, dourador" (Manuel Bandeira), 251*p*
Manuscritos de Stênio (Castro Alves), 63
Mariana (MG), 25, 30, 106, 242*p*, 244*p*, 265*n*
Mariano Filho, José, 61-2, 84, 189, 272-3*n*
Marília, 23, 31
"Marinheiro triste" (Manuel Bandeira), 256*p*, 288*n*
Marlette, Germaine-Marie, 223
Matos, Gregório de, 42
Maurício, discípulo de Aleijadinho, 55
Mawe, John, 13, 26-9
Melo, Custódio José de, 208
Memórias (Giacomo Casanova), 215, 217-8
Memórias póstumas de Brás Cubas (Machado de Assis), 185
Mendes, Murilo, 245*p*
Meneses, Emílio de, 102, 171-2, 208
Meneses, Furtado de, 24
Meneses, Luís da Cunha, 25
Mesquita, maestro, 89
Messidor, 188
Meu (Guilherme de Almeida), 132
Mignone, Francisco, 275*n*
"Minha gente, salvemos Ouro Preto" (Manuel Bandeira), 266*n*
Miranda, Pontes de, 296*n*
Mocambos do Nordeste (Gilberto Freyre), 251*p*
Modigliani, Amedeo, 194
"Modinha" (Jaime Ovalle e Manuel Bandeira), 285*n*
Molina, Tirso de, 297*n*
"Momento" (Mário de Andrade), 136
Montaigne, Michel de, 204
Monteiro Lobato, José Bento *ver* Lobato, Monteiro
Monteiro, Alice, 183
Monteiro, Tobias, 202, 295-6*n*
Montenegro, Olívio, 204
Moraes, Marcos Antonio, 279*n*
Morais Neto, Prudente de, 111-2, 114, 124, 158, 161, 279*n*
Moreninha, A (Joaquim Manuel de Macedo), 188
Moreyra, Álvaro, 98, 153
Moreyra, Eugênia Álvaro, 119, 153
Morgadinha dos canaviais, A (Júlio Dinis), 186
Moscoso, Tobias, 184, 292*n*
Mozart, Wolfgang Amadeus, 89-90, 159
Muricy, Andrade, 251*p*
"Mysterious night" (Joseph Blanco-White), 287*n*

Nabuco, Joaquim, 189, 191
Nascentes, Antenor, 45-6, 117, 266*n*, 270*n*
Nascimento Filho, Frederico ("Pequenino"), 101-2, 278*n*
Navio perdido (Augusto Frederico Schmidt), 127, 281*n*
Ney, Francisco de Paula, 88-9, 208
"No meio do caminho" (Carlos Drummond de Andrade), 125
Noailles, Anna de, 229-30, 232, 300*n*
"Noturno" (Guilherme de Almeida), 132

Ohnet, George, 185
Olinda (PE), 16, 24, 58, 65, 69, 75-6, 106
Oliveira Neto, Luís Camillo de, 246*p*
Ombre des jours, L' (Anna de Noailles), 229
Ombro arma (filme de Charles Chaplin), 220
Opus 10 (Manuel Bandeira), 266*n*
Orbe seráfico (Jaboatão), 36, 38
Ordem, A, 158
Osny, Marie d', 210, 297*n*
Otaviano, Francisco, 67
"Ouro Preto" (Manuel Bandeira), 266
Ouro Preto (MG), 13-7, 19-25, 27-32, 49, 52, 55-60, 106-8, 200-1, 242*p*, 244*p*, 249, 253*p*, 258*p*, 260*p*, 265-8*n*, 271-2*n*, 276*n*

Ovalle, Jaime, 93, 145-7, 157, 161, 256-7*p*, 284-5*n*, 289*n*
"Ovalle" (Manuel Bandeira), 285*n*

"**P**ai do mato" (Mário de Andrade), 143
País, O, 113
Papéis avulsos (Machado de Assis), 186
Pará, 157-8, 160, 207, 285*n*
Para Todos, 265*n*, 272*n*
Paraguaçu, Catarina Álvares, 42
Parreiras, Antônio, 113
Partido Democrático, 254*p*
Partido Republicano Paulista (PRP), 254*p*
Pássaro cego (Augusto Frederico Schmidt), 127, 245*p*
Passos, Guimarães, 208
Pastoral (quadro de Tarsila do Amaral), 195
Patrocínio Filho, José do, 93, 95, 277*n*
Patrocínio, José do, 95, 97, 102, 204, 277*n*
Pau-Brasil (Oswald de Andrade), 197
Paula Ney, Francisco de *ver* Ney, Francisco de Paula
Paulicéia desvairada (Mário de Andrade), 135, 283*n*
Pêcheur d'Islande (Pierre Loti), 187
Pedro I, d., 66
Pedro II, d., 39, 81, 159
Pequena história da literatura brasileira (Ronald de Carvalho), 111
"Pequeno jardim" (Blaise Cendrars), 240*p*
Peregrino Júnior , 245*p*
Pereira, José Clemente, 93
Pernambuco, 61, 63, 69, 73, 106, 108, 157, 242-3*p*, 269*n*, 272*n*
Pinto, Edmundo Luz, 210
Pinto, H. Sobral, 158
Pinto, Roquete, 199
Poe, Edgar Allan, 226
"Poema de sete faces" (Carlos Drummond de Andrade), 124, 281*n*
"Poema do beco" (Manuel Bandeira), 171, 256*p*, 288*n*
"Poema só para Jaime Ovalle" (Manuel Bandeira), 285*n*
Poemas (Jaime Ovalle), 285*n*
Poemas (Murilo Mendes), 245*p*
"Poemas da negra" (Mário de Andrade), 135-6, 283*n*
Poemas traduzidos (Manuel Bandeira), 285*n*, 299*n*
Poems (Alan Seeger), 291*n*
Poesia e prosa (Manuel Bandeira), 259*p*, 266*n*, 268*n*, 271*n*, 280*n*, 285*n*, 293*n*, 297*n*, 301-3*n*
"Poesia em 1930, A" (Mário de Andrade), 245*p*
Poesias completas (Manuel Bandeira), 299*n*
Poesias escolhidas (Manuel Bandeira), 248*p*, 299*n*
Pombal, Antônio Francisco, 52
Pontiero, Giovanni, 255*p*
Portinari, Cândido, 193-4, 245*p*, 293*n*
Prado, Paulo, 73, 265*n*, 266*n*
Prado, Yan de Almeida, 266*n*
"Primeira canção do beco" (Manuel Bandeira), 288*n*
Prisonnière, La (Marcel Proust), 234, 301*n*, 303*n*
"Profetas e os Passos de Congonhas, Os" (Manuel Bandeira), 271*n*
Proust, Marcel, 172, 233-5, 301-3*n*
Província, A, 106, 244*p*, 247*p*, 254*p*, 265*n*, 270*n*, 272-4*n*, 276-81*n*, 284*n*, 291-2*n*, 294-9*n*
Prudhomme, Sully, 268*n*

"**Q**uadrilha" (Carlos Drummond de Andrade), 123, 125
Queiroga, Anacleto Teixeira de, 31
Queirós, Eça de, 186

"**R**aça" (Guilherme de Almeida), 131
Radiguet, Raymond, 185
Raízes do Brasil (Sérgio Buarque de Holanda), 248*p*

Ramos, José Júlio da Silva, 115-7
Raul, caricaturista, 175
Recife (PE), 16, 28, 33, 73, 77, 79, 105-6, 109, 121, 136, 242*p*, 247*p*, 254*p*, 269*n*, 278-80*n*, 284*n*
Rego, Luís do, 74-5, 77, 284*n*
Reinach, Salomon, 35
Reis, Sotero dos, 46
Relação cronológica do santuário do Senhor Bom Jesus (Júlio Engrácia), 59
Religião brasileira (quadro de Tarsila do Amaral), 195
Remate de males (Mário de Andrade), 135, 245*p*
Renault, Abgar, 247*p*
"Rendez-vous" (Alan Seeger), 291*n*
"Resposta a Eneida" (Manuel Bandeira), 268*n*
Ressurreição (Machado de Assis), 185
"Retrato de Menuhin, O" (Manuel Bandeira), 293*n*
Revista, A, 295*n*, 301*n*
Revista de Antropofagia, 295*n*
Revista do Arquivo Público Mineiro, 25, 50, 249, 268*n*
Revista do Brasil, 270*n*
Revista do Norte, 106
Revista do Serviço do Patrimônio Histórico e Artístico Nacional, 251*p*
Revista Souza Cruz, 254*p*, 271*n*, 276*n*, 285-8*n*, 292*n*, 302*n*
Ribeiro, Barata, 67, 175
Ribeiro, Francisco Joaquim Gomes, 113
Ribeiro, João, 45, 116-7, 160
Ribeiro, Júlio, 46
Rio de Janeiro (RJ), 16-7, 24, 27, 33, 40, 45, 55, 57-8, 61, 65-7, 79, 87, 93-4, 102, 105, 113-4, 144-5, 172, 184, 203, 245*p*
Rio Seco, viscondessa do, 74
Ritmo dissoluto, O (Manuel Bandeira), 261*p*
Rodrigues, Totônio, 110, 256*p*
Romero, Sílvio, 190
Rónai, Paulo, 263*p*
Rosa e Silva, Francisco de Assis, 119, 208, 280*n*
Rousseau, Jean-Jacques, 196, 224
Rugendas, Johann Moritz, 65

Sá e Menezes, Artur de, 17
Sabará (MG), 16, 84-5, 106-7, 242*p*, 244*p*, 266*n*
Said Ali, Manuel *ver* Ali, Manuel Said
Saint-Hilaire, Auguste, 14-5, 26-8, 49, 60, 199-202, 295*n*
Saint-Hilaire, Geoffroy, 199
Salammbô (Gustave Flaubert), 188
Salão de 31 (XXXVIII Exposição Geral de Belas-Artes), 245*p*
"Salão dos tenentes, O" (Manuel Bandeira), 246*p*
Salvador (BA), 16, 36, 63, 106
Sampaio, Carlos, 114
Santo sujo (Jaime Ovalle), 285*n*
Santos Dumont, Alberto *ver* Dumont, Alberto Santos
Santos, João Lopes de Siqueira, 61-2
Santos, Joaquim Felício dos, 249, 268*n*
São João d'El-Rei (MG), 13, 52, 57, 106, 262*p*
São Luís (MA), 105
São Paulo (SP), 27, 31, 70, 84, 87, 102, 105, 112, 153, 158, 193, 247*p*
"Sapos, Os" (Manuel Bandeira), 239*p*
Schmidt, Augusto Frederico, 127-9, 145, 147, 157, 186, 245*p*, 281-2*n*
Seeger, Alan, 183, 291*n*
Segall, Lasar, 184
"Segunda canção do beco" (Manuel Bandeira), 288*n*
Semana de Arte Moderna, 239*p*, 245*p*, 278*n*
Senna, Homero, 248*p*
Seraphim and Other Poems, The (Elizabeth Barrett Browning), 226
Sertanejo, O (José de Alencar), 187
Serviço do Patrimônio Histórico e Artístico Nacional (SPHAN), 251*p*, 267*n*
"Sesta" (Carlos Drummond de Andrade), 123

Severo, Ricardo, 84, 276*n*
Silva, J. B. *ver* Sinhô
Silva, Pascoal da, 19
Silva, Rebelo da, 280*n*
Silveira, Álvaro Ferdinando Sousa da, 45-8, 115, 117
Sinhô (J. B. Silva), 93, 97-9, 153-5, 204, 243*p*, 277*n*
Sinistra aventura, A (José do Patrocínio Filho), 277*n*
Soares, Gabriel, 41
Solitudes, Les (Sully Prudhomme), 268*n*
"Sonetos de amor de uma poetisa inglesa, Os" (Manuel Bandeira), 298*n*
Sonnets from the Portuguese (Elizabeth Barrett Browning), 223-4, 299*n*
Sotero dos Reis, 46
Sousa da Silveira, Álvaro Ferdinando *ver* Silveira, Álvaro Ferdinando Sousa da
Sousa, Auta de, 158
Sousa, Miguel de, 17
Sousa, Otávio Tarquínio de, 253*p*, 258*p*
Spinoza, Baruch, 158, 218
Stendhal (Henri Beyle), 218
Sterne, Laurence, 160
Suite suggestive (cinémas) (Heitor Villa-Lobos), 241*p*
Swift, Jonathan, 160, 193

Taubaté (SP), 16-8
Temps retrouvé, Le (Marcel Proust), 233-4, 301*n*
Terra Roxa e Outras Terras, 240*p*
Teves, Matias, 39, 41
Tiradentes (Joaquim José da Silva Xavier), 23, 154, 188
Torneiro, Luís, 38
Torres, Antônio de Andrade, 39
"Traços biográficos relativos ao finado Antônio Francisco Lisboa" (Rodrigo Bretas), 49-50, 57
Tratado da opulência e cultura do Brasil (Antonil), 26
"Três poemas" (Blaise Cendrars), 239*p*
Trompovsky, Gilberto, 297*n*
Tronco do ipê, O (José de Alencar), 187
Two or Three Graces (Aldous Huxley), 223

"**Ú**ltima canção do beco" (Manuel Bandeira), 288*n*
Última canção, A (Al Johnson), 99
"Última corrida de touros em Salvaterra, A" (Rebelo da Silva), 280*n*
Ulysses (James Joyce), 145, 172

Valentino, Rodolfo, 291*n*
Vasconcelos, Diogo de, 20, 31, 249, 268*n*
Vasquez, Domingo García y, 113
Velásquez, Glauco, 101
Velórios (Rodrigo M. F. de Andrade), 203, 205, 296*n*
"Verdadeiro idioma nacional, O" (Manuel Bandeira), 270*n*
Verlaine, Paul, 158, 299*n*
"Versificação em língua portuguesa, A" (Manuel Bandeira), 252*p*
Viagem maravilhosa (Graça Aranha), 121
Viagens às nascentes do rio São Francisco e pela província de Goiás (Auguste Saint-Hilaire), 199
Vide, Sebastião Monteiro da, 36-7
Vie et l'oeuvre de Elizabeth Barrett Browning, La (Germaine-Marie Marlette), 223
Vieira, Antônio, 42, 160
Vila Rica *ver* Ouro Preto (MG)
Villa-Lobos, Heitor, 87, 91, 93, 241*p*, 276*n*, 278*n*, 284*n*, 294*n*
Voltaire (François Marie Arouet), 224

Wagner, Richard, 143
Walsh, Robert, 29-31

Xavier, Joaquim José da Silva *ver* Tiradentes

Zorrilla, José, 215, 297*n*
Zweig, Stefan, 217-8

Sobre o autor

MANUEL Carneiro de Sousa BANDEIRA Filho nasceu em Recife, no dia 19 de abril de 1886. Já morando no Rio de Janeiro, lançou seu primeiro livro em 1917, *A cinza das horas*, ainda ligado à poesia simbolista e parnasiana. A seguir publicou *Carnaval* (1919) e *O ritmo dissoluto* (1924). Com *Libertinagem*, de 1930 (a que se seguiram *Estrela da manhã*, *Lira dos Cinqüent'Anos*, *Belo belo* e *Estrela da tarde*), passa a ser considerado um dos autores mais importantes do modernismo brasileiro. Por essa ocasião já colaborava assiduamente não só em revistas literárias, mas também na grande imprensa, escrevendo sobre literatura, artes plástica e música.

Crônicas da província do Brasil, de 1937, é fruto dessa colaboração; tido por Antonio Candido como "companhia inseparável de todo homem de bom gosto", o livro pôs Manuel Bandeira na linha de frente da moderna crônica brasileira, ao lado de Drummond (*Confissões de Minas*) e Mário de Andrade. Bandeira publicaria duas outras coletâneas de crônicas: *Flauta de papel* (1957) e *Andorinha, andorinha* (1966), que serão reeditadas pela Cosac Naify, ao lado de um volume de crônicas inéditas em livro, com seleção e organização de Júlio Castañon Guimarães.

Bandeira também foi assíduo tradutor – além das traduções de poesia reunidas no volume *Poemas traduzidos*, traduziu várias peças teatrais, como *Maria Stuart*, de Schiller, *Colóquio-Sinfonieta*, de Jean Tardieu, *O círculo de giz caucasiano*,de Bertolt Brecht (Cosac Naify, 2002), *Macbeth*, de Shakespeare, e *A máquina infernal*, de Jean Cocteau. Escreveu uma autobiografia literária, *Itinerário de Pasárgada* (1954). É autor também importantes estudos literários, como "A autoria das *Cartas chilenas*"; preparou edições de obras de poetas como Alphonsus de Guimaraens e Gonçalves Dias; e organizou diversas antologias – entre elas, a *Antologia dos poetas brasileiros da fase romântica* (1937), e algumas de seus próprios textos, como os *50 poemas escolhidos pelo autor* (1955), que a Cosac Naify vai relançar, acompanhada de um CD com Bandeira lendo 25 poemas.

Morreu no Rio de Janeiro, em 13 de outubro de 1968, aos 82 anos de idade.

Crédito das imagens

[p. 2] Igreja de São Francisco de Assis, Ouro Preto. Painel do teto da nave. **[p. 4]** Igreja de São Francisco de Assis, Ouro Preto. **[p. 7]** Profetas, esculturas do Aleijadinho (detalhe). Congonhas (MG), Santuário de Nosso Senhor Bom Jesus de Matosinhos. Foto Elaine Ramos. **[p. 9]** Igreja da Ordem Terceira de São Francisco (1702), Salvador. Detalhe da fachada. **[p. 10]** Igreja e convento de São Francisco (1708), Salvador. **[p. 14]** Vista de Ouro Preto. **[p. 51]** Profeta Ezequiel, escultura do Aleijadinho. Congonhas (MG), Santuário de Nosso Senhor Bom Jesus de Matosinhos. **[p. 64]** *Cobradores de impostos / Almotraces imposant une amende pour les eaux que l'on a laissé couler dans la rue* (1826), aquarela sobre papel de Jean-Baptiste Debret. **[pp. 78-81]** Festa de Nossa Senhora do Outeiro da Glória, Rio de Janeiro. 15 de agosto de 1923. *O Malho, ano XXII, nº 1093*. Rio de Janeiro, 25 de agosto de 1923. Acervo Tinhorão/IMS. **[p. 99]** Sinhô. Fotógrafo não identificado. Acervo Tinhorão/IMS. **[p. 107]** Desenho de Manuel Bandeira. **[p. 110]** Recife, final do século XIX. **[p. 120]** Graça Aranha. **[p. 140]** Raul de Leoni. **[p. 238]** Capa da primeira edição de *Crônicas da província do Brasil (1937)*. **[p. 264]** Manuel Bandeira, década de 30.

A primeira tiragem desta edição teve três versões diferentes de capas e guardas, com as seguintes imagens:

[CAPA 1] *Salvador, foto de Pierre Verger.* © Fundação Pierre Verger. [GUARDAS] *Paisagem urbana, Salvador* (c. 1965), foto de Marcel Gautherot. Acervo Instituto Moreira Salles. *Ladeira da Conceição, Salvador* (c. 1945), foto de Marcel Gautherot. Acervo Instituto Moreira Salles.

[CAPA 2] *Jubileu do Santuário de Bom Jesus de Matosinhos, Congonhas do Campo,* MG (1950), foto de Marcel Gautherot. Acervo Instituto Moreira Salles. [GUARDAS] *Rio de Janeiro, foto de Pierre Verger.* © Fundação Pierre Verger. *Cena urbana, Salvador* (c.1940-45), foto de Marcel Gautherot. Acervo Instituto Moreira Salles.

[CAPA 3] *Cena, Salvador* (1953), foto de Alice Brill. Acervo Instituto Moreira Salles. [GUARDAS] *Casario colonial e igreja Nossa Senhora do Carmo, São João del Rei,* MG (1964), foto de Alice Brill. Acervo Instituto Moreira Salles. *Arco do Teles, Rio de Janeiro* (c. 1965), foto de Alice Brill. Acervo Instituto Moreira Salles.

Coordenação editorial AUGUSTO MASSI e PAULO WERNECK
Projeto gráfico ELAINE RAMOS e LUCIANA FACCHINI
Composição JUSSARA FINO
Índice remissivo LUCIANO MARCHIORI
Revisão IURI PEREIRA e ALEXANDRE BARBOSA DE SOUZA

Dados Internacionais de Catalogação na Publicação (CIP)
(Câmara Brasileira do Livro, SP, Brasil)

Bandeira, Manuel, 1886-1968.
Crônicas da província do Brasil: Manuel Bandeira
Organização, posfácio e notas: Júlio Castañon Guimarães
2. ed. – São Paulo: Cosac Naify, 2006, 320 pp.

ISBN 85-7503-482-0
1. Crônicas brasileiras I. Guimarães, Júlio Castañon II. Título.

06-1212 CDD 869.93

Índices para catálogo sistemático:
1. Crônicas: Literatura brasileira 869.93

COSAC NAIFY
Rua General Jardim, 770, 2º andar
01223-010 São Paulo SP
Tel [55 11] 3218 1444
Fax [55 11] 3257 8164
www.cosacnaify.com.br

Atendimento ao professor: [55 11] 3823 6595

TIPOLOGIA Legacy

PAPEL Paperfect 104 g/m²

IMPRESSÃO RR Donnelley Moore

TIRAGEM 4.000